LOVE CRIME
熟人作案
在言外

熟人作案
LOVE CRIME
熟人作案

Contents

LOVE CRIME

第一章 起始

等發完最後一封信，十點已經過去了十三分鐘。

桑如毫不留戀地關機收拾東西走人，新方案已經給了，剩下的就看客戶覺得怎麼樣。

然而今天意見來得著實快了些，收到信的提示音跟著電梯到達發出的「叮」聲同時響起。

桑如點開收件匣，好傢伙，三個提案，對面花了三分鐘不到全否定了。

她沒回，屏息進了電梯。

三十八層的辦公大樓，到這個時間才下班的並不只她一個。

電梯裡站著兩名從十六層以上下來的男人，西裝革履的精英，一個看起來閒散，一個很端正。

桑如視線輕輕掃過一下，背對他們站在前頭，拿捏著措辭把信回了。

大意是，您再看看。

裴峰不是第一次見到桑如，這女人總是能撓得他心癢。身材好，臉蛋漂亮，身上帶著的香氣相當典雅，在人鼻尖轉來轉去又趁人不備直往心裡鑽。

裴峰收起散漫的神情，掏出手機打字給周停棹看。

「我的菜，正不正！」

周停棹淡淡掃了眼女人的背影，說：「隨你。」

「什麼？」桑如點了發送信件，下意識接了一句，說完才意識到對方不是在跟自己說話，她笑笑，不見尷尬地道歉，「不好意思，聽錯了。」

「沒關係。」裴峰趁機不動聲色地站到她旁邊，神色自若地開始攀談，「好幾次見到妳都是很晚的時候，十六樓……廣告公司？」

「嗯。」

「哇，真辛苦。」裴峰看著她的側臉接了一句，心裡卻在盤算怎麼要她的聯繫方式才顯得順理成章。

有的人太安靜，越是安靜，越是讓人挑釁心起。

於是桑如不著痕跡地笑，回道：「你們做證券業的也是啊。」

裴峰愣了一下，然後樂不可支地笑了，「妳怎麼知道？」

他幾乎就要認為這個漂亮女人對他也有同樣的想法了。

「我就是知道。」桑如簡單回覆。

電梯比想得運行得快，在門打開前裴峰抓住最後的時機問：「需要送妳回家嗎？」

桑如晃晃手上的車鑰匙，「不用了，謝謝。」

電梯停了。

「那能加個好友嗎？」

女人漂亮的眉梢微微挑起，裴峰的心也跟著莫名其妙提起來。

門一開，周停棹先一步繞過他們走出去。

「可以。」

他聽見她說。

周停棹坐進駕駛座，久久沒發動車。

他捏著眉心，放鬆神經的間隙想起今天遇見的難纏對手，順便檢討起在跟他周旋時有哪些失誤。

但很快地，他發現自己檢討不出個結果。

少見地，難以專注地想下去。

裴峰的消息這時候跳出來：「你怎麼走這麼快，一轉眼就不見了。」

「我要到她的微信了哈哈哈！她比我想的還有意思！兄弟加把勁，這次我可要脫離單身狗行列了。」

「你剛分手不到一個星期，」周停棹回，「晚一點把這次併購案的檔案再發我一份。」

「……你這輩子都跟工作過吧。」

周停棹關掉對話框，打開車窗點了根菸。

很快收到裴峰發來的文件，再然後是他騷氣的紅色跑車從身旁呼嘯而過。

跑車的引擎聲漸遠，整個停車場忽然陷入一片寂靜。

明明還有一個人。

周停棹像是休息夠了，終於發動了車。車燈亮起，於是停車場再次吵鬧起來。

他點開另一個對話框，指頭敲幾下。

「過來。」

過了幾秒，周停棹才聽見別的聲響。

除了引擎，除了車廂裡自己的呼吸，之外的別的聲響。

專注力在想正事時出走，卻於此刻回籠。

高跟鞋的動靜一點一點由遠及近，周停棹滅掉了菸，升起車窗。

再然後，高跟鞋的主人敲了他的車窗。

有人生生重複一遍同樣的動作，只為要她彎下腰，叩響他的窗。

撲面而來是嗆人的菸味，桑如退後，皺眉道：「——你抽菸了。」

「上車。」

「下次吧。」

菸味簡直是讓性欲大幅降低的元凶，她是想跟周停棹發生點什麼，但絕不是今天。

桑如說了再見，卻突然間被拉住左手腕，旋即整個人猝不及防地被拉回車窗邊，右手抓住窗沿才勉強穩住身形。

疼且狼狽，她有些惱。桑如透過昏暗的光線瞪著車裡的人：「你發什麼……」

你發什麼瘋。

本意是要說這句，然而沒能說出口。

周停棹大約是真吃錯了什麼藥，扣住她的後腦像是用了全力來吻。濃郁的菸味就那樣突然鋪天蓋地湧上，順著唇舌渡進心肺。

一個過於熱烈的吻，她所有未能成型的怒意，都在須臾間被吞沒。

周停棹絕不是什麼體貼的情人。

他惡劣得很。

桑如伏在他肩上時不自覺想。

穴磨著他的腿慢慢地蹭，周停棹還是沒什麼反應，就好像剛剛那種要把她吃進肚子裡去的吻法不是他幹的。

如果當時她成功走掉，現在該在自己家裡的大浴缸愜意地泡澡，而不是像現在這樣被惡劣至極的炮友吊得不上不下。

周停棹隔著車窗吻她還不夠，等她坐上副駕又是按住後腦一陣狂吻。

桑如氣喘吁吁的間隙裡，周停棹咬著她的嘴唇，氣息也粗重。

「妳沒想走。」他說。

「那又怎樣？」

……是沒怎麼樣，所以他們又廝混到了某家飯店裡，櫃檯人員甚至熟絡到已經開始每次都給他們同一間房，順帶附贈一個職業微笑。

多少能察覺出幾分曖昧，桑如裝作若無其事，心裡卻想下一次要不然把他帶回家，隨後又覺得是自己腦子進了水。

周停棹跟在她身後，保持著不遠不近的距離。

房卡在桑如手裡，插入取電槽前被一股力陡然改了路線，掉在地上發出微弱的聲響。

四面都是濃濃的黑暗，周停棹的呼吸沒再管什麼保持距離，盡數噴灑到桑如的耳尖上，濕濕熱熱。

他人冷，體感溫度卻很高，手心和胸膛都是燙著的。腰被猛地握住時下意識瑟縮，人便更緊地縮進他懷裡。

周停棹手掌握住她的腰窩下壓，桑如猝不及防，撐著牆被他擺成翹起屁股的姿勢，幾乎立刻濕了。

周停棹聽見她發出小聲的「嗯」，帶一點鼻音，顯出曖昧的可愛。右手循著腰線探進貼身裙襬下，沒有任何阻隔，就能輕易裹住臀瓣。

他一頓，突然狠狠捏揉掌下豐滿的臀肉，開口輕咬她的耳尖，說：「沒有提前約好，也穿丁字褲？」

聲音很低，就盤旋在她耳邊，性感得要命。桑如在心裡罵人，嘴上還要忍著不要喘出來：「窄裙穿別的不好看。」

周停棹漫不經心應了一聲，手指順著那道細細的布料，從臀縫到穴口來回刮弄，若即若離的觸感讓人忍不住戰慄。

「嗯……進去……」

「太濕了。」周停棹對邀請充耳不聞，繼續搔撓她，下了這樣的論斷。

「只是很久沒做，你不弄也是會這樣。」

桑如說出口，爽了，聽見周停棹不在意的笑。

「嗯。」他甚至表示附和，下一秒俯身下來貼近她的後背，纖長有力的手指挑開那塊布料輕刮幾下，情動的黏液頓時弄得滿指頭都是。就在桑如不自覺扭著屁股開始蹭他的當口，指節猛然間重重插進了濕熱的穴裡，周停棹扼住她的脖子將人轉過來，舔她的耳朵、頸線，「知道，長了個騷穴。」

桑如濕得越發厲害，被插弄得幾乎要坐到他手上去。下頜被周停棹的頭髮撓得發癢，她分出一隻手去反勾住他，脖頸上忽地一陣刺痛，她急急道：「別留痕跡……唔……」

濡濕的軟舌撬開牙關，勾纏住她的舌尖，周停棹熱烈地吮吻她，手下的速度越來越快，桑如生理期結束沒兩天，早就惦記著跟他亂搞，這回被他又是插又是吻弄得暈頭轉向，喘叫聲逐漸放肆地從喉間湧出。

周停棹太清楚她的敏感點在哪裡，桑如舒服得顫抖起來，然而就在即將高潮之前，體內絞著的手指抽了出去，舌尖也停止侵略，背後的溫度一起消散。

再然後，燈亮了。

桑如眼裡含著水，穴裡也含著水，被亮起來的光線照得無所遁形。她沒來得及反應，霧濛濛的視線裡出現周停棹。

他抬腳向裡走，解著領帶回頭看她一眼，說：「先洗澡。」

氣氣氣！真是氣人！

回過神來的桑如氣得太陽穴突突地跳，心想要是他是男妓就好了，還可以把錢甩在他臉上罵他不敬業。

可惜周停棹不是男妓，也不缺錢。他們從一開始就是平等的炮友關係。

桑如跟過去，趁他不防備，將人連拉帶推帶到了長沙發椅上。

貓爪子出來了，周停棹順從地調整了姿勢，背靠著軟墊眼睜睜看她快速壓上來卻不反抗。

前一秒還在調情，後一秒就可以立刻抽身就走，這樣的行為簡直可以稱作高高在上，對此桑如厭惡極了。

但就這樣被周停棹以審視的姿態注視時，她渾身的神經都開始興奮地戰慄。

一改近乎急色的行徑，動作到這裡忽而慢下來，她跨坐在周停棹身上，慢吞吞解開幾顆他的襯衫鈕釦，又順著半敞的領口探手進去摸他的胸腹肌。

摸著摸著就整個人黏了上去，呈兩人交頸的姿勢，桑如半閉著眼小幅度搖著屁股在他腿上蹭，一開始還想著勾引他，到後來就只為了自己爽快。

還沒蹭得盡興，屁股上忽然挨了周停棹的巴掌。

「褲子都被妳弄濕了。」

桑如再次遇見周停棹，是在兩個月多前的同學聚會。

聯繫她的是高中時的國文課小老師薛璐，薛璐跟她一直是微信好友關係，怕她不怎麼看群組訊息，還特地額外通知了一番。

那時她剛跳槽不久，剛整理出一列帶著新定位的打工人下班朋友圈。薛璐便借這個由頭，說正好大家一起聚一聚，恭喜她開始新的職業生涯。

話說到這分上，桑如便也沒再拒絕。

老同學聚會也就那樣，大家聊聊近況，聊聊回憶，半生不熟地插科打諢，一頓飯就這麼過去了，吃完又接著轉場KTV。

桑如有點想溜，可高中時期的同學、也是現在的好友曆晨霏挽著她的胳膊不讓她走，撒著嬌說：「妳走了我一個人多尷尬啊。」

見桑如有點動搖，曆晨霏湊到她耳邊小聲道：「周停棹還沒來呢，妳不想見見？」

「周停棹？」桑如愣了一下，對應上某個常戴著眼鏡的高大形象，五官記不太清楚了，但總覺得跟前幾天在電梯裡遇見的一個人隱約重合。

「對呀，這次是他主揪的，畢竟以前是班長嘛！」

「他揪的？那他怎麼沒來？」

「妳這個不愛看訊息的壞習慣到底從哪養來的！」曆晨霏點開他們新建的群組，把消息往上滑了一段，遞到桑如面前道，「喏，妳看。」

「抱歉各位，有公事耽誤不能一起吃飯，晚點請大家唱歌。」

桑如看了眼群組名，發現這個群組的消息果然被自己靜音了，「哦」了一聲，恰好底下出現新訊息的提示，她把手機推回去：「有新消息。」

點開，是薛璐在群組裡發了KTV的地址，並 TAG 了周停棹。

「好，十分鐘後出發。」

周停棹還是晚到了一會兒，一進來就被大家圍著佯裝質問。

而那時桑如正拿著麥克風唱歌，被他這麼一打岔再唱下去很尷尬，她呆愣地拿著麥克風站了會兒，想一想把歌切了。

一出現就破壞她的演唱現場，哪怕記不起來周停棹的臉，那股討厭他的情緒卻很熟悉。

這是桑如的第一反應。

第二反應是，前幾天電梯裡遇見的那個男人果然是他！

都說女孩子上了大學或是工作後會大變樣，桑如想，周停棹變得才多。從前戴著眼鏡死氣沉沉的，一天到晚只知道讀書，當了職場人以後，眼鏡摘了，西裝筆挺，端著酒杯跟人乾杯的樣子，還真是……有點好看。

下一首歌開始播，點歌的人還在周停棹旁邊，匆匆忙忙反應過來，朝還在點歌臺的桑如喊：「我的我的！桑如，麻煩幫忙按個暫停！」

「好。」按他說的做了，桑如頂著所有人的視線，回到曆晨霏身旁繼續坐著。

她感覺到他的視線跟著她在走，又很快移開，接著她聽見周停棹說：「不好意思來晚了，自罰三杯。」

剛接了別人敬的酒，就又連著三杯。

桑如心想，喝死你。

事實證明周停棹喝不死，他剛喝完一杯大家就開始歡呼，喝完第二杯，薛璐攔住他的手，搖了搖頭。

沒看錯的話周停棹笑了一下，雖然很淡，但桑如看見了，他笑了一下，像是安撫，然後繼續喝下了第三杯。

於是好些人喝彩，甚至還有鼓掌的，桑如也跟著意思意思拍了幾下。

周停棹看了過來，眼神沒什麼波動，但不知怎麼的，這掌是鼓不下去了，桑如順勢把手放在腿上，見對方視線沒挪開，她微笑挑了個眉算作回應。

儘管這個挑眉不像挑眉，反而像是挑釁。

再然後周停棹轉頭去答了別人的話，沒再往這裡看。

在一旁看見兩人眼神互動的曆晨霏，頓時有些雀躍，跟桑如咬耳朵：「薛璐是不是還喜歡周停棹？」

桑如的視線在兩人之間轉了轉，「應該是。」

「等等。」桑如轉頭看她，「還？她以前就喜歡？」

曆晨霏頓時像見到什麼外星生物，「高中的時候幾乎全班都知道啊，妳當時在幹嘛，怎麼連這都不知道！」

桑如還沒來得及反駁，她就像自言自語一樣道：「哦，妳在讀書。」

是啦，她應該是在讀書，探聽八卦這種事，是她大學以後才開始慢慢培養出來的陋習。

曆晨霏突然湊過來，嗓音壓得更低問道：「那還有件事，妳知不知道？」

「什麼？」

「周停棹喜歡妳的事啊。」

桑如下意識看了眼不遠處的人，還是覺得不可思議，「啊？」

曆晨霏一拍大腿，「妳連這個都不知道！」

她沒壓住聲音，動靜引得大家朝兩人坐的角落裡看過來。

有人問：「不知道什麼？」

曆晨霏支支吾吾，求救似地看向桑如。

「不知道我跟班長在同一棟樓上班。」桑如說。

這下不光是曆晨霏驚掉了下巴，在場的男男女女都驚愣住。

個別神色平和的人裡，被提到的男主角朝她稍稍頷首，算作重逢後正式打了招呼。

當年桑如討厭周停棹的事，幾乎到了人盡皆知的地步。

兩個都是被眾星捧月的人，班上包括年級裡也是第一第二地在爭，這樣的兩個人之間有點什麼長年累月的不愉快，在場的人著實難以忘記。

誰能料冤家路窄，上班還能上到一棟大樓裡，於是眾人一時間都像被按了暫停鍵。

兩位主人公看起來卻坦蕩極了。

「確實如此。」周停棹動作俐落地開了瓶新酒，「坐下來吧，接著玩。」

桑如笑笑，視線投向周停棹身旁的某個人，說：「你這首歌暫停很久了。」

「喔對耶，我來了！讓你們聽聽許久未聽的天籟！」

氣氛慢慢熱烈起來，喝酒唱歌聊八卦，桑如也喝了幾杯，臉上暈了一點紅。

她戳戳曆晨霏說：「誰說的？」

「啊？」曆晨霏皺眉，隨即反應過來，吸取教訓放低了音量說，「妳說他喜歡妳的事嗎……我也聽別人說的。」

「大概高三第一次模擬考剛結束沒多久吧，有人從周停棹位置旁邊經過，不小心撞掉了他的書，就看到裡面掉出來的信紙，紙上寫了幾句話，看起來像情書。」

「本來也沒什麼，就是開頭的稱呼……」曆晨霏摸摸鼻子道，「是妳的名字。」

八卦這種事，總是一傳十十傳百，再不了了之。怎麼傳來傳去她這個當事人還不知道，主要還是歸咎於她讀書時期總是兩耳不聞窗外事。但桑如其實記不大清了，可能聽說過，只不過絲毫沒有把此事放在心上。

暫且不論桑如到底有沒有收到過這封信，周停棹這個人根本不可能會給她寫情書，甚至不可能寫情書。

他只知道好好讀書，然後跟自己搶第一。

即便是以自己為主角的故事，桑如也只是聽聽就算，看在周停棹那張帥臉的分上，勉強也算激起一點點輕微的漣漪。

——意識回到現在。

周停棹耐著性子讓她蹭了好一會兒，才總算釋放出性器，撥開丁字褲的細帶插了進去。

肉棒一插入就被裡頭的嫩肉絞住，熱情的樣像極了她這個人，又說不上哪裡不太像。

從認識開始桑如幾乎就是這樣，居高臨下的小公主，漂亮，聰明，走到哪裡都被捧著、哄著，偏又好勝心強，做什麼總想爭先。

然而眼下她坐在周停棹的性器上，腿也乖順地盤住他，摟著他的脖頸，一聲比一聲嬌地喘。

周停棹看著淚珠子在桑如眼裡搖搖欲墜，心想，她怎麼還沒哭。

摟緊了她的腰，肉棒重重往上頂了一下，戳到深處的點。

「嗯……」桑如仰起頭，漂亮的頸線繃緊，呻吟沒個節制地從唇縫往外洩。

好，睫毛濕了。

他抬手捧住她的右臉，拇指逗貓似地刮撓兩下臉頰，隨後摁在她的嘴唇上來回摩擦。

她除了心地，哪裡都軟。

周停棹換了根食指插進去，還沒等人適應好就開始挑逗舌尖。她舌頭探過來，指頭就順著她舔的方向動作，躲，大不了就插得再深些去勾。

桑如還被攔腰扣在他懷裡，現下穴裡被堵著，嘴裡也被堵著，滿滿脹脹，渾身每個細胞都是久違的滿足感。

周停棹扣在她腰間的手開始緩緩挪動，摸一下，捏一下，再揉一下，掌心的溫度像是具有將人燙傷的能力，又像是在撓癢。

恍惚間，桑如只覺得自己好像浮在空中，踩不到地面。

那隻手從腰間移到胸前，她的身子抖得越發厲害，挺著胸任周停棹忽而低下頭來吃她的奶。

桑如口齒不清地嗚咽，手指突然從嘴裡抽了出去，緊接著腰重新被扣緊，周停棹就這樣突然抱著她站了起來。

他沒給人反應的機會，肉棒依然牢牢插在穴裡就開始猛插。

「啊……不要……不要了……」桑如邊哭邊很舒服地喘叫，「好舒服……啊……」

「舒服還不要。」周停棹的呼吸粗重，狠狠打了她屁股一下，沉聲問，「要不要？」

被打屁股的快感傳遍全身，桑如忍不住夾緊了穴。

在聽見周停棹小聲吸了口氣，總算有了報復的快意後，她吸吸鼻子道：「要，快點上我啊。」

被插哭了還要接著求著人幹，眼淚還掛在臉上呢，這就是小公主。

這就是他的小公主。

周停棹心想，我要妳就算討厭我，也要一輩子記得跟我做愛有多爽。

第二章　回到高三

眼前一片漆黑，彷彿有條望不到頭的黑布將人密不透風地裹住，桑如覺得自己清醒著，但眼皮又沉得睜不開。

緊接著一股巨大的失重感突然襲來，她感覺到自己在不斷地下墜、下墜。

這可能是個噩夢，桑如想。

耳邊隱約出現一道聲音，似乎是從很遠的地方傳來，由遠而近，伴著不知哪裡來的嘈雜聲漸漸清晰。

「桑如，桑如？」

有人在叫她的名字……

桑如猛然睜開眼，胸膛劇烈起伏著大口呼吸，空氣隨之灌進身體流向四肢百骸，這才感覺活了過來。

曆晨霏嚇了一跳，握著她的手臂急急問：「怎麼了？」

桑如好一會兒才緩過勁，「沒事。」

「嚇死我了。」曆晨霏拍拍心口，「沒事就好，要上課了，趕緊準備一下。」

「上課？」

「對啊，這節是老鄭的。」曆晨霏翻著摞得老高的書堆，轉頭看她說，「妳怎麼睡個午覺睡到變傻啦？」

上課，午覺，老鄭……

老鄭是她高中數學老師，她還是他的小老師。

這些久遠的詞彙從曆晨霏嘴裡說出來……

等等，曆晨霏！

桑如迷糊了好一會兒，這下驚出一身冷汗。

眼前的曆晨霏留著短髮，穿著校服，而上次見面時她還是火熱的大波浪……這明明是她高中的樣子！

高中……

桑如低頭看了眼自己，同樣是審美奇特的藍白校服，桌上同樣是堆滿的書和考卷，考卷最上層還壓著一本書，有風從窗外來，吹起書頁一角。

桑如心跳得飛快，環顧四周，看見那些陌生又熟悉的面孔。

她幾個月前才見過他們，準確來說，是看起來更成熟的他們。

她不由地陷入懷疑，自己是不是還在作夢？

曆晨霏看著好友一反常態地四處張望，又趴在桌子上像要繼續睡覺，便湊過去問：「妳是不是哪裡不舒服？」

「……沒有。」桑如悶悶道。

「不舒服要跟我說喔。」曆晨霏不放心地叮囑完，繼續訂正自己的考卷去了。

曆晨霏想，她的同學今天確實有些反常。

果不其然，就見桑如趴了一會兒又突然間坐起來，極其懊惱地抓了抓自己的頭髮，緊接著問：「我們現在是高幾啊？」

很好，真的睡傻了。

「高三了姐姐，而且馬上就要第一次模擬考了，現在清醒了嗎？」

桑如擰開水杯喝了一口，「……醒了。」

這是怎樣啊！

她不是正在享受快樂生活還有跟周停棹做愛嗎？怎麼突然回到了高中時期，而且還是高三！

萬一她回不去，豈不是又要再高考一次？

……靠！

對了，周停棹……

桑如坐在倒數第三排的位置，而印象裡周停棹很高，一直都坐在最後一排。

她伸長了脖子去看，還沒像張望出個所以然，就聽見有人叫她。

「桑如，」老鄭走進教室，「來幫老師發一下考卷。」

老鄭不老，至少現在還是個四十多歲還沒有啤酒肚的中年男人，少見。

畢業後桑如有再去拜訪過他，他長了不少白髮，但仍舊精神矍鑠。問他保持年輕的方式，他半開玩笑地說，跟學生們待在一塊兒，只要沒被氣死就能保持年輕。

也算久別重逢，桑如忽而有點眼眶發熱。

她上了講臺，準備挨個兒去發，被攔下，老鄭旋開保溫杯蓋說：「叫名字上來拿。」

桑如在心裡竊喜，正好給她機會重新認認人，不愧是老師！

「要念分數嗎？」

老鄭瞅她一眼，「隨便妳。」

桑如應下，報了名字讓他們一個個上來拿，沒念分數，多缺德才會把分數念出來。

揭過一張，嘴比腦子快：「周停棹。」

念完桑如才反應過來，而周停棹已經站起身往講臺上走。

難怪沒找到，原來他就坐在自己這排的最後面。

桑如有些恍惚，印象裡模糊的周停棹的樣子現在直白地呈現在眼前。他很高，才高三就有一百八十公分多的樣子，神情淡淡，戴著副黑框眼鏡，倒把銳利的鋒芒壓下去了些。可能本就是同一個人，桑如已經能隱約察覺到他與日後的某些相同之處。

又或者，桑如想，周停棹有沒有可能也跟自己一樣，回到了這裡？

「滿分。」她把考卷遞出去的時候開口。

周停棹手一頓，抬眼看向她，桑如真情實感地誇了句：「你好厲害。」

對方淡然的表情有一絲動搖，桑如捕捉到他的驚訝，又對他甜甜地笑了一下。

接著桑如也驚訝了，因為她發現——

周停棹居然臉紅了。

桑如也不是沒見過周停棹臉紅是什麼樣。

那次她一時興起要玩六九式，背對著周停棹跨坐在他身上，握著已經硬挺的下身送進嘴裡，含得龜頭莖身都濕淋淋，含著含著自己的穴也濕得一塌糊塗，往後挪著屁股晃，哼哼唧唧地要他舔。

周停棹嫌她離得太遠，握住腰窩把人拽過來，大掌按住圓潤的屁股用力分開臀瓣。

桑如只覺得自己的屁股被用力掰開，卻很久都沒動靜，她鬆口，聲音被前精和口水也弄得黏糊糊：「快舔舔……」

周停棹沒說好也沒說不好，只沉著聲讓她「繼續吃」，自己則慢慢地撥開陰唇，看著裡頭的深紅嫩肉收縮得越發厲害。

桑如聽見周停棹笑了一聲，而後戲謔道：「這麼餓？」

然後沒來得及等人反駁，那根濕熱的舌頭就突然插了進去。

舌頭一個勁直直往裡鑽，破開一張一合的小口對著裡頭的褶皺來回戳弄，他的攻勢太過猛烈，桑如被插得抖著屁股含含糊糊地喊不要，他卻不停。

甚至周停棹這種時候還能分心，抬臀上頂著把雞巴更深地送進她嘴裡，龜頭很大，莖身也粗，撐得桑如嘴瘆得不得了。

她沒忍住洩了力，屁股幾乎快坐到他臉上，周停棹就托著她的屁股繼續舔。過了一會兒桑如扭過身子回頭看，他的臉紅紅的，大概是被自己悶出來的，性感又帶點……可愛？

想的同時，桑如也如此誇出口了，就又被抓著激烈地上下同時操了一會兒。

周停棹停下來，忽而換了手指去撫摸她的穴，陰穴被舔得從裡到外都是熟透的紅，他摸摸上面那個小口的褶皺，啞聲道：「下次玩這裡？」

那時候自己是什麼反應來著，哦，嚇得躲出去老遠，結果又被抓回來一頓幹。

桑如漫無邊際地想，就只想到一些荒唐淫亂的場面，看著眼前還有些清純青澀的周停棹，沒來由地就感到有些不好意思。

明明是真的跟他做過的事，現在看就好像在意淫一個純情男高中生。

周停棹回了座位，桑如接著報人名。

「薛璐。」

哦，分數比自己低。

桑如彎唇笑著，把考卷遞出去給她。

不知道哪來的勝負心，但昨晚，準確來說是自己莫名其妙回到這裡之前的那場性愛裡，周停棹跟自己做愛的同時還順手回了條訊息，連絡人她看見了，薛璐。

不爽，很不爽。

她當時把周停棹的手機拿過來扔到一邊，說：「發消息，幹我，選一個。」

周停棹盯著她的眼睛看了一會兒，突然笑了，「妳。」

雖然是這樣，桑如還是不爽。

跟周停棹當了一個多月炮友，可能女人就是容易動情的生物，總之她是有些心動，暈船的同時卻發現對方好像還是剛開始那樣。

跟妳可以，跟別人也可以，一副來者不拒的樣子。

尤其是薛璐。

對了，對方從高中開始就喜歡周停棹了，人盡皆知的話，那周停棹是不是也知道？他們現在又是什麼關係？

桑如突然有些後悔，怎麼沒跟曆晨霏打聽清楚周停棹的情史。

不過無論如何，為了以後的自己著想，先把十七八歲的周停棹搞到手再說。

桑如回到座位，看著高分卷卻怎麼也笑不出來。

整張考卷只空了最後一道大題的最後一小題沒寫，其他全對，然而這些題目距離她過於久遠，就算分高也是當時的自己厲害，跟二十六歲的桑如沒有任何關係。

老鄭講題也是跳著講，虧得基礎好，桑如好歹能很快跟上，對於有些知識點的反應就好像有肌肉記憶。

這一刻桑如無比感謝自己當年真的有在好好學習，一節課下來，也算複習了不少知識。

下了課，教室裡也沒變得多熱鬧，大多要麼繼續看考卷，要麼寫作業，要麼補覺，極個別在交談的也壓低了音量。

想到曆晨霏提過的第一次模擬考臨近，桑如不由得有點心慌。

其實她對這次考試有點印象，這幾乎可以說是她整個高三階段考得最差的一次，當時自己還因為退步了快二十名低谷了很久。

雖然的確沒考好，但總不能就這麼放任。

老鄭還沒有講到最後一道大題，桑如看著那個空白，良久後做了個決定。

她起身走到最後一排去，對周停棹旁邊的人露出了禮貌微笑。

「我有個問題想問他，能先跟你換個位置嗎？」桑如在腦海裡緊急搜索了一下他的名字，溫聲問道，「楊帆？」

好好一個大高個，愣是一下子臉紅得要命，磕磕絆絆地說好。

然而直到桑如坐下了，周停棹也沒看她一眼，專心做著某道題，桑如看了眼，物理。

「周停棹，」桑如戳戳他的手臂，微微靠過去一些，軟聲說，「我有一題不會，你能不能教教我？」

周停棹總算分過來一個眼神，兩人對視幾秒，桑如癟癟嘴，這才聽見他說：「哪道？」

桑如笑起來。

男人，事業，明明可以兩手一把抓。

周停棹換了支鉛筆，落到考卷上前問了句：「可以寫嗎？」

桑如托著下巴，「你寫。」

她的眼睛亮晶晶，周停棹無端想起家裡養的那隻小貓，牠做錯了事或是要討人歡心的時候，也總是這樣看人。

周停棹頓一下，接著在題幹上落筆，問：「數列，能看出來嗎？」

「嗯。」桑如點頭，做好了認真聽講的準備。

「好，k 應該是有範圍的對不對，」見桑如點頭，周停棹繼續道，「那我們就要分幾種情況來討論，第一種，k 等於 1……」

「我懂了！」桑如聽了大半，差不多明白了思路，把考卷拿回來就開始寫答案。

周停棹側著頭看她奮筆疾書，一副誰也不能打攪的樣子，這才覺得熟悉的感覺回來一些。畢竟她從來沒有誇過他，除了幫老師傳話沒主動跟他說過話，更沒有主動問他數學題，還用那樣的神情注視他。

桑如的眼睛總是忙碌，她沉默時看每一門學科，看許多名著，交談時看她的朋友。那雙漂亮的眼睛看向許多人和事物，只是從來不看自己。

這是太特別的一天，周停棹想。

桑如寫完答案，又從頭掃了一遍，滿意了，不由分說放到周停棹的臂彎裡去。數學疊在物理上，周停棹也不怪她再次打斷思路，拿著考卷認真看了起來。

「就是這樣。」周停棹跟著答題過程走了一遍，「沒錯。」

「你真厲害。」桑如又說。

「……是妳聰明。」

「我是聰明啊。」桑如也不推辭，得了誇獎就大方收下，她看著年輕版的周停棹，沒忍住伸手拍了拍他的腦袋，「但你也很聰明。」

坐在兩人前面的同學聽著這些對話悄悄對視一眼，這兩個人互相誇讚彼此，簡直見鬼了！

周停棹也覺得見鬼了，耳朵一下子紅了，卻還故作鎮定地鎖著眉頭看向她。

這短短相處的一會兒，桑如幾乎已經確定周停棹沒有跟自己一同回來。

為了最後確認，她問：「你今年幾歲啊，周停棹？」

周停棹被問得有點愣住，還是順她的話答了：「十七。」

「怎麼還未成年……」

很難聽不出語氣中的可惜。

不過桑如算是得到了明確答案，這的確不是那個周停棹。

這時候的小周雖然也沉默，也有些冷漠，但講起題來循循善誘，會一步步慢慢告訴妳這裡是怎麼來的，會耐心地讓妳了解整個題目。

老男人周停棹絕不會這樣！

他們彼此的行業都有許多不確定性和隨機性，常常需要不定時處理突然出現的問題。就是不知道為什麼，兩個人約到飯店裡去的時候幾乎沒見周停棹忙過工作，桑如卻還要抽時間應付隨時出現的客戶。

有回周停棹拉著她後入，桑如趴在床上被幹得一邊哭一邊喘，手上還要回覆客戶對設計提案的挑剔。

老男人卻不體諒，越插越深，從後頭捏住她的奶子肆意地揉，甚至貼到她耳朵邊上惡劣地說：「拿不了手機就別打字了，打個電話過去直接說，順便讓人聽聽妳叫得多浪。」

氣得桑如縮著穴用力夾他，他就哼笑兩聲，更用力地插入再抽出，非要弄得人連故意夾他的力氣都沒有。

桑如其實是舒服的，神清氣爽地窩在床上進入賢者時間，可沒想到周停棹還不讓她休息！非要她把客戶的問題說給他聽，桑如煩了，把手機直接扔給他看。

接著就聽見周停棹笑了一聲，道：「下次工作要專心，發個訊息這麼多錯字。」

桑如心想，怪誰？

周停棹又要了她的方案，再三保證看完後立刻從腦內消去，桑如才給他。

他看了一下，結合客戶給的意見給桑如指了幾個修改意見，簡明扼要。見桑如驚得眼睛圓圓，周停棹知道自己說得還算在點上。

桑如半晌才說：「你該不會是我們公司的敵手派來我身邊的臥底吧？」

周停棹輕輕敲她的腦袋，「是。」

隱約記得那回他還說了句什麼，哦——

「跟我在一起的時候，妳的時間都歸我。」

桑如看著小周就莫名想到了那個周停棹，緊接著一股不知道是什麼的情緒開始在心裡頭橫衝直撞，撞得人眼睛也酸，鼻子也酸。

大約這也算一種吊橋效應，回到熟悉的過去卻覺得孤立無援，本能地對臉熟的人更為依賴。

他明明就在這裡，可桑如清楚知道，他還留在未來。

桑如想，她確實有點喜歡上周停棹了。

桑如跟楊帆換回了位子，曆晨霏摸著她的額頭感受了好一會兒，「奇怪，沒發燒啊。」

桑如一臉疑惑。

「妳不是最討厭周停棹了嗎？」說到名字，曆晨霏壓低了音量，「怎麼還找他去討論題目！」

「找妳也可以啊。」桑如收拾著東西，轉過頭真誠道，「二十題的最後一小題，教教我？」

曆晨霏心想，哼，你們高材生了不起！

高中畢業前為了方便上學，桑如跟著父母住在學校附近的社區裡，大學以後就搬回了別墅區，這邊則租給了後來的學生。

許多年沒再走過這條路，她循著記憶裡的路回了家。

飯菜香隨著門打開鑽進鼻子，桑如眼淚差點往下掉。

此時一位女性拉開臥室門走出來，身上還穿著睡衣，說：「回來啦，崽崽。」

哦，廚房裡的人是請的阿姨。

但桑如還是撲進了媽媽懷裡。

白頭髮對於媽媽這樣的貴婦來說不算什麼，她可以不停地染成黑髮，再做美容，開心了逛街看展，不開心了也逛街看展，做永遠優雅的富太太。

但人永遠無法與時間抗衡，倒流了將近十年時間的媽媽，眼角眉梢的精神氣到底還是不同。

吃完飯桑如又膩到媽媽身邊去，窩在她懷裡說想你想你。

蔣舒撫摸著女兒的頭髮，笑笑說：「怎麼像長小了。」

「可不是長小了嗎……」

蔣女士很有生活情調，除了人，房間裡也有淡淡的香。

桑如將自己埋進被子裡深吸口氣，這才在熟悉的味道中慢慢放鬆下來，能夠好好理一理目前為止發生的所有事。

眼下的一切都不可思議，如果她不是在作夢，那現在需要想明白的是，此時此刻自己需要做些什麼。

假如她的人生要從這一刻開始重新計時，有什麼遺憾缺漏正是可以補齊的時候，然而桑如仔細想了想，所做的每一個選擇都導向了後來的自己，沒什麼可後悔，因而她無需刻意做什麼，像原來那樣一步步走就好。

只除了一點，沒談戀愛。

不過談不上後悔，但確實很可惜。鑽進書堆裡一讀十幾年，在大學裡邁入成年的門檻，看身邊的朋友不少都是與老同學戀愛延續至今，桑如這才偶爾也會想一想，或許早點談戀愛也不錯。

這份可惜大概可以從周停棹身上補齊，桑如想。

另一個問題是，她還能不能回去。不過這個問題是她無法控制的，想也想不出答案，不如就按照這樣的步調走，走一步看一步。

把這些想明白了，桑如開心了些。

看來目前最大的任務就是，幫自己完成高考，還有——泡周停棹。

廣告公司的作息時間跟一般公司不同，桑如習慣了每天十一點慢悠悠到公司，而這樣的習慣放到高三只有一個結果——大遲到。

第一節課到了尾聲，關著的教室門外響起「篤篤」的敲門聲，語文老師把門開了，就見數學小老師站在門口，脆生生喊了句「報告」。

桑如頂著全班的注目禮，硬著頭皮站著，聽見語文老師問：「身體不好請假了？」

「……沒有。」

「那還真會抓時間。」語文老師四十來歲，平時雷厲風行，瞅著桑如笑了笑說，「怎麼不直接下課了再來？」

平常只有自己吐槽別人的份，風水輪流轉，桑如被堵得啞口無言，半晌道：「我錯了，老師，下次不會了。」

語文老師揮了揮手讓她進來，桑如這才如蒙大赦回了座位。

沒幾分鐘後就下了課，桑如洩力地趴在桌上。跑了一段有些累，剛剛雖然嚇醒了，現在睏意又再次來襲。

有人用指節敲了敲她的桌子，嚇了桑如一大跳，抬頭發現是語文老師。

下課了還沒走，大概是要找她算帳。

桑如跟著她到走廊裡去，做好挨罵的準備。

「我知道妳是好學生，桑如，」老師聲音竟然很柔和，「妳看妳的成績，常年年級第二，第一是周停棹，妳知道妳跟他的分數差在哪裡嗎？」

「語文。」桑如答。

「沒錯。妳基礎好，前面選擇題大部分都沒問題，但問題經常出在作文。」

桑如默不作聲地聽著她講：「作文乍看之下可以讓妳天馬行空地寫，但其實限制很多。妳喜歡寫記敘文對吧，記敘文就是很容易要麼天上，要麼地下，妳只要有點離題，分數就高不起來。」

「我知道老師，」桑如這倒是記得的，自己的這些問題直到考試結束也沒有徹底解決，「但是我不太會寫議論文，而且議論文很死板。」

老師笑了笑：「是，是很死板，記敘文妳可以講故事，議論文只能翻來覆去講觀點，相比起來無趣死板得不得了。但是桑如，我們的目的不只是創作，還有考試。妳的記敘文可以繼續寫，但妳能保證每次都不離題嗎？不能的話，就同時準備準備其他文體，這樣至少有選擇。」

桑如突然覺得很有道理，說：「知道了老師，我會的。」

周停棹不知道幹什麼去，從她們旁邊經過，桑如眼疾手快拉住他的衣角，說：「那……我有不會的可以問周停棹嗎？」

「可以，他作文寫得不錯。」老師點點頭，看向一臉傻眼的周停棹說，「有空的時候教教桑如議論文怎麼寫。」

周停棹順著那隻拉住自己的手看向這個人，她正笑著看自己，抿唇的時候兩邊鼓起的松鼠腮有些可愛。

喉結緊張地滾一下，周停棹答：「好。」

數學題也教過了，現在又有語文的牽連。可能老天爺也覺得自己莫名其妙把人弄回高考前有點過分，所以有了那麼點讓桑如心想事成的意思。

等到老師走了，桑如鬆開手說：「那以後就麻煩你了。」

周停棹垂眸掃過那截細嫩的手腕，語氣淡淡：「沒差。」

「那我就先進去了。」

「等等。」周停棹叫住她，突然問道，「妳吃早餐了嗎？」

桑如愣了一下，隨即眉頭一皺，一副可憐巴巴的樣子，「還沒……」

周停棹眉頭也皺起來，說：「跟我來。」

桑如乖乖跟著到他的座位旁，周停棹從抽屜裡拿出瓶牛奶遞給她：「先墊墊胃吧。」

正好是她常喝的牌子，桑如接過，還順手偷偷蹭了下他的手指頭，道了謝才離開。

桑如邊喝著牛奶邊想，吃小男生豆腐也太快樂了。

曆晨霏聞到點食物的香，鼻子吸了幾下，跟著味道湊過來：「妳包包裡藏了什麼好吃的？」

「噓！」桑如食指放到嘴邊做了個手勢，把阿姨早上做的三明治從桌子下面遞過去，小聲說，「給妳吧。」

每週五下午都有一節班會，老鄭作為班主任在班會上宣布了一個消息。

「這次換座位，不像以前那樣直接一排一排移了，我們以尊重大家的意願，遵循良好的相互學習和競爭原則為前提，打亂重新分座位。」

「如果大家想跟誰坐一起，也可以表達出來，」老鄭說到這裡扯起嘴角笑一下，「雖然我不一定會同意就是了。」

有個同學不怕死地舉手大膽發言：「男女也可以坐一起嗎？」

「可以。」

話音剛落，班上頓時熱鬧了起來，甚至有人快活地吹起口哨。

「好了好了，安靜！現在每個人撕一張紙，在左上角寫上自己的名字，紙的中間寫你想要跟他坐一起的那人。」

見大家熱情地開始寫起紙條，老鄭開口提醒：「是讓你們填一起進步的同桌，沒讓你寫暗戀誰啊。」

臺下一片小聲的笑。

曆晨霏見桑如已經快速寫完了疊好，便自信滿滿道：「怎麼樣，填的是我吧？」

桑如掀開紙給她看了一眼，就這一眼曆晨霏差點沒叫出聲：「桑如！妳真的很不對勁！」

桑如把紙疊回去，又看曆晨霏，輕輕挑眉笑一下：「我喜歡他呀。」

曆晨霏滿臉問號。

「而且妳不是對楊帆有點意思嗎，正好，我們把他們拆開，妳一個我一個。」

「……妳怎麼知道?!」

「我穿越來的，我什麼都知道。」

桑如的語氣半真半假，曆晨霏翻了個白眼根本不信，但還是重新撕了張紙，寫了楊帆的名字。

所有人都疊好，最後一個人往前收。

桑如把紙塞進周停棹手裡，眼睛卻一直盯著他的人，但就是一句話也不說。

周停棹今天內第二次跟她的手碰上，又被她盯得心跳也加快，匆忙移開視線接著往前去了。

桑如不以為然，拿了張考卷開始寫起來。

收齊了紙條，老鄭說：「這個我晚一點會拿到辦公室整理，要是兩個人都填了對方就讓你們坐一起，沒有的話，就按你們意願再分，或者直接按身高幫你們排。」

「最後一節是我的數學，到時候留時間給你們換位置，現在把昨天的考卷拿出來，我繼續講解。」

桑如是在下一節課結束之後被叫去辦公室的。

去的時候老鄭正在往保溫杯里加枸杞，桑如站好：「老師您找我？」

「來啦，坐。」

老鄭辦公桌旁邊常年放著張凳子，專門留給學生們來的時候坐，說是上課都是自己站著學生坐著，反過來反而不習慣。

桑如從善如流地坐下，就聽得老鄭說：「桑如，妳填的是周停棹，對吧？」

「嗯。」

「現在有一個問題，」說是問題，他的語氣一點也不嚴肅，「填他的有好幾個人。」

桑如笑說：「那他寫的不在這幾個人裡嗎？」

「他沒寫。」

這確實不在桑如的預想之內，還以為他再不濟也會寫個男生上去。

老鄭嘆口氣：「所以問問妳的想法，為什麼選他。」

桑如沉吟片刻，神情極其認真地開口道：「他第一，我第二，我想先跟他做同桌，觀察他的學習方式，然後打敗他。」

桑如回到教室後，見薛璐也被叫了過去，心下了然。

理由當然是瞎編的，但之前的自己的確始終抱著贏他的想法，雖然現在做這個決定的根本理由並不是這樣，但總不能老實跟班主任說——

我想跟他談戀愛。

這是一項大工程，學生們可以只考慮想跟誰坐，作為班主任的老鄭卻需要考慮很多，例如他們的身高是否合適，學習態度是否相同等等，於是從那些小紙條裡零零散散地拼湊出來的，不到十對可以先行順利組成同桌。

加上又有周停棹這樣熱門的人選，無論男女都有人寫了他的名，可他自己又誰也沒填。女生裡頭最搶手的當屬桑如，偏偏這個最搶手的又選了那個最熱門的。

這兩個人一下子就能拆了不少組，老鄭一個頭兩個大，於是想要不就他倆湊湊算了，反正也不擔心成績，身高也可以搭上，況且本來就都坐最後幾排。

於是除了叫桑如來問，也叫來了周停棹。

「寫你的人很多。」

「嗯。」周停棹的反應很淡，好像有沒有人選他並沒有什麼關係。

「全班只有你是空著這張紙的，沒有想同座的人？」

周停棹停頓了一下，才又說：「算是吧。」

「什麼叫算是？」老鄭嘀咕了一句，把選他的六張紙條攤在桌上，「這裡面你看看有沒有想一起坐的同學。」

周停棹幾乎一眼就看見了那行娟秀的字。

明明老師就讓人把自己的名字寫在左上角，她偏不，要把「桑如」跟「周停棹」並列寫在一起，甚至時間富餘得在旁邊畫了只帶槳的小船。

停棹停棹，停船靠岸啊。

這幾個字像是有脈搏似的，一下一下把自己的心臟也鼓動了。

不如就，停在這兒。

周停棹拿起來這張紙條，不動聲色地摩挲著，說：「她吧，桑如。」

老鄭樂了，「我也是這麼想的。」

一切未免太順利，桑如聽見老鄭公布的座位資訊，差點沒笑出聲，老鄭也太天真了，這理由都信。

曆晨霏也得償所願，跟她擁抱在一起告別，又約好了要坐在彼此附近。

到了高三，搬動座位時通常連整張桌子一起帶走，方便快捷。一時間整個教室都是搬動桌椅的嘈雜聲，中間摻雜著大家或欣喜或不滿的小聲念叨。

桑如起身往外拖著書桌，只挪出來一蠢米——書太多，重得不得了。於是停下來重新蓄力，猛地往後一拉，桌子沒動，倒是腳後跟踩著了什麼，一個沒站穩直接往後倒過去。

沒摔，倒是撞進了誰懷裡。桑如回頭一看，周停棹正低頭看著她。

他的黑框眼鏡不是那種粗邊全包，那圈黑色細細地纏繞在鏡架上，不顯暈感，乍一看依然是冷調，於是顯得他這個人越發冷淡，疏離，而黑色又襯得人嚴肅端正。

倒是很配他。

他戴眼鏡確實很好看，桑如看得有些入神。

這時周停棹鬆開了手——剛才怕她摔，雙手便下意識握住了她的肩臂。

「我幫妳。」周停棹說。

說話時喉結上下在動，桑如站穩後的視線差不多就與這裡齊平，她盯了一會兒，盯到周停棹感覺到嗓子開始發熱乾澀，下意識吞嚥了一下才移開，轉為看他的眼睛。

桑如笑笑：「好，謝謝。」

楊帆已經挪到邊上另一組的最後一排去，新同桌的位置已然騰好，周停棹把桑如的桌子挪過來，轉頭便見她跟在他身後，自己乖乖端了椅子來，視線對上便對著他笑。

周停棹匆匆垂眸，接過椅子放好。

慌得像是在逃。

終於落座，桑如灌了幾口水解渴，像是休息好了才側頭跟他說話：「剛剛謝謝你。」

「不客氣。」

「也是，」桑如伸了個懶腰，沒規沒矩的，「都是同桌了。」

良久聽見周停棹小小地應了一下，居然在附和。

其他人還沒搬好，還能再說一會兒話。

桑如沒用什麼力道地戳戳這個新同桌，見他轉過來，便道：「那張紙上我寫了你，你知道嗎？」

「嗯。」說完也覺得自己似乎說得太少，周停棹又說，「知道。」

也就是這句話說完，眼前這個女孩兒就不笑了，換了副熟悉的神情。跟她要自己教她題目，跟她說她還沒吃飯的時候一樣的，那種委委屈屈的神情。

接著就聽她說：「但是你沒有寫我……」

周停棹沒來由地有些慌，捏緊幾分手上的筆，「不是的，我誰也沒有寫。」

「但你也沒有寫我……」

可以稱得上是無理取鬧，如果周停棹保持平時的頭腦，這時候大概會說「我們又不熟」。

但他現在有些前所未有的慌，腦子也短路，一下子說不出來什麼。

桑如也沒有真的生氣，只是想看看對方會是什麼反應。

他磕磕絆絆地沒說出什麼話，但是像突然想到點什麼，抽了張紙出來，沒撕，一大張，低頭往上寫了點東西。

寫完遞過來，桑如一看——

「周停棹　桑如」

同樣沒有分什麼左上中間，兩個名字整齊地排列在一行。

他的字很漂亮，這兩個名字列在一起，更漂亮了。

周停棹沒哄過女孩子開心，不太清楚這樣能不能讓桑如消氣。

只見她拿著紙默不作聲看了好一會兒，忽而抬眼看向自己，那雙眼睛彎彎的，裡頭盛著笑，她說：「周停棹，你好可愛。」

他反駁：「……我不是。」

「你是。」

「不是。」

「是。」

周停棹就說不出話了，再然後他想了很久也沒想明白，一個一百八十二公分的男生怎麼能跟可愛這個詞產生關聯。

換座位只用了小半節課，後半節的時間老鄭直接宣布週末的數學作業讓大家做。

兩張考卷，桑如就拿著課本和課外輔導教材放在一邊看，邊做邊查漏補缺。

她其實能記得一些高中的知識點，雖然有點模糊，但比工作之後記得的要清楚些，想來也有身體原來記憶的部分延續。但總歸還沒太適應回歸高中做題生活，第一張考卷做得有些艱辛。

臨近下課，周停棹拿了張她沒見過的考卷給她：「隔壁學校的模擬考題，妳要不要做做看？」

桑如這才隱約想起來，周停棹的父母都是他們學校的老師，要拿到這些考卷應該不難。

「要。」

周停棹把考卷給了她，低下頭接著做題目。他的臉部輪廓相當硬朗俊挺，桑如有些心癢。她矮下身靠過去，下巴貼在他的臂彎上，但控制著力道沒真往下壓，仰著頭說：「明天就週末了。」

跟撒嬌一樣。

周停棹就這樣微垂著眼睛看她，沒說話，等她的下一句。

「你有約了嗎？」

周停棹微微搖了搖頭。

離得太近了。

「那現在有了。」桑如退回去坐好，指頭在剛收下的考卷上點了點，「一起做題目吧周停棹，像考試那樣計時，我們比一比。」

週末時。

桑如用媽媽的化妝品簡單上了個淡妝，到市圖書館門口時周停棹已經在等著了。

他很好認，白襯衫黑褲子，撲面而來的清爽，拿眼鏡和那副嚴肅的神情壓著，又生生多出幾分禁欲感來。

周停棹後來也總是穿著襯衫，只不過打了領帶套著西裝，禁欲有餘，卻少了這份少年氣。

兩人時而欲望急迫的關頭，周停棹也會就穿著這樣一身，只釋放出粗硬的肉棒來進入她。直到正經衣服全染上混亂的氣味，他就輕輕廝磨著她的乳頭低笑道：「這身衣服是穿不了了。」

桑如就作勢踹他：「拿去乾洗。」

——是不太一樣的，然而桑如驚覺這兩種模樣她竟然都很喜歡。

甚至想要知道，如果把周停棹現在的白襯衫弄髒，會是什麼模樣……

雖然時間還早，圖書館已經有不少人，兩人找了個自習區，桑如先一步在角落裡的一張單桌落座，周停棹腳步一頓，在她對面坐下。

始於心猿意馬，做起題來卻不自覺認真。

周停棹從腕上解下的手錶就放在中間，安靜得能聽見指針在走。

好勝心使得桑如不願輸得難看，昨晚把老師給的兩張數學考卷全做了找手感，現在寫起來還算順暢。正面最後一題快寫完的時候才聽見周停棹翻頁，桑如想，沒落下多少，她還是滿厲害的。

模擬題不算難，最後一問好好演算一番也解了出來，當多了社畜會發現，做題真是解壓的好方法。桑如寫完舒了口氣，一抬頭正對上周停棹的目光。

不知道是什麼時候開始盯著她看的，被當場抓住眼神有些躲閃，但還算鎮定。

桑如心情頗好，牽起嘴角朝他笑，口型說：「好了。」

周停棹低頭在草稿紙上寫：「要看答案嗎？」

推過來，桑如在下頭回：「看。」

周停棹帶了樣卷來，開始核對答案。

對到最後他又是全對，桑如錯了道填空。

桑如把那張寫了對話的紙挪過來，故意寫道：「你是不是偷偷看答案了。」

周停棹一筆一畫寫下：「沒有。」

已經很分心了，沒答錯是運氣好。

周停棹緊抿著唇，發覺自己這幾天確實不大靜心，這樣不好。

思緒突然被打斷，緣由是右腳被什麼困住了，挪不開。低頭一看，她的腿伸過來夾住了他的，像是小孩子才愛玩的幼稚遊戲。

她今天穿了裙子，裙襬垂到小腿中間，腿伸到他這裡，那片白皙便露出更多。

心又不靜了，他看她，頭一次也拿口型無聲道：「放開。」

她微微挑著眉，神情又傲又得意，像只小孔雀：「不、放。」

下一秒輪到桑如愣住。

腿上突然傳來被擠壓的觸感，是周停棹收緊了縫隙將她困住，褲腿的布料磨著她裸露在外的肌理，一寸寸收緊。

她下意識往後退，周停棹便往前跟著進一步，更緊地攔住。

動作間兩相廝磨，桑如覺得全身都軟了。

可明明什麼也沒做。

她看向他，只見周停棹耳朵紅了一片，卻不退讓，眼裡深沉的墨色幾乎要讓人溺在裡頭。

周停棹的反應讓桑如愣了好一會兒。

光把他當純情小男生，卻忘了之後的周停棹也是從這個階段而來，內裡是一脈相承的強勢作風。

許久沒發洩過的身體本就敏感，而今被這一來二去的較勁勾出了點想法。

她今天穿了雙休閒平底鞋，稍一使勁鞋便鬆鬆垮垮落下來。也不知是哪裡來的膽量，桑如行徑陡然大膽起來。

她抬起右腿，順著周停棹的小腿一路往上，輕輕緩緩地探。

周停棹看向她的眼倏而睜大，同時僵住了身體。

他曾經到過一片老城區，有棟房屋似是許久沒人打理，爬牆虎肆意長著，爬滿了整面牆。那時正值季節交替，斑駁的老牆上攀附的半是蒼翠生機，半是凋零枯藤，它們交錯複雜地纏結在一處，密密麻麻彷彿能纏住人的心魂，教他匆匆瞥一眼便許久喘不過氣來。

現在他自己成了那面牆，藤蔓正順著牆腳慢悠悠地往上纏，纏得人心跳也加快，呼吸都急促。

周停棹被撩撥得渾身發麻，在她將目的地定在自己的腿心時，下腹升起一片酥麻的快慰，僅剩的理智一面難以置信，一面竟似狂喜。

找對了地方，腳心開始柔柔地踩，硬物的熱度透過布料傳出來，燎得人心頭也起火。

桑如腳下沒停，提起筆來寫：你好硬啊。

指頭輕輕一撥，字就到了周停棹眼底去。

純白的稿紙上還有零散的題目演算和那幾句正經對白，這句大膽又色情的描述破開這些朝人迎面砸來，砸得周停棹耳邊嗡嗡作響。

他幾乎是立刻慌亂地抓住了她的腳，然而下一秒桑如用了力氣，雖沒掙脫，腳尖卻又撞上頂起一團的襠部。

周停棹「嘶」的一聲，像是極難忍耐地蹙眉。桑如當自己弄疼了他，下意識要把腳收回來。

周停棹只當她又要做什麼，手上握得更緊，騰出右手來寫字——妳別弄了。

她也想不弄了，可腳還被他牢牢抓著難以掙脫，桑如揪著眉，用口型說：「鬆開呀。」

周停棹鬆開手，滑膩的觸感頓時從手心消失，她收回了腿。

藤蔓不由分說地攀上來又自顧退回，他的下身卻還緊繃著，難受得厲害，說不上哪裡來的空落，恍惚覺得剛剛發生的一切好像一場夢。

桑如其實有些後悔，雖然的確想睡他，但原本的計畫是要青春劇一樣跟帥哥談戀愛，然後青澀地牽手、擁抱、接吻，再做那些荒唐事。

誰知她一遇上周停棹便不可能走這樣清純的戲碼，無論他是十七歲還是二十七歲。

還是太衝動了……

他會不會被自己嚇到？之後該怎麼辦？

桑如看似鎮定地在讀題，長長的一篇閱讀理解，實際上什麼也沒看進去。

周停棹也好不到哪裡去，順暢的解題思路好像被人打了無數個結，走一步卡一下，偏又不敢抬頭去看始作俑者，下身還硬著，許久才消停下去。

兩人分別於午後的街頭，勉強吃完一頓尷尬的午餐，桑如打消了跟他度過一整天的念頭。

「抱歉，別放在心上。」桑如最後說。

周停棹站在原地看她離開的背影，拳頭不覺握得死緊。

什麼叫別放在心上？撩撥了踰矩了之後就讓人別放在心上了，那剛剛是在做什麼？

周停棹很少自己解決生理問題，哪怕晨勃也會視而不見讓它自己下去。

然而回了家繼續獨處，腦海裡依舊會自動浮現那個畫面。他會想起那片雪白的肌理，腿抬起裙襬就往後墜，露出更多令人好奇的領域，她的腳也很嫩，剛剛被自己那樣抓著，不知道有沒有弄痛她。

腳趾也是極可愛的，白皙裡泛著粉，如果繼續踩……如果沒有阻隔地讓她踩……

周停棹喉嚨乾澀起來，終於認命地伸手下去解開褲子，悶了一天的凶獸此時又在張牙舞爪。

「你好硬啊……」

如果用說的，她會是那樣的聲音。

周停棹闔眼去想像，發覺手心裡的性器越發興奮。

如果不只是腳呢，她如果用手，用嘴，或者是那裡呢……

周停棹想著桑如的一切，一下下快速搓動著性器，深紅的龜頭溢出透明的清液，隨著動作往下沾得滿莖身都是，他漸漸加快速度，動作間發出水漬聲響，良久終於低吼著噴出一股濃精。

周停棹抬手拿手臂擋住眼睛，與光線隔絕，腦海裡竟還是浮現她的樣子。

原來一個人真能因為另一個人變得不像自己。

周停棹自瀆的間隙裡，撩起這火的人也沒能好過。

明明都打算睡了，閉上眼又是他極力忍耐的模樣，望過來的眼神裡淬著與平時大不一樣的火，薄唇緊抿著，透出那種屬於少年人的性感。

桑如不自覺蜷起腳趾，腳下彷彿還有他的熱度，原來他那東西從這時候起就很可觀……

亂七八糟的想法悄悄鑽出來，長了觸角似地撓得人哪裡都癢，桑如伸手下去，摸到一片濕意。

這身體未經人事，桑如不敢伸進穴裡去摸，只對著陰蒂和陰唇間濡濕的縫隙騷撓。畢竟有前車之鑒，之前第一次就是被自己拿玩具不小心捅沒的。

自慰了好一會兒，小小高潮了一下便渾身沒了力氣，然而餓了許久難以饜足，腦子裡一下是這時的周停棹，一下是後來的他，到最後想著管是哪個能幹人就行，又想著，現在再給她那樣的境況，她不僅要拿腳去勾他，還要把他的褲子扒下來完完全全吃掉那根肉棒……漸漸帶著雜亂的思緒昏昏沉沉睡了過去。

這一覺睡得極不安穩，恍惚間好像置身在一艘小船上，跟著水的波瀾上下起伏，說不上來是舒服還是被打擾睡眠的煩躁。

慢悠悠睜開眼，沒來得及辨認自己在哪裡，下身突然被狠狠撞了一下。

「嗯——」

桑如情不自禁喘出來，這才發現自己正側躺著，被人從後面抱在懷裡操。

她回過頭去看，還沒看清楚人，那人就低下頭來與自己接吻。

清冽的氣味，帶一點些微的菸草香，熟悉的氣息令人安心，是周停棹。

本欲推拒的手轉而虛虛環住他的脖頸，桑如仰頭迎上他的熱吻，感覺周停棹好像頓住一下，接著輕輕笑起來。他低頭，是更為熱烈的親吻。

直到桑如覺得脖子疼了開始後退，周停棹這才停下，舌頭掃過她的嘴唇，說話的聲音低啞又性感。

「醒了？」

桑如還是懵懵的：「嗯？」

「要多鍛鍊。」周停棹繼續緩緩挺動下身，說話聲音低低的好像帶著笑，「被我幹到昏過去了，沒用的小東西。」

桑如又開始迷茫了。

她不是在睡覺嗎？到底哪個才是夢？

周停棹沒給她出神的機會，趁人現在軟得不得了，變本加厲地欺負。

他抬起桑如的左腿，自己則插空讓下身更近地與她貼合，肉與肉的摩擦間抬臀大開大合地動作起來。

在人昏睡過去的時間裡，他已經有一下沒一下地幹了許久，現下穴裡一片泥濘，又濕又軟，越發方便肉棒從這裡進進出出。

「怎麼睡著了還流水。」周停棹手伸到前頭去揉她的奶，握在掌心裡捏成各種形狀，乳肉從指縫溢出，桑如垂頭就能看見，看見了水就流個不停。

她要的何止是這個。

桑如抬手摁在周停棹手背上，半瞇著眼和他一起玩弄自己的胸部，與此同時屁股往後撅著盡可能多地去吃他。

「餵了一晚上了，怎麼還餓成這樣？」周停棹說。

「嗯……不夠，還要你操……」

周停棹揉她胸的力度陡然加大，「騷得沒邊了，挨操了這麼久還把逼往我雞巴上套，是不是想被插一整晚，嗯？」

「要……要一整晚都被插……」好不容易滿足了便不想放過，頭腦昏沉的時候不像平日裡那樣端著，桑如像褪去所有保護殼的幼體，蜷縮在周停棹懷裡不停顫抖，發出的喘叫淫蕩又惹人憐愛，「插死我啊……周停棹。」

周停棹紅了眼，發了狠弄她，肉棒整根沒入又整根抽出，如此幾個來回後，再給一下頂到最深處的操弄，隨後埋在她體內急風驟雨般快速抽插。

「叫出來。」

受了鼓勵，桑如當真越發無所顧忌地喘叫，最後要高潮的關頭夾著他又哭又罵又是哀求，周停棹就一下下啄吻她的背安撫。

「討厭你……」

高潮的聲音也帶著一股濕意，周停棹再次硬起來頂在她腰後作為回應：「嗯，討厭。」

「那你知道我為什麼討厭你嗎？」

「嗯？為什麼呢？」他順著哄。

「你太煩了，不聽話，以後做愛要聽我指揮。」桑如閉著眼睛，說些自己都不知道在說什麼的話，覺得自己好像在作夢，夢裡是什麼都可以說的。

隨後聽見他好像在忍著笑的回答：「好，聽妳的。」

桑如腦海裡一片混混沌沌的，忽然想到什麼，又問：「那你知道我上學的時候為什麼討厭你嗎？」

周停棹這次沒說什麼，發出輕輕的一聲鼻音，示意她繼續說下去。

又睏又累的人這下把眼睛睜開了，轉過身看他，像控訴似的道：「你總是第一，我追得好累，你也不讓讓我。」

這下輪到周停棹愣住了，半晌說：「就因為這樣？」

桑如吸吸鼻子：「就因為這樣。」

誰想當萬年老二啊，煩死了！

下一秒突然被他翻身壓住，周停棹猛然間正面進入她，動作有些狠戾。

再一次被突然填滿，桑如發出一聲滿足的嘆息，他俯下身，鼻息都灑在她臉上。

「妳也不問問我願不願意把第一給妳，就討厭我？」

「那你願意給嗎？」

周停棹沉默頓住，又繼續幹起來。

「不給。」

桑如手上更緊地環住他，心裡覺得周停棹真是討厭死了。

淚眼朦朧間好像看見一片白色衣角。

週一的早自習已經開始有一會兒，身旁的座位還是空著，周停棹看著空落的座位不覺有些出神。

前夜做了奇怪的夢，夢裡他看見她裸著身被一個男人壓在身下，下身緊緊連在一起，連接處溢出曖昧的體液，男人一動作她就顫抖著喘。

她好像在哭，顯得單純又淫蕩。

而自己一會兒好像是旁觀者，一會兒又好像就是那個壓住她抽插的男人，要命地幹她，然後輕輕吻掉她的眼淚。

那些模糊的感受讓人難以捉摸，但又真切到他醒來發覺自己硬得過分。

他不是沒夢見過桑如，只是場面通常不會這樣直白，大概跟圖書館裡的荒唐有關，他才在夢裡開始肆無忌憚。

早自習過了一半多，桑如才從教室後門偷偷溜進來，老師不在，算逃過一劫。

昨天一早醒來，她才發現跟周停棹幹了個爽的事完全是夢，那時候有多充實現在就有多空虛，桑如一邊心裡罵周停棹狗男人一邊再次自慰了一把。

之後的一整天都拿來複習高中全科——距離第一次模擬考只剩一個多星期了。

沒睡好，桑如打了個哈欠，視線碰到周停棹的側臉，哈欠也打不下去了。本來是準備跟他說早安的，不知道怎麼回事就是開不了口。

周停棹也差不多，一是圖書館裡的事尷尬，二是想到在夢裡把她想成那樣就覺得有些愧疚，另外這兩天一直有些……隱隱的躁動。

她太危險，把自己也變得危險起來。

兩人默不作聲地過了一上午，桑如跟曆晨霏去餐廳吃了飯回來，發現自己位置上已經坐了人。

薛璐坐在她的位置上側身在聽周停棹說話，不時點點頭。他們沒發現她來，桑如走近了，能聽見周停棹給她講題的聲音，耐心、溫和，跟給自己講的時候沒有差別。

暦晨霏拽拽她的手，故意咳了兩聲：「妳位置有人欸，先來坐我這邊吧桑桑，反正楊帆還沒回來。」

桑如沒說話，但薛璐終於發現她了，匆匆站起來說：「不好意思，妳坐吧。」

周停棹沒什麼表示，甚至沒有轉頭看她。桑如坐下來，心裡堵得慌，聽到周停棹說的話後火氣更大。

「那去妳那邊吧。」周停棹說。

薛璐愣了一下然後笑了，「好啊！」

兩人去了薛璐的位子繼續一個講一個聽，暦晨霏坐過來，氣道：「這兩個人怎麼回事！」

「拍校園劇吧。」桑如眼皮也沒抬。

郎才女貌，搭得不得了。

真有你的周停棹，不就隔著褲子碰了你那兒嗎，不說話就算了，至於這麼記仇看都不看她？行，真行！

周停棹再回來的時候，桑如正趴在桌上睡覺。腦袋埋在臂彎，束起的長髮撇到一邊，露出細嫩的後頸。

他也伏下來，她輕緩的呼吸便放大些，沿著木桌傳至他耳邊。

喉間再度乾澀起來。

中午教室人很少，不走開就要單獨和她待在一起，可與她待在一起就控制不住那些不好的念頭。

她今天也很漂亮，哪一天都漂亮，無論做什麼，總能讓自己心猿意馬。

看見她的臉，他就會想到她哭著求人插進去，不清不楚地說要，一會兒又不要。

這樣下去會失態，只好逃開。

下午有節自習，曆晨霏那邊傳了紙條過來給桑如，需要周停棹遞過去。

他把紙條放在她桌上，一下午了，她終於從做題的間隙抬起頭，漠然地望他，歪了歪頭。

「曆晨霏給你的。」

桑如這才拿起來，看完在上頭寫了回覆。

周停棹等她寫完，隨時做好了替她傳回去的準備，卻聽見她的手繞到自己身後，打了個響指叫楊帆，把紙條給了他。

越過他，給了別人。

周停棹寫題目的手一頓，解題的思路被徹底打亂。

原本就是這樣的，她從前也是這樣的。

迎面遇到就視而不見，從沒跟他打過招呼，她和許多人都討論過問題，卻從來不找自己。

他知道她討厭自己，幾乎所有人都知道他們不和。

然而她突然會對他笑了，看他的眼裡總有光似的，有時候也會像在撒嬌，讓選同桌，她寫了他的名字，還會約他一起學習，更甚至他們有了更進一步的身體接觸……

人的欲望果真是難以饜足的，周停棹想。

她只是變了那麼幾天，自己就好像再難以忍受她的態度回到從前。

這就受不了了嗎，周停棹。

沒什麼好受不了的吧，他想。

晚自習是老鄭看班，中途讓桑如去辦公室抱練習冊來。

桑如從他桌上找到兩大疊厚厚的本子，正想著全抱回去會不會掉在半路，身後忽然有腳步聲傳來。

她回頭，是周停棹。

下意識道：「你來做什麼？」

說完又後悔，覺得不該主動跟他說話，畢竟兩個人好像正在莫名其妙地冷戰。

周停棹走上前，「鄭老師說怕妳搬不動，叫我來幫忙。」

「不用你幫。」

桑如把兩疊本子疊在一起，剛準備抱起來，手腕就被人握住。

周停棹的手掌很大，圈住她整隻手腕還有餘裕，桑如只覺他又圈緊一些，說：「別生我的氣了，桑如。」

「我生氣？」桑如掙脫開，轉過身抬頭看他的眼睛，說，「我生什麼氣？」

周停棹沉默半晌，其實沒想通她不開心的理由，但知道她不高興了，也想通了一點——假如她跟從前一樣冷淡對他，這的確讓人難以忍受。

思來想去只能倒推到那天圖書館的事，大概是因為自己阻止她了，才讓她不開心？

於是還沒開口耳朵先紅了：「我那個時候……是不是捏妳的腳太用力，把妳弄痛了？對不起。」

桑如沒反應過來，「啊？」

「如果我阻止妳……那樣做，讓妳不開心了，也對不起，」周停棹往前走一步，「以後如果妳想做什麼，我不攔妳了。」

桑如順著他的話捋了好一會兒，這才明白他在說什麼。

難道他是以為自己因調戲沒得手才生氣？

可實質上不過是看他彆彆扭扭不跟自己說話，又跟薛璐走得那樣近，才讓人不舒服得很，便也拿不理不睬的方法來對付他。

但桑如沒打算說，既然周停棹這麼以為了，就正好順水推舟，反正他說不攔她了，那以後豈不是更方便把他搞上手？

桑如幾乎要笑出聲，她忍著笑，裝作沒什麼反應，「哦。」

她的回應太淡了，以至於周停棹不知道這句「哦」究竟是什麼意思。

他蹙著眉，低聲問：「就只有這樣嗎？」

「那不然呢？」

周停棹答不上來，他要什麼答案？要她說沒關係嗎？

下一秒桑如就給了他回答。

「不然呢？」她的手忽而摸到他的胯下，隔著薄薄的校褲虛虛揉弄著蟄伏的性器，並傾身靠在他耳邊，吐出的嗓音又柔又誘惑，「這樣嗎？」

周停棹沒預料到她竟會這樣做，下意識要往後退，下身便被桑如用了力氣捏住，頓時又痛又爽，「嘶」得倒吸一口氣。

他停住，桑如便恢復輕柔的撫摸動作，弄得他像被羽毛撩撥著。

桑如另一隻手拉住周停棹的衣襬，身子幾乎跟他沒有縫隙地貼緊，仰頭，鼻尖似有若無地蹭他的下巴，然後說：「你說我做什麼都不攔的，不許躲。」

良久，周停棹像是思考了一下，低低的嗓音從喉間發出：「嗯。」

接著真就站著不動了。

桑如本只是戲弄他，但聽著他性感的鼻音，感受到手下慢慢挺立的火熱觸感，身體也開始熱起來。

眼前的喉結緊張地滾動了一下，她湊近，伸出舌頭輕輕去舔，而後像誇孩子一樣說：「好乖。」

周停棹忍耐得幾乎要瘋掉，拳頭緊握著垂在身側，不敢碰她，怕她生氣，更怕自己忍不住。辦公室門還大敞著，窗戶也開著通風，隨時都會有人從這裡經過，他越是緊張，下身就越是興奮。

理智讓周停棹開口：「會有人來……」

這話讓桑如也清醒了點，她鬆手，轉身將作業本重新分成兩堆，「回去吧。」

她抽身太快，周停棹愣了一下，桑如已經先一步走了出去。

半晌，周停棹無奈地笑，扯鬆些褲子，抱起作業本大步跟在她後頭。

這作業拿了有一段時間，老鄭隨口問了句：「怎麼拿這麼久？」

桑如平心靜氣地解釋：「剛剛不小心碰掉本子，我們撿起來重新整理了一下。」

周停棹看了她一眼，居然覺得她連隨口胡謅的樣子都是好看的……

老鄭了然，揮手讓他們下去繼續寫作業。

到了晚自習下課，桑如收拾完東西要走，周停棹突然攔住她。

「那天下午我自己又逛了一會兒，挑了禮物給妳。」

桑如心想，大概就是些小女生喜歡的髮圈手鏈之類的吧，結果周停棹把東西拿出來的時候她頓時滿腦子問號。

周停棹抱著一本厚厚的數學參考書和一本議論文大全，認真道：「這本很適合拿來突破，多做對於解最後一題有幫助。這本議論文大全我看了一下，裡面除了範例文還有評語……」

「停。」桑如接過書放在桌上，「謝謝。」

抬腳就準備走，又被周停棹攔住。

「等一下，」周停棹一手拉住她的手腕，一手從口袋裡掏出一條紅色的編織繩，「還有這個。」

這才對嘛！

桑如抬手：「幫我繫上。」

周停棹就垂頭，當真認真給她繫在了手腕上，而後端詳了一會兒，看著她的眼睛道：「很適合妳。」

桑如歪歪腦袋，終於露出今天第一個真正的笑來，「謝謝。」

書是周停棹在書店花了近兩個小時挑的，手環卻是一秒的決定。

一個中年阿姨的路邊攤，不僅賣花，還賣這小小的編織手環。

周停棹看到花便想送她，看到手環也想送她，挪不開步子之際老闆招呼他：「買來送給女朋友吧。」

他就這樣買下了。

第二天再見面，周停棹下意識就去看她的手腕。

她很乖，昨晚給她戴上了就真的沒有摘下來，紅色在被校服遮住的腕間若隱若現，周停棹頓時心情大好。

高三早自習時間被用來統一做英聽練習，聽力播放前廣播先播了一條通知。

桑如沒注意聽內容，光被播音的男聲吸引了注意，托著腮小聲念叨了句：「聲音還滿好聽的。」

周停棹正在看聽力題幹，聽見這話頓住，淡淡道：「是嗎？」

桑如瞥他一眼：「是呀。」

周停棹不說話了，像是在認真準備聽力。

桑如忽然伸手蓋在他的本子上，露出手腕上他繫的紅繩，「好不好看？」

「好看。」

「鬆了，幫我弄緊一點。」

「好。」周停棹放下筆，給她解開，又重新繫好。

小騙子，哪裡鬆了。

桑如不僅說瞎話不眨眼，說些撩撥人的話也是。

「你的聲音更好聽，」桑如忽然開口，說話間轉為手心朝上，屈起指頭去勾他的，「你說句話我聽聽。」

周停棹心一顫，佯裝鎮定地任她玩他的手指：「說什麼？」

桑如想了想，「會念情詩嗎？」

「想聽哪個？」

桑如沒來得及提要求，廣播這時響起了英語聽力的前奏。

她將手安分地回到自己領地，小聲說：「下次告訴你。」

高中其他學科可能都忘了，英文也差不多，但畢竟廣告公司待了那麼久，聽力和口語還算可以。

桑如現在養成了做什麼題都跟周停棹比的習慣，雖說從前也是，不過那時是自己暗自計較，現在則是光明正大。從前輸了就懷疑自己然後討厭他，現在輸了，臉皮厚了不少，還能耍賴說自己沒準備好，周停棹也從不反駁。

好在這回占上風，全對的同時周停棹錯了一題。

「我贏了。」

小孔雀一樣，尾音都揚起來了。

周停棹順著誇她：「嗯，妳贏了。」

聽力結束離上課還有幾分鐘，老鄭把兩人叫到教室外面去。

「明天我們學校跟隔壁三中要互相觀摩學習，你們跟我，還有訓導主任一起去聽幾節公開課。」

「去多久啊？」桑如問。

「半天吧。」

周停棹問：「幾點出發？」

老鄭說：「你們先照常到學校來，出發的時候我來叫你們，大概九點左右。」

「好。」

老鄭準備走的時候，桑如終於問出口：「老師，可以不去嗎？」

「妳不去也行，」老鄭思考了一會兒，應該是在考慮合適人選，半晌道，「那就薛璐跟周停棹去吧。」

「我去。」桑如搶話道。

接著她就聽見周停棹悶悶的一聲笑。

到了吃飯時間，老師難得沒有拖延，剛說了「下課」教室就跑得不剩幾個人。

周停棹站起來，卻發現桑如已經趴下開始睡覺。

他坐回去，怕驚著她便輕聲問：「不舒服嗎？」

桑如抬起身，搖了搖頭，「人太多了不想排隊，過會兒再去。」

周停棹沉默了一會兒，然後說：「妳要不要……跟我回家？」

周停棹的爸媽是這兒的老師，桑如記得的，卻不知道他們一家人平時常住在學校後面的教職員宿舍裡。

她跟著周停棹進了屋子，屋裡很乾淨，哪裡都是井井有條，跟周停棹給人的感覺一樣，清爽又整齊。

「妳先坐。」周停棹說著往廚房去，「蛋炒飯可以嗎？比較快。」

「可以呀。」桑如沒坐下，也跟著走過去。

「有什麼忌口嗎？」周停棹順手拿起圍裙，拿在手上又忽然停下，莫名其妙想，在她面前穿這個，好像有點奇怪？

「沒有。」桑如見他呆住一樣，戳戳他的腰，「怎麼不穿？」

周停棹反應過來，把圍裙穿上，緊接著身體一下子僵住。

她的手環住了自己的腰，不是抱，而是那種似有若無的摸索，手指從腰腹滑到腰側，便有細密的酥麻感由她觸碰到的地方蔓延開來。

但那絲觸感很快就沒了，腰間一緊，一個蝴蝶結在腰後成形。

「繫好了。」

已經開始難熬了。

周停棹突然懷疑起把她帶回來的這個決定，是對還是錯。

「叔叔阿姨不回來吃嗎？」

「他們一般在教職員餐廳吃午飯。」周停棹說著從冰箱裡拿了幾個雞蛋出來。

桑如摩拳擦掌，「我來打蛋吧！」

周停棹下巴微抬示意：「嗯，洗個碗來。」

於是桑如挑了個大碗，又洗了雙筷子，等周停棹把雞蛋簡單洗了一遍，便興沖沖開始把雞蛋敲進去。

周停棹拿出根胡蘿蔔，邊洗邊注意桑如的動向。

她學習的時候總是很用功，玩心原來體現在這時候。

只見她低頭看著碗裡的幾個雞蛋，先是晃了晃碗，再拿筷子小心翼翼把蛋黃勾破，直到蛋液流出來了才開始攪拌。

可愛得要命。

桑如抬頭遇上周停棹的目光，「看我幹嘛？」

「沒什麼。」周停棹轉到流理臺前，把砧板拿出來。

剛把胡蘿蔔放下，手肘忽而被什麼撞得抬起，下一秒身前就多了個人。

她就這麼鑽進人懷裡，把碗抬起些，問：「是這樣攪嗎？」

語氣無辜，好像真是在請教什麼問題。

周停棹腮幫緊了緊，忍耐著往後退一步，但她卻不讓。桑如騰出一隻手，把周停棹垂下的手又牽回來，搭在身後的流理臺上。

她主動把自己圈進了別人懷裡，輕輕攪著蛋液，又問一遍：「是這樣嗎？」

人與人之間總有安全距離，可眼下他們貼得這樣近，連一呼一吸都清晰可聞，哪裡還有什麼距離可言。

周停棹整個人都好像緊繃著，從她鑽進他懷裡開始，他望過來的眼神便像含著許多說不出來的東西，眸色深沉，好像要把人都吸進去。

桑如有些熱，準備結束這一時興起的調戲，然而肩膀突然被握住，再然後只感到周停棹手下用了力，自己就被轉過身去。

周停棹貼在身後，微微俯下身，鼻息就灑在她的耳後敏感地帶，桑如本能地瑟縮，緊接著手忽然被包裹住。

「是這樣。」周停棹說。

他就這樣握著她的手，稍稍轉換了角度攪弄起來，速度很慢，一圈一圈地磨人。道高一尺，魔高一丈。

周停棹學習速度快，沒想到在撩撥人方面也天賦異稟。

桑如被他手心包裹得全身發麻，連帶著舌頭都有點打結：「……知道了，鬆開吧。」

他沒說話，也沒鬆手，鼻間發出幾聲輕笑，胸膛微微震動的觸感從背後傳來，桑如想往前躲，卻避無可避，上身前傾的同時臀部也跟著抬起，蹭到他的某個部位。

只碰上了一秒，周停棹立刻退讓開，說：「妳去休息吧，我來弄飯。」

桑如便坐在客廳沙發上安心等飯來，同時思考著他怎麼就這麼快學會反撩了，那個架勢簡直跟之後的他第一次模擬考一樣。

好傢伙，他的基因組裡是有一組叫撩人嗎？

桑如從不知道周停棹會下廚，他們幾乎每次見面都在飯店過，要麼顧不上吃飯，要麼做愛前後順便去吃一頓，互不干涉私人生活。

到了現在才發現，周停棹的許多個人資訊她都無從知曉，像是學習以外的特長，像是做愛以外的愛好。

甚至做愛可能也不是他的愛好，或許自己只是一個消遣，成年人的消遣不外乎此了。

對二十七歲的周停棹不爽的情緒頓時從心裡頭升起，把十七歲的周停棹搞到手的念頭就更加強烈。這段時間相處下來，桑如能感覺到他並不排斥自己，自己那些越矩的行為他甚至還會回應。

是個好兆頭，得再快點讓他喜歡上自己才行，桑如想。

這樣如果她能回去，就一定要告訴周停棹——你上學的時候愛我愛得要命。

如果不能回去，她又想了一下，就這樣跟他在一塊兒，在有周停棹的青春裡重新長大一次，好像也不錯。

「吃飯了。」周停棹端了兩碗蛋炒飯來，除了雞蛋胡蘿蔔，他不知道什麼時候又加了點玉米粒和火腿進去，看起來賣相很不錯。

「好香！」桑如說，「你怎麼什麼都會啊周停棹。」

他把碗放在餐桌上，把圍裙也摘了，難得地開玩笑一樣說：「也沒有什麼都會，生孩子就不會。」

「我會啊。」桑如忍不住回。

嘴太快，說完她自己都愣了一下，周停棹也頓住，微微勾起的唇角僵在臉上。

然後臉騰地一下紅了。

第三章　攻略開始

翌日一起去交流的除了他們，高一高二也有老師和學生代表過去，所以學校統一用遊覽車接送。

桑如在後排靠窗的位置坐下，周停棹極其自然地跟著在她身邊落座。

昨天去他家吃了那麼一頓飯，兩人心照不宣地略過中間某些插曲，吃完了飯趕回教室去，離上課還有一段時間。

周停棹是不知道桑如正在盤算以後也常去他家光顧的，她正望著車窗外的街景，哪怕出神也總是漂亮。

她最近有些不同，好像離自己越來越近了。

還有一段距離才抵達，這路程讓人昏昏欲睡，其他人的交談聲也漸漸低下去。桑如瞇著眼睡覺，被一個急剎車弄得把頭靠在了周停棹肩上。

她沒真睡著，但還是蹭蹭他的肩膀就著這樣的姿勢接著休息。周停棹僵著身子沒動，頸窩被她的頭髮戳得有些癢。

就這樣待了幾分鐘，桑如忽然又挪近一點，頭仰起些角度，但還貼在他身上，鼻尖碰上他脖頸的肌膚，有一下沒一下地撓他，感覺到他身子繃得更緊，呼吸也開始急促，才開口，近乎是在他耳邊說：「不睏嗎？」

聲音嬌得不得了。

大家都在闔眼休息，周停棹壓下嗓子，聲音便更低沉：「不睏。」

「哦。」桑如應聲，忽而抬起右手環住他的脖頸，指頭滑到喉結處，輕輕摸了幾下，說，「這樣聽你說話，傳聲效果好像不太一樣，也好聽。」
周停棹心跳得飛快，不知道怎麼回應她就統一地：「嗯。」
「周停棹，」桑如叫他的名字，無厘頭地問了一句，「你會喘嗎？」
「嗯？」
「就像這樣，」桑如說著仰起頭，這下腦袋真離開了他的肩膀，湊到他耳邊柔柔發出一聲，「嗯～」
太猝不及防，周停棹幾乎立刻硬了起來。
他攥起拳頭，再開口時聲音更啞：「不知道。」
「是嗎？」
桑如仗著坐在最後沒人看見，又靠回他肩上舒舒服服地休息。
周停棹下身脹得厲害，明知她總不安分，撩惹得自己又難受又快慰，卻還是想靠近，哪怕這樣依偎著什麼也不做，他也覺得很好。
可她似乎並不這麼覺得，一定要看自己失控了才罷休，在桑如把手放在他腿上時周停棹覺得自己快瘋了。
他身上有種淡淡的香，可能是某種洗衣精的香味，跟後來的他不太一樣。
雖然他極少在自己面前抽菸，但距離極近的時候，她能聞見他身上絲絲縷縷的菸味，不濃，是她可以接受的程度，這氣味有時甚至是性愛裡的興奮劑。
而眼前這個周停棹，他的氣味乾淨、溫和，沒有那樣的侵略感，是令人如沐春風的舒服，桑如聞著他的味道，卻在想他沾染上精液，或是來自她的體液，又會是怎樣。
桑如沿著他的大腿，只拿指尖掠過，來回撓幾下便被抓住了手。
周停棹的嗓音開始越發低啞，「別鬧。」

「不要。」桑如甚至更往上挪，「你說過不攔我的……」

周停棹咬著牙，一下天堂，一下地獄，一時間分不清自己在哪裡。

桑如終於肯摸到鼓鼓脹脹的那塊地方。

「好大。」她手下輕輕撫弄，抬頭看他的眼睛，說話間帶著笑，「你硬得好快呀，周停棹。」

周停棹薄唇緊抿著一言不發，他越是不說話桑如越想逗他：「是為什麼呢？嗯？」

為什麼呢？

他也想知道為什麼。

自己的自制力一向很好，卻頻頻在她面前失態，看她的樣子，聽她的聲音，被她蹭一蹭，下身就能輕易硬起來，裹挾著欲望跟他的理智叫囂。

為什麼呢？

「因為是妳。」周停棹呼吸也變得不規律，回答卻認真。

桑如心裡怦然一下，手頓住，接著握緊幾分，順著性器在褲子上勾勒出的形狀緩慢滑動。他又熱又硬，戳得她手心發麻，全身都在軟，就連穴也不自覺地夾緊。

校褲寬鬆，鬆緊腰帶方便人作惡。桑如第一次真正伸手進去觸碰他，周停棹一下慌了神，抓住她的手臂。

「讓我摸摸它。」桑如軟著聲將氣音遞到他耳邊，「想讓你舒服……」

周停棹幾乎到了崩潰邊緣，他甚至想現在就把下體掏出來打，就當著她的面，把她總在挑逗的東西完完全全地給她看，再把精液都射出來，射到她身上。

但他不能，別說現在的情況根本不合適，即便只有兩個人在，他也怕嚇著她。

於是只能忍著，任她對他做這些冰火兩重天的事。

桑如摸到他下腹粗硬的恥毛，只覺下身又吐出水來，荷爾蒙這種東西實在奇妙，恐怕是懂得什麼遙相呼應的法門，從他身上一散發，就能把自己也挑逗起來。

想做個置身事外撩撥人的玩家，這想法在周停棹面前似乎只有四個字——此路不通。

桑如要逗弄周停棹，結果把自己也弄出了水，她把下巴擱在周停棹肩上，手掌繼續在下腹流連，硬實緊致的肌理，摸起來手感很好。

「腹肌？」

「嗯。」

「下次我要看，」見他沒回應，桑如手又摸了一把，「好不好？」

「……好。」

哪裡有商量的餘地，他說不好，她就不做了嗎？

周停棹從沒經受過這樣快樂的折磨，只能她說什麼，就是什麼。

得了滿意的答案，桑如手心轉了個方向，往熱度最盛的地方去。

她的手很軟，沒骨頭似的，握住自己性器的時候好像陷進一團棉花裡。

褲子制約著手部動作，使得桑如並不能大開大合地搓動，卻迫使著她更近一步去緊貼住莖身。

桑如指尖從莖身底端接近囊袋的地方輕柔地往上勾，一邊旋轉著角度一邊感受著他的雞巴在自己手心裡越來越大。

周停棹的呼吸明顯粗重起來，桑如刮撓著他的龜頭，忽然指頭一涼。

桑如頓住，接著指腹在馬眼處來回蹭了幾下，終於從他褲子裡抽出手來。

看清食指上的東西，桑如彎起唇角，像炫耀戰利品一樣把指頭伸到周停棹眼底。透明的黏液在光下顯出晶亮的淫靡，她依舊貼得他很近：「你流水了耶……」

周停棹偏過頭，耳根紅紅的，桑如就去舔他的耳朵，然後輕聲叫他。

他看過來，便見她迷離著眼，模樣無辜地把手指放到唇邊，而後小小的舌尖探出來，輕輕一裹，便把他的體液捲進嘴裡。

周停棹額上青筋直冒，終於恨恨地念她的名字。

「嗯？」她答應了，一點也沒露怯，微微仰頭做了一個吞咽的動作，然後說，「我也流水了，你要不要摸摸看？」

有什麼東西在周停棹腦中炸開，他來不及思索，手已經被牽引著放到了那人身下。

他們一中很怪，平時學生們穿的藍白校服是一套，現在桑如和周停棹身上的又是一套。前者日常穿，醜得平平無奇；後者則是為數不多的紅白英倫風款式，搭的是短裙，許多正式場合裡才會讓學生穿這身。

桑如今天穿了短裙，因此把周停棹的手拉過來，便直接蓋在了裙襬下頭。

被牽引著到那樣的地方，讓周停棹徹底僵住了，乖順地任桑如擺弄他的手指，讓他離潘朵拉魔盒近一點，再近一點。

忽而碰到一片薄薄的布料，一股蓬勃的濕熱氣從指尖開始，猛地席捲到全身。

她的確流水了，把內褲都弄濕，一不小心戳上去，就險些陷進柔軟的濕潤地。

周停棹下意識想縮回手，卻被她兩隻細嫩的手心握住。

好像哪怕只是輕輕地碰一下她都會發抖，剛剛還居高臨下逗弄他的小孔雀，現在還沒有真正被他怎麼樣，就紅了眼尾。

何止是那裡濕了，周停棹想，她明明哪裡都是濕潤潤的。

性器官之間無需再多信號就能共鳴，周停棹幾乎無師自通地開始動起手指刮蹭，體液浸過內褲連帶著把他的手指也弄濕。

她好嫩，好軟，周停棹不敢用力，那裡像是塊嫩豆腐，稍微一戳就能破開。

動作間周停棹已經微微傾身靠向桑如這裡，正好方便她更深地埋進他肩窩，舒服得不斷發出小聲的鼻音，像只嗚咽的討人憐愛的小獸。

「舒不舒服？」周停棹問。

「嗯啊……舒服……」

周停棹被她的回答弄得心下一顫，不知從哪裡來的念頭，忽然挑開那片布料，指頭從邊縫裡鑽了進去。

太嫩了……

周停棹感覺自己摸到了一條縫隙，兩片小小的花瓣大約是她的陰唇，有花液從裡頭沁出來，氾濫成災。

桑如在他懷裡發抖，腿夾緊的同時把他的手也攔在裡頭。

周停棹手掌一個用力，將她的腿分開，而後啞聲道：「摸我。」

如果不是他依舊在不停玩弄自己的小穴，桑如簡直不敢相信這是這個周停棹說出來的話。

但她渾身都在興奮，順著他的話又把手放回他的莖身上，兩人就這樣開始隱祕地撫弄著雙方的性器。

周停棹無意間摸到一個凸起的小點，而這時候會發現桑如開始顫抖得越發厲害，心下了然，便來回碾過這處。

周停棹陳述事實：「真的好多水。」

「你別說了……嗯啊……」

她抖著身子小小高潮了一回，周停棹垂頭就能看見她的胸口在起伏，開口時帶了自己也沒察覺到的成就感，「舒服嗎？」

桑如沒說話，直起身子來看他一眼，這一眼輕飄飄，殺傷力卻十足，周停棹手從裙襬下拿出來，聞到一股腥臊的甜。

硬得要炸了。

接下來桑如做的事幾乎讓他徹底繳械。

她忽然俯下身，只扒下褲子一點點，張口就把龜頭含了進去。

周停棹猝不及防悶哼一聲，前排有人聽見動靜回過頭來，迷迷糊糊地問：「怎麼了？」

他幾乎立刻拿外套蓋住桑如的腦袋，鎮定道：「沒事。」

那人「哦」了一聲，回過身的瞬間，周停棹在桑如嘴裡射了精。

她從衣服底下鑽出來，臉被悶得紅紅的，張開嘴讓他看了一眼。

紅的，白的，汙濁的。

她居然吞了下去，嘴邊還沾著濃白的精，她說：「我聽見你喘了，周停棹。」

到達三中時已經快十一點，校方的人領他們去休息室歇息了一會兒，正好去觀摩最後一節課，課程安排在他們的實驗班。

周停棹、桑如都是一中最好的班級裡出來的學生，老師也來自實驗班，因而這次交流準確來說更像是兩所學校資優班之間的互相學習，也隱隱有比較的意思。

他們被安排在班裡空著的座位上，老師們則坐在最後一排聽課。

桑如坐得靠前，周停棹靠後，他看著她的後腦勺，腦海裡還在不停閃過剛才在車裡的畫面，想著想著就有些不對，周停棹看向黑板，勉力讓自己冷靜下來。

她實在太令人難以招架。

這個數學老師跟老鄭的風格不太相同，是一個年紀更長的老師，講課時相較老鄭的輕鬆愉快來說顯得有些嚴肅，不知道平時的課堂氣氛是不是也是如此，多少有些沉悶。

但桑如還挺喜歡這個老師，所以在他問同學們還有沒有更好的解法時，主動舉了手。

一道立體幾何，桑如給出的輔助線顯然比之前同學的答案更加簡便，減去了許多彎彎繞繞的解題步驟，老師也露出贊許的神情。

雖然不是她本意，但桑如的確給一中掙了臉面，就連她的臨時同桌，一個清秀好看的男生下了課也攔住她，「同學，妳叫什麼名字，我覺得妳很厲害，可以認識一下嗎？」

桑如沒覺得有什麼，跟他互通了姓名，還沒再多聊幾句，身後有人叫她。

一回頭，是周停棹。

「走了。」

聲音表情都淡，桑如沒來得及應他，就見他身後來了個女生把他叫住，「同學，你叫什麼啊？」

一樣的境況，桑如沒忍住笑出聲。

藍廷不知道她在笑什麼，只覺得她笑起來，側臉也很好看。

「怎麼了嗎？」

「沒事。」桑如回過頭，臉上還帶著笑，讓藍廷有一瞬的恍神，她說，「那我就先走了，再見。」

「等等！」他不知怎麼就叫住了她，看她停下安靜等著下文，就道，「加個好友吧，我們有學習問題也方便交流。」

桑如哪裡看不出來這個男孩子對她有點興趣，不過眼下遠一點有高考，近一點有第一次模擬考，有個可以討論問題的人也不錯，於是把用了許多年的那串數字寫在紙上給了他。

紙條剛遞出去，後背就有熱度貼上來，若即若離的，不壓迫人，卻很有存在感。

周停棹走到她身邊來，又問一遍：「走嗎？」

「嗯。」桑如看他身後，剛剛的女孩子已經不在，「你談好了？」

周停棹像是不情不願似的，鼻間哼一聲作為應答。

於是桑如回頭跟這個臨時同桌告別：「再見，藍廷。」

午餐被安排在三中的教職員餐廳，下午還要再聽一節課，暫時回不去。

一中來訪的和三中負責接待的老師坐在同一桌，他們幾個學生坐在一起。

有個學妹找話題聊：「學長學姐，高三是不是很辛苦啊？」

桑如想了下，說：「還可以。」

有帥哥泡，確實還可以。

周停棹沒什麼好說，附和一句：「嗯。」

這時有人壓著聲音說：「你怎麼還帶了手機！」

「我媽怕我被綁架，硬要我偷偷帶著……」

桑如看見手機，想起剛剛藍廷向她要聯繫方式，再一想，對啊，她跟周停棹連彼此的手機號碼都不知道。

她手放到桌下，撓兩下他的大腿，周停棹看她，以為她又要撩惹自己，艱難地說：「人很多……」

這下輪到桑如愣住了，明白過來以後低低地笑起來：「我是要問你，你的手機號碼還有通訊軟體的 ID。」

周停棹耳尖紅紅，從兜裡掏出手機操作幾下，遞給她，「妳自己加。」

桑如沒想到周停棹也是會帶這個的人，驚訝道：「你也帶了？」

「嗯，」周停棹說，「防身。」

「防身？」桑如把他的答案念叨一遍，突然想到什麼，靠近他悄悄帶笑說，「看來沒用，防住我了嗎？」

周停棹拿筷子的手一下頓住，抿抿唇說：「吃飯。」

桑如開心得很，把注意力放回手機上。

過於古早的介面，桑如還有點不習慣，給自己發過去驗證申請後問他：「我能登一下我的嗎？」

「嗯。」

桑如這麼多年沒改過密碼，很快就登了進去，提前靜了音，滴滴滴的聲音並沒有響起。她通過申請，傳了條訊息給周停棹，再登出。

「你記得登入看一下，好像有新訊息。」桑如把手機遞回時說，語氣正經。

周停棹收回口袋：「不急。」

「你看。」

周停棹看她，想到點什麼。

再打開消息介面一看——「崽崽の：這裡的飯菜很普通，不如你好吃。」

周停棹合上手機，暗暗咬了咬牙。

而發了這訊息的人正咬著筷子側頭來看他，神情狡黠，一副壞事得逞的高興樣。

他微不可聞地嘆口氣，心都軟了，還怎麼對她的惡作劇生氣。

有了聯繫方式她便不可能安分，周停棹比平時晚睡了半小時，終於等來桑如再次發來的訊息。

「崽崽の：小周在嗎小周在嗎？」

「Z：在。」

「崽崽の：有個題目不會，明天教我！」

「Z：好。」

「崽崽の：你就不能多说幾個字？」

「Z：早點休息。」

桑如躺在床上看著他的回覆，長長嘆了口氣。

「崽崽の：睡不着。」

周停棹見她這麼說，以為她出了什麼問題，蹙起眉頭正準備問，這時螢幕上又跳出來消息來。

「崽崽の：一閉上眼就總是想到你耶。」

「崽崽の：你射在我嘴裡的樣子，好性感。」

桑如發完訊息便抱著手機暢快地笑出聲，她甚至能想像出來周停棹會是什麼反應，比如現在良久沒回消息，就是他最正常的反應。

周停棹沒想到她隔著螢幕也要這樣撩撥人，冷靜了好一會兒，才回了一句牛頭不對馬嘴的話。

「Z：晚安。」

桑如好像一直守著似的，回得很快，見他繞過話題也不把話頭往回拉，只順著他的意思說。

「崽崽の：小周晚安，小周明天　。」

「Z：明天見。」

「崽崽の：要說崽崽明天見。」

周停棹心跳悄悄加快，猶豫了一下，手指還是按下按鍵。

「z：崽崽明天見。」

關掉手機，失眠的人不是她，反而成了自己。

周停棹看著天花板發呆，思緒遊離著，卻又兜兜轉轉繞不開同一個人。

叫了暱稱，那是不是說明，他們的距離又近一點了？

自從有人提了一句「下周這個時候就是第一次模擬考」開始，全班整個陷入恐慌。

桑如也緊張了一下，卻見周停棹毫無波動，突然想起來上次夢見後來的周停棹，問他願不願意把第一讓給自己，他的答案是什麼來著——

「不給。」

那現在的他，答案會是什麼？

「周停棹。」桑如動作幅度極小地扯扯他的衣袖，「你是不是從小到大總是第一？」

他像是想了一下，然後點頭：「嗯。」

「我也是，」桑如說，「但是碰到你就不是了。」

見周停棹若有所思地抿唇，她故意問：「那你這次，要不要把第一讓給我？」

夢是一個人潛意識的呈現，相比於成為第一，現在的周停棹與後來的周停棹，與她認為的那個人，他們之間有怎樣的不同，這是桑如更想知道的。所以問這個問題，與其說是撒嬌要他讓讓自己，不如說是對他這個人充滿好奇。

他回答得比自己想得快，開口時似乎有些難以啟齒。

「不給……」

桑如頓時笑起來。

是你呀周停棹，是你。

接著又聽他說了後半句：「不用我讓，妳自己也可以贏我。」

桑如笑容頓了一下，而後笑眼彎彎，抬手揉揉他的耳尖：「嗯，當然。」

「對了，」桑如放下手，想起昨晚收到的資訊，「藍廷約我週末去圖書館自習，你說我要去還是不去？」

「誰？」

「藍廷，記得嗎？昨天三中的那個男生，跟我同桌。」

周停棹輕輕「嗯」一聲算作肯定的回答，心裡頭默默計較起她「同桌」這個詞的用法。

「他名字第二個字的讀音跟你一樣欸，成績好像也很好，長得也挺好看的……」

周停棹聽她的話語，沉默著一言不發，直到她湊近自己。

「我要去嗎？」桑如托著腮，問題拋給他。

周停棹看看她，然後低頭看書，語氣假意平和：「看妳自己。」

「好喔。」桑如轉回身去沒再側著，「我已經答應了。」

周停棹的目光凝在書上的某個字，沒再往下移，開口時帶了連自己也沒察覺到的不開心：「……那還問我做什麼？」

他聽見她在笑，聽見她的指頭一下一下敲著桌面，又聽見她說：「你生氣了？」

好像見不得人的陰暗心理被窺見，周停棹蜷了下手指，「沒有。」

「你有。」桑如說，「所以你跟我一起去吧？」

邀請有些突然，但不得不承認，有人會因為這突如其來的邀約情緒由陰轉晴。

但他還是要說：「……他又沒約我。」

桑如故技重施撓他的腿，「我約你呀。」

週六上午桑如從家裡下來，便見周停棹已經在一樓等著。

周停棹難得主動發訊息給自己，第一次主動發，居然是問她要不要他來接，再一起去圖書館。

這段時間的泡帥哥行為好像有了成效呢，桑如欣然答應。

他們今天到得還早些，等了幾分鐘藍廷也到了門口，身後還跟著一個漂亮女生。

桑如看著面熟，見她一直盯著周停棹笑，這才想起來那天攔住周停棹問名字的就是她了。

四人面對面站著，有些尷尬地打了個招呼，接著大眼瞪小眼互相看了一會兒。

女生打量了他們的穿著，而後支支吾吾道：「你們……」

桑如看看周停棹，又低頭看看自己。

白襯衫，牛仔褲，白色休閒鞋，不約而同的相似穿著，被認為是情侶裝也不為過。

視線跟周停棹撞上，桑如彎唇笑起來，對她道：「巧合。」

「那就好。」曾安羽看起來像是鬆了一口氣，「我們進去吧。」

說話間自然地走到周停棹旁邊，桑如沒放在心上似的，自動落在後頭跟藍廷並肩。

「周停棹，我們又見面啦！」

「妳好。」周停棹禮貌回應，回頭去找剛還在身側的人，見兩人聊得開心，笑容也燦爛，垂眸轉過身去繼續往前走。

桑如餘光瞥見他的動作，不動聲色地拿笑來回應藍廷剛說的話。

四人找了張桌子兩兩面對面坐下，桑如跟藍廷同一邊，跟周停棹則是面對面。

坐下時四目相對，在同樣的地點，同樣坐在對面，他們幾乎同時下意識聯想到上次兩人單獨出來自習是什麼情況。

桑如歪歪腦袋看他，周停棹便斂眸看考卷，一副心如止水的樣子。

安靜自習沒多久，曾安羽便開始頻頻請教周停棹問題，他盡量都寫在紙上一一解答，偶有幾句言語溝通，可還是不免有微弱的嘈雜。

桑如聽得心煩，面前出現張白紙。

藍廷遞過來的，寫著：「圖書館好像不太適合討論，我們等一下去肯德基好了，正好差不多到那裡就是吃飯時間了。」

桑如點點頭，藍廷這才把紙轉到對面去給他們看。

周停棹不是沒留意到——寫完非要先給她看，心思都寫在臉上了。

又過一會兒，差不多準備離開，桑如示意他們自己先去趟洗手間。

三人收拾著東西等她，就在曾安羽湊過來要說什麼的時候，周停棹口袋裡的手機震動兩下。

打開，她的頭像正不停跳動，周停棹側過身點開。

「崽崽の：I區201—499」

一個書架位置，不知所以然。但卻有什麼東西好像隨著這條訊息鑽進他心裡，鼓譟得讓人不得安寧。

「我去借本書。」他說。

曾安羽立刻道：「我也去！」

「沒關係，我一下就回來了。」

語氣嚴肅，曾安羽不自覺就坐了下來。

I區，文學區。

周停棹並不覺得桑如是有什麼好書要給他看，也並不想問。

她如果叫他去，那去就是了。

找到對應的書架時，她正捧著本書在看，有光從外頭照進來，她半背對著光線，半明半暗間好像與心裡那個鼓噪個不停的什麼一拍即合。

周停棹有一瞬的怔愣，然而她抬起頭來，隔著幾公尺的距離看向他，他便不由自主地抬步朝她走去。

「我找到一本喜歡的書。」她說。

「是什麼？」

距離縮短至半公尺。

「《博爾赫斯詩選》。」桑如半合起書，給他看封面，「還記得你欠著我什麼嗎？」

周停棹微頓，「情詩？」

「嗯。」見他記得，桑如心情不錯，「是不是該還了？」

「好。」他答應得乾脆。

「你不問我要你讀什麼？」

答應得太快，幾乎不經思考，還債的人還這樣急迫，周停棹頓了兩秒，問：「要讀什麼？」

桑如低聲笑起來，翻開自己剛剛停留的那頁，遞給他：「這篇。」

周停棹掃一眼，緩緩念：「我用什麼才能留住妳？」

桑如給出個肯定的鼻音，周停棹卻突然把書闔上。

「念另一個譯本給妳聽，好不好？」

「你會背？」

「看過，就記得了。」

「……你念。」

他沉沉看她一眼，再開口時好像把情意都鋪開。

「我給妳瘦落的街道，絕望的落日……」

他念得很慢，怕吵著別人嗓音壓得低，桑如一點點將兩人的半公尺距離縮到咫尺，低聲提示他：「要看著我的眼睛。」

周停棹頓住，喉結下意識滾了一下，接著道：「荒郊的月亮……」

他這麼說，卻不這麼想。

荒郊沒有月亮，天上也沒有，月亮藏在哪裡呢。

周停棹看著眼前人的眼睛，好像找到了月亮的居所。

桑如溺進他的聲音裡，也溺進他的視線裡，貼他近一步，又近一步。

她悄悄勾起他的手指，抬頭，距離不過毫釐。

像是在考驗他，她問：「最後一段是什麼？」

周停棹低沉的嗓音裡混入一些別的什麼，開口時略顯低啞。

「我給妳我的寂寞……」

桑如勾著他的手指輕輕蹭。

「我的黑暗……」

她抬起右手拂過他的頸線。

「我心的饑渴……」

他的聲音裡努力抑制著什麼，桑如聽出來了，聽出來了才快活，手落到他的臉頰。

「還有一句。」她說。

「我試圖用困惑、危險、失敗來打動妳……」

念到這裡周停棹倏忽滯在原地。

「妳」字沒能吐露完全，中途忽而被她含入唇間，他陳述無意間記下的詩，念到最後沒得圓滿。

而這個吻突如其來，胸腔裡躁動不安了許久的東西終於剎那間應聲破裂。

一個末到午間的平凡日子，他的月亮為他升起。

比較是一件很沒意思的事，無非你這裡勝過我，我那裡強過你。在一個人的年少時期，則大多表現於分數高低，獎項優劣。

周停棹是這場漫長的競賽裡長久的贏家，他一直都知道。

「他可是周停棹啊……」輸掉的人這樣說。

競爭者的認輸是他們淪為獵物的開始。

鬥爭本能在頻頻的告捷裡潛藏，慣性勝利讓一切變得毫無趣味。

直到遇見她。

桑如的好勝心向來張揚，比分追逐的遊戲裡常在他後頭咬得死緊，她比任何一個人都更接近他的勝利。

她在輸，卻從沒認過輸，即便多次一樣的結果，也總能重振旗鼓。

一個有趣的競爭者光顧，競技場重新吹起號角，周停棹能感覺到血液隱隱沸騰。

鈍化的好鬥性被她打磨，他的目光一次又一次在她身上停駐。

而這樣的審視什麼時候悄悄發生了變化，他也不知道，只知道等反應過來，她在他眼裡一切都不同了。

桑如其實並不像他一開始想的那樣耐挫，落後時也會偷偷紅眼睛，她唯一的好勝心只在與自己爭先，也可能不是跟自己，前面無論是誰，她或許都願意爭上一爭。

除此之外的一切跡象，無一不在說明，比起好鬥的雌獅，她更像是個軟和的小獸。

到後來許多人覺得桑如強勢，周停棹謙遜，兩人有那麼些不愉快是前者心胸狹隘。

然而強勢包裹柔軟，謙和掩藏獸性，狩獵者長久以來完成獸的馴化，卸下配槍甘願成為她的獵物。

包括她自己可能都認為跟在他身後追逐許久，等一切都推翻，他注視她的背影已經走過漫長的年頭。

而這一切浮出水面耗時多年，不在此時，不在此刻。

時光洪流回溯十載，那個背影終於願意回一回頭。

他的月亮終於施以憐憫，在這樣一個時刻，賜予他世間最柔軟的親吻。

再出格的事也做過，這次的心跳卻勝過任何一回。

驟然的驚愕、緊張、狂喜……一切一切的情緒之後，不知從哪裡湧上一股悲戚。

周停棹尋不到這份情緒的來源，好像已經在內裡壓抑許久，久到成為本能。

桑如調戲他許多次都得手，幾乎已經輕車熟路，但這次吻他，醞釀了大半首詩的勇氣。

她閉著眼睛，唇與唇相貼之間忍不住心也怦然，卻忽而嘗到一點濕潤，她驚得退讓開。

抬眼，周停棹居然在哭。

「對不起……」她立刻說，而後慌亂地抬手去為他擦眼淚，手卻被握住。

周停棹一手握住她的手腕，左手拭掉臉上的淚水，看著手指上的水光像是自言自語地喃喃：「我怎麼會哭？」

「是啊，你怎麼會哭？」桑如抬起另一隻空閒的手，固執地為他輕輕擦去剩餘的眼淚，「不喜歡我吻你的話，以後就不這樣了。」

周停棹下意識道：「不是。」

感到手腕被突然握緊，桑如掙脫一下，周停棹才回過神來鬆開箝制住她的手。

「抱歉。」

「沒有。」桑如有些挫敗地說，「這還是我第一次把一個男孩子親哭。」

他卻只抓住了一個重點：「還有別人？」

桑如啞然，腦海裡浮現那個未來的周停棹。

他的吻纏綿又強勢，往往一上來就把人親得整個發軟，等她受不住地要躲，他可能就會摁住她的後腦慢慢地吮吻，要她軟在他懷裡怎樣也逃不脫才算結束。

桑如看著眼前的他，眼神也柔和，笑著搖搖頭，「只有你。」

離開位子得夠久，該回去了。

去跟藍廷他們會合的路上，桑如忍不住又小聲問他：「你到底為什麼會哭？」

周停棹也想不明白，剛剛不知道哪裡來的情緒又不知到哪裡去了，就好像只是一瞬間潮湧來，又悄無聲息地退去。

「不知道……」

桑如停下來看他，突然說：「你好可愛啊，周停棹。」

她不是第一次拿這個詞形容自己，周停棹放棄抵抗，默默嘆口氣道：「走吧，他們應該等很久了。」

再回到座位，藍廷還好，曾安羽用你們果然有姦情的目光看過來。

桑如做了不坦蕩的事，看起來卻絲毫不慌張，只說：「走了。」

幾人吃了一頓垃圾食物，又順道討論了一些題目。

桑如見周停棹眉頭緊蹙，大約難以忍受在這麼喧譁的地方學習，便提議提前結束。

跟來時一樣的分組，桑如與周停棹順道，藍廷和曾安羽一起。回去的公車上，桑如忽然收到藍廷的訊息。

「不方便回答也沒關係，你們……是在戀愛嗎？」

桑如側頭看他，車窗外夕陽落山，餘下的光往他身上灑，好看得不像話。見她望著自己不發一語，周停棹問：「怎麼了？」

桑如彎唇朝他笑著搖搖頭，低頭回覆了藍廷那個問題。

「還不算，我正在追他。」

得了她的親吻，然而一切並沒有什麼不同，周停棹面上平靜地繼續與她相處，心裡卻惴惴地等待她的下一步宣判。

但她沒再有什麼舉動，頂多再跟前些天那樣，偶爾對他隔靴搔癢似的撩撥，撩完就跑。

跑去做什麼了呢？

學習。

第一次模擬考迫在眉睫，桑如許久沒考試，怕拖了自己的後腿，好勝心也並不允許自己比周停棹落後的同時落後得太多，手生之餘又想看看自己還能有多少斤兩，總之剩下的幾天更專注地投身入學海裡頭。

追人是要緊事，考試也是。正在追周停棹的話雖放出去了，但當事人並不知道，況且又不會跑，那暫且就把事業的優先順序往前排一排。

正式考試時間排了週四週五連著兩天，按上回考試成績排名分的考場，兩人在一號考場遇見，一前一後地坐著。

第一場語文開考前，周停棹忽而感覺後背有小貓在撓一樣，回頭去看，桑如微微前傾靠近他，小聲說了句：「跟我來。」

桑如走在前頭，周停棹自覺保持一公尺的距離跟在身後，視線規矩地看著前方，神情故作嚴肅，就好像不是一起要去哪裡做什麼，只是恰好同路。

五樓有間小小的儲藏間，不常有人來。

他們先後進了裡頭，外面的聲音便被隔絕在外，模模糊糊地傳過來，還不如心跳聲來得躁動。

並不寬敞的空間不知是不是連空氣也稀薄，周停棹只覺呼吸也變得緊，問她：「怎麼了？」

桑如沒答，看著他笑著說了句：「跟我來之前怎麼不問，你這樣很容易被賣掉。」

周停棹說：「我不會隨便跟別人走。」

心口好像砰地一聲被什麼撞了一下，桑如笑容一頓，突然嘆了口氣。

「怎麼了？」周停棹又問一遍。

桑如微垂著腦袋，抬手拿兩個指頭輕輕拉住他的衣襬，卻沒用力拉扯他，反倒自己往他身邊挪了幾步。

周停棹安靜地等她的下文，卻見她抬頭望向他眼裡，隨後唇角向下彎了彎，眉頭也糾結，忽然埋進他頸窩，悶悶道：「……我好緊張。」

家裡那隻貓也是這樣的，要麼不理人，連一個眼神都懶得給你，要想理人了則通常換副樣子，愛往人身上鑽，逮著就蹭，撒著嬌喵喵叫，就絕不會有人不軟下心來抱牠進懷裡。

周停棹被貓蹭了頸窩，很難不心軟。

他抬起手，在觸到她之前又猶豫著頓住，接著像是下定了決心似的，手心落在了她的腦後。

摸貓是怎麼做的……要順著毛摸。

她的頭髮很順滑，還隱約帶著淡淡的香，周停棹輕撫著，微微垂頭便能貼她更近，他輕聲說：「不怕，不怕。」

聲音低低的，離自己很近，彷彿有什麼鎮定人心的魔力，桑如在他頸窩蹭幾下，安心得幾乎可以立刻睡過去。

她喃喃：「下次要你哄我睡覺。」

「嗯？」周停棹沒聽清。

「我說，」桑如仰頭，「要你，哄我睡覺。」

猝不及防就面對面靠這樣近，周停棹怔住。

她可能自己也不知道，她現在這樣的神情有多軟，拿這副表情來要求人做些事，怎麼會有人拒絕。

「好。」周停棹說。

「你怎麼好像總是對我說這個字？」桑如笑，騰出一隻手來輕輕撓他的臉側，「什麼時候你會說不好呢？」

周停棹想了想，說：「不知道。」

桑如定定看著他，隨後嘆口氣：「你在這方面真是天才。」

「哪方面？」

桑如換上兩隻手捧他的臉，「低頭。」

周停棹按她說的做，嘴唇忽然被她的唇輕輕碰了一下。

在他愣住的間隙，桑如說：「討人喜歡方面。」

說完又抬頭親他一下，隨後鬆開，笑說：「不怕了。」

周停棹半晌才回了一句：「嗯。」

桑如抬起他的手腕看了眼錶上的時間，該回去了。

她往門口走，同時招呼他，「走吧。」

周停棹摸摸自己的嘴唇，只覺上頭還有她的溫度和觸感似的，身後突然有聲音傳來。

「你知道這個叫什麼嗎？」他聽見她問。

周停棹轉身，等她的下文。

「Lucky kiss。」桑如說，「你也不要怕。」

到了高三，臨考前的時間被拖得很長，真正在考場的時刻卻像轉瞬即逝。

第一次模擬考結束後緊接著就是休息日，這是個難得清閒些的週末，春日午後的陽光並不刺人，正適合讓人浸沐其中，悠然做自己的事。

周停棹靠在窗邊看書，忽然聽見門口傳來敲門聲。

住在這棟裡的老師有時會來找爸媽討論學術問題或是聊天，也有他們的孩子會來找周停棹，因此他並不意外。

然而門一開，他怔愣住。

桑如站在門口，見到他便露出笑來，「午安呀，周停棹。」

「午安……」

見他呆住的樣子桑如覺得好笑，歪了歪腦袋說：「不請我進去嗎？」

周停棹這才略顯匆忙地側過身道：「請進。」

他招呼著人在客廳坐下，倒了杯水來，在旁邊一張單人沙發上落座。

原來她昨天問自己週末在不在家，爸媽在不在家，是要過來的意思……

「發生什麼事了嗎？」克制下某些可能是自作多情的想法，周停棹問。

「沒事啊。」桑如抱著水杯，故意說，「沒事就不能找你嗎？」

「不是，」周停棹抿抿唇，「隨時都可以。」

他今天穿得簡單，白色T恤休閒長褲，清爽的居家風格讓人移不開眼。

桑如斂眸喝了口水，抬眼看周停棹問：「剛剛在幹嘛？」

「看書。」

「看什麼？」

「《國富論》。」

……原來周停棹從這時開始就對經濟方面的東西感興趣了嗎？

桑如拍拍自己身旁的空位，「坐到這裡來。」

周停棹猶豫片刻，終於還是挪了位置。

空氣安靜下來幾秒，看著中間留出的空檔，桑如笑出聲：「我會吃了你嗎？」

「不……」周停棹下意識答。

「會喔。」

周停棹驀地頓住。

身旁的空位忽而被壓縮至毫釐，剛剛還在打趣自己的人此時側頭看過來，端正些神色，用這樣故作恐嚇的語氣又重複一遍：「會吃了你喔……」

她這模樣像極了扮凶的小兔子，可愛又引人妄念。

周停棹喉間一緊，「……怎麼吃？」

這回輪到桑如有一瞬的愣神，他拋出的這個問題，是不是代表她可以做些什麼？

桑如側首慢慢靠近，鼻尖碰到他的下顎，他沒讓開，呼吸近距離交織在一起。桑如吻他的下巴，輕輕啄一下又換舌尖去勾。

輕淺潮濕的觸感撓得周停棹心底也發癢。

她做出示範，喃喃道：「這樣吃……」

話音剛落，蜻蜓點水的吻緊接著落在脖頸，一個接一個，像密集的雨點將人包裹，讓人全身布滿潮氣。

周停棹似乎被這攻勢攪得沒了招架之力，喉間發出一聲悶哼。

他的喉結很顯眼，凸起的態勢令線條多出幾分凌厲，落在桑如眼裡只覺得性感。

她低頭含住喉結，輕輕吮一下，發出黏膩曖昧的水聲，緊接著舌頭也派上用場，吮吻舔舐交替。周停棹抬手摸她的腦袋，修長的指節從髮間穿過，不自覺用力將她壓向自己。

動情的證據從細枝末節溢出來，桑如低低地笑，牙齒輕輕廝磨了下喉結，隨後抬起頭，近似耳語地問他：「喜不喜歡被我這樣吃？」

周停棹掉進她的陷阱，卻甘之如飴：「嗯。」

「『嗯』是什麼意思？」

「喜歡。」

桑如抬頭吻上了他的唇。

跟平常透露出的疏離感不太相同的是，周停棹的嘴唇很軟，含住時令人忍不住去吸吮。

桑如轉頭太久，脖子開始發痠，索性翻身跨坐在他身上。突如其來，讓人來不及拒絕，周停棹下意識將手放在她腰後以免人摔下去。

更為親密的姿勢，視線再接觸時帶著說不清道不明的東西，桑如低下頭與周停棹繼續親吻了一會兒，貼著他的嘴唇說：「張嘴。」

周停棹的第一次親吻給了她，而今更進一步要唇齒交纏，也能毫不猶豫地按她說的做。

甫一開口，桑如的舌頭便不由分說鑽了進來，進來後反倒慢下攻勢，慢悠悠地開始你追我趕。

桑如雙手環住他的脖頸，沒真實打實坐在他身上，舌吻時的周停棹起初還呆愣不知如何是好，漸漸似乎是把她的技法都偷師成功，便熱烈地回吻過來。

舌頭滑韌，糾纏間多的是津液懸出。

桑如退開，抵著他的額頭低聲喘息：「記不記得，這裡還吃過你的精液。」

怎麼不記得？

連夢裡都不敢夢見的段落在生活裡化為具象，纖塵不染的月光真正染上他的汙濁，如果世上真有什麼奇跡，也不過就是他的月亮墜入懷裡。

周停棹環住懷中人的腰，低低「嗯」了一聲。

桑如笑起來，隨後低頭又輕輕吻他一下，「其實我今天來，是有禮物要送你。」

「什麼？」

「伸手。」

周停棹騰出一隻手來，左手則更緊些環住她。

「閉眼。」

周停棹按她說的做，閉上眼睛卻是不可自抑的滿心期待。手腕倏忽碰上她的溫度，她似乎將什麼綁在了自己的腕上。

「好了，睜開吧。」桑如撓撓他的掌心。

周停棹低頭去看，隨後愣住。

手腕上多了一根紅色編織繩，似曾相識，跟他親手幫她戴上的如出一轍。

「不知道跟你送我的是不是同一家。」桑如抬起左手與他十指相扣，兩根紅繩便也緊挨到一處，「你戴這個，也好看。」

周停棹任她將手放入他掌心，指節扣住時連心也為之一顫。

她似乎總能知道如何教他心軟。

桑如晃晃手，問他：「喜歡嗎？」

她的手比起自己的要小上一些，手心也軟，周停棹忍不住用力氣回握住她，「喜歡。」

桑如滿意地小聲笑，忽而右手摟住他的脖頸，抬臀輕輕蹭幾下，在他耳邊輕聲問：「這樣也喜歡嗎？」

他穿得薄，更不必說她今天穿的長裙，坐到他身上去便自動掀起，只剩小小的一片內褲布料與他相隔，所有的熱意和軟硬觸感，都在瞬息間傳至雙方神經。

被柔軟這樣蹭著，周停棹幾乎立刻變得更加硬挺，啞聲道：「喜歡。」

得了答案，桑如含住他的耳垂，屁股依然一下一下地搖，含糊問：「這樣呢？」

耳垂上是磨人的濕，周停棹呼吸粗重，還是一樣的答案：「喜歡。」

周停棹確實是不會拒絕她的，桑如聽他不斷重複同一個回答，心裡軟成了一片，正準備把手鑽進他的上衣裡作惡，門口突然又響起了敲門聲。

她的動作驀然頓住，直起身來，與周停棹的目光對上。

周停棹回過些神來，抬手擦去她唇邊的水液，溫聲道：「我去開門看看，你先去我房間。」

桑如唇角彎起，笑說：「像不像金屋藏嬌。」

周停棹臉上有些微的薄紅，索性托起她的臀將人抱起，往自己的房間走，行走間性器不斷摩擦，桑如刻意將被蹭出的磨人癢意放大，在他耳邊發出幾聲小小的喘。

周停棹腳步一頓，接著加快步子將人放在了床沿，「妳乖，等一等。」

桑如點頭，在他轉身之前快速把人拉回來，仰頭在他唇上輕輕碰一下：「要快點哦。」

周停棹沉沉望她，而後幾乎逃也似地出去了。

桑如看著他的背影消失在轉角，心情大好地忍不住想笑出聲。

轉頭見床邊放著一本書，看來是他去幫自己開門時順手將書放在了這裡，桑如把書拿來，趴在床上翻看幾頁，無所事事地等他來。

隱約聽見他們的對話，似乎是住在旁邊的老師來找周停棹的爸媽。他們去了周停棹的爺爺奶奶家，要不是問清楚了，自己也不會這麼貿然就跑來。

桑如勾起腿一晃一晃地看，忽然覺得這書也挺有意思，入神之際連周停棹已經回來了也沒發現。

周停棹整理了一番儀態才開門，沒讓對方發現自己的異樣，好不容易向來客說明情況將人送走，回了房間卻看見她這幅模樣。

桑如趴在床上，由於腿不安分地向後一下下勾起，裙襬便順著落到腿彎，大片肌膚露在外頭，令人欲念上又添新火。

周停棹握了握拳，抑住想壓到她身上的念頭，開口叫她的名字。

桑如這才回過神，翻過身來，腿彎起準備重新坐好，卻突然被他按住。

天知道她現在的樣子有多誘人，腿朝他張著，屈起來時裙襬索性落得更低，連內褲都被收入眼底。

白色的，似乎還透出點水漬。

周停棹快瘋了，行為不由自己支配，下意識按住了她的腿。

桑如抬眼看他，見他的視線在自己腿心處停留許久，頓覺一股癢意由內而生，小穴開始一張一翕，情不自禁吐出淫水來。

周停棹眼見著那片水漬擴大，呼吸越發粗重，視線轉而與她的對上，有火熱的因子在空氣中迸發。

他彎腰靠近，像個虔誠的信徒，「我可以……看看這裡嗎？」

桑如眼睛倏忽睜大，這是周停棹第一次提出這樣的請求。直白的，色情的，不那麼像他的請求。

桑如只覺自己濕得徹底，說：「……看哪裡？」

周停棹沉默看她，忽然抬腿跪到她腿間，分出一隻手去觸碰那塊柔軟的濕潤地，低啞道：「這裡。」

「嗯……」桑如被猝不及防的觸摸弄出一聲喘息，卻還硬撐著，要他說出更突破自己的話來，低聲問，「這裡叫什麼？周停棹，這是我的什麼？」

進退維谷，走到了瀕臨崩潰的關頭，周停棹俯下身，幾乎壓到她的身上去，手上仍在不停地撫摸她，啞聲說：「想看妳的小穴。」

有什麼在腦海中炸開，桑如恨不得立刻讓他插進來，聲音柔得彷彿跟下頭一樣要滴出水來。

「給你看，」她說，「幫我把內褲脫掉。」

禁果之所以稱之為禁果，不過是有情人做從未做過的有情事，在你來我往間窺探對方的隱祕，去探究怎樣讓你快樂，怎樣讓我快樂。

周停棹退到她腿間，沒按她說的脫掉內褲，只是小心翼翼將布料撩開到一邊，第一次真正看見她的柔軟。

教科書上的圖不帶任何情感，無論其他同年齡的人怎樣起鬨，周停棹也從未有過一點波動，而今見了她的，才發覺這裡的確非常可愛。

大陰唇顯得肉嘟嘟，再撥開些內褲，小陰唇也露出來，兩片小小的嫩肉之間有水液流出，周停棹伸出食指去刮蹭，小穴便立刻戰慄起來。

桑如指頭抵在嘴邊，發出舒服的呻吟，而這聲音剛發出就被手指堵回去，顯得含含糊糊，更加令人產生要把她弄壞的念頭。

周停棹抓住內褲邊緣說：「屁股抬起來。」

桑如抬臀配合他，緊接著身下一涼，下身算是徹底被他收入眼底。

周停棹將她欲合上的腿又掰開一些，見粉嫩的穴肉和流出的蜜液只覺口乾舌燥：「……可以舔嗎？」

他的呼吸噴灑在穴口，癢麻感撓得人思緒飄浮，桑如半闔著眼，「可以……快舔舔它……」下一秒穴口就被舔得連身子都開始發顫。

周停棹怕弄疼她，只伸了舌尖出來，沿著整條縫隙一下一下地輕輕舔，到了下方水液多的地方發覺一下不夠，便對著這處小洞多戳弄幾次，把水都捲進嘴裡，而此時桑如已經開始攥著被單嗚咽著說：「不要了不要了……」

周停棹一頓，換手去摸摸小穴口：「弄痛妳了嗎？」

桑如支起身子來，看他伏在自己腿間的模樣，空虛感更甚，索性拿他的枕頭來墊在腰後，好將他的一切動作都更清晰地納入眼裡。

「不痛。」桑如搖搖頭，軟聲道，「還要。」

她的樣子太嬌太軟，周停棹應了她的請求，低頭繼續舔她，幾乎漸漸無師自通起來。

她的大陰唇厚嫩，適合被含住重重吮吸，周停棹這樣一做，如願聽到她的激烈喘息。小陰唇則嬌嫩，適合用舌尖不停撥弄，再輕輕地含，接著舌頭破開被這兩片嫩肉包裹住的穴口，淺淺探進去，撩撥似的戳弄。

周停棹冷不防想起曾經看過的知識——聽說女性的高潮很大程度來自於陰蒂高潮，於是伸手尋到那顆小肉粒，一邊吃著穴，一邊輕輕按壓起來。

明明是第一次，但他的上手能力著實令人吃驚，桑如被他弄得哪裡都爽，眼前開始一片水霧迷濛，帶著哭腔說：「嗚嗚不要了，你怎麼這麼會……」

周停棹最後重重吮一口，抬起頭來時手還沒鬆開，摁在她的陰蒂上加快速度揉弄。

桑如抖著屁股夾緊腿，把他的手也夾住，終於在他的揉弄下迎來高潮。

桑如癱軟下來，放鬆著身子開始喘息，周停棹這時也躺到她身邊來，抽掉她背後的枕頭，將人攬進懷裡柔聲問：「舒服嗎？」

桑如埋進他懷裡，悶悶道：「嗯……」

周停棹輕撫著她的背，直到她的呼吸漸漸平和。

然而她的手探到他身下，仰頭說：「你還沒出來呢。」

他嗓音低啞：「沒關係。」

「有。」有關係，桑如手鑽進他的褲子裡揉弄那根肉棒，咬了咬唇說，「你不想到我裡面來嗎？」

想的。

想到快成了夢魘。

周停棹沉默，心臟在胸腔裡鼓噪個不停。

桑如忽然翻身坐到了他身上，扒下他的褲子來，粗大的肉棒已經挺立起來，莖身上布著的青筋無一不在宣告蓬勃的生氣。

明明才高潮過一次，桑如只覺得自己又想要了。

她輕輕坐在莖身上，抬臀前後地開始摩擦，直到把陰唇磨開，裡頭的淫液全都沾染到莖身上去。

周停棹終於忍不住將她壓回身下，握著雞巴抵著她的穴蹭，龜頭從陰蒂碾過，引來她的柔柔嬌喘，又接著往下滑，蹭過濕潤的穴縫。

「快進去，唔……」桑如終於忍不住地哀求。

周停棹更用力地去摩擦她，卻不按她說的做，直到磨到小逼變得深紅，洞口不小心被龜頭操開幾次合不上，才在她腿根射了精。

桑如又高潮了幾次，哭著控訴他為什麼不進去。

他吻她溢出來的眼淚，撫著她的背哄她，聲音低啞，像克制著什麼：「崽崽，妳才十六歲……」

第四章 端倪

這天夜裡桑如久違地又夢見了後來的周停棹，單是氣息，她也能分出來的。

大抵是白天被磋磨過度卻並沒有真正滿足，夢裡被他填滿的滋味直到醒來依舊清晰且真切。

那些畫面裡她被他正面進入，摟著他的背哭著要他進來，又胡亂說了幾句十六歲又怎麼樣，他為什麼不給她之類的話，周停棹似乎頓住沒反應過來，卻又很快被她糾纏著沉入性事。

早起後桑如洗漱完對著鏡子照了會兒，又拿水拍了拍臉，上頭只差寫了四個大字：欲求不滿。

周停棹確實固執得讓人氣悶，怎樣也不願突破那層桎梏與她相融，然而她卻無法真正對他生什麼氣。

周停棹太溫柔，以至於一想起他那時的耳語，便覺得心間鬆軟。

從他的視野來看，她的確十六，而他十七，無法全然承擔結果的年紀裡，去完全擁有對方無疑奢侈，即便她其實已經走在前頭十年。

原本的計畫是要睡到他，而今算是半成，但人的情意怎麼也藏不住，桑如幾乎確定，周停棹已然踏入她的狩獵領地。

隔了一個週末，連分數都飛快在週一出來，打得好不容易緩了兩天的大家一個措手不及。

桑如將各科分數列在紙上，仔細回想了一下，這次的結果雖然不如設想的好，但比從前那次倒退快十名時好上一些，可以暫時鬆口氣。

這些落在周停棹眼裡卻是另一副樣子。

剛公布了排名，他第一眼便下意識去看她的，第七，比之前的第二掉了一些。她的表情看起來很嚴肅，抿著唇一句話也沒說，紙上好像寫著分數在計算。

周停棹有些擔心，畢竟這對她來說應當很重要，貿然開口反而不好，加上前天沒能真讓她高興……

周停棹得了第一也沒什麼晴朗的心情，想了想，從成堆的書頁裡尋出幾張整潔好看的白紙來。

晚自習結束後，時間已經很晚了。

桑如走到家樓下才想起來要讓家長簽字的考卷落在了教室裡頭，只好把東西放回家再認命原路返回。

原本高三就是最晚下課的年級，而現在校園裡空空蕩蕩，已經不剩什麼人。

夜裡風起，樓道口老舊的鐵門敞開著，被風吹得微微開合，桑如裹緊些校服外套上了三樓。

教室門沒鎖，考卷就放在桌面上的書堆裡，不難找到，因而桑如進去沒開燈，就著外頭的月色翻了出來。

關上門，走廊還算亮堂，樓道裡卻沒什麼光，只有逃生門的標示燈發出微弱的光亮，隱隱有些瘆人。

桑如加快了步子走，到一樓卻發現樓道口的那扇鐵門已經上了鎖。

這道門在未來時已經拆掉了，而現在還是原來的老樣貌，鐵門兩道，大抵是為防有人偷溜進教室，或是穿過這裡到其他地方去。

警衛每天都會來做最後檢查，大概是因為沒開燈，他們又查過這邊，以為沒人便鎖了。

以前不覺得這有什麼不妥，直到自己被鎖在裡頭了，才發覺這是什麼奇特的設計。

桑如拍拍鐵門上的杆子，喊了好幾遍「有人嗎」，都無人應答，只剩外頭的路燈將樹枝照得影影綽綽。

前頭是望不盡的黑，後頭則一片空蕩，夜風這麼一吹，桑如覺得整個人都涼颼颼，隨即轉身跑上二樓。

警衛室離這裡很遠，桑如剛好又沒帶手機，只能盡力去看樓下有沒有人經過，然而視野裡沒什麼人影，她醞釀了一會兒，喊出聲：「有人嗎？」

又是好幾聲，沒人回應。

饒是桑如天不怕地不怕的樣，遇到這樣的境況也不由地寒從心生，白日裡充滿生機的教室此刻恍若存在著許多未知生物的空域。她攥緊考卷，跑回了三樓教室，直到坐回熟悉的座位，才覺得沒這麼害怕了。

身旁的座位難得空著，周停棹並不在這裡。

他要是在這裡，該有多好……

桑如收緊些環住自己的手臂，即便是回到這裡的那一刻，竟也不如現在更讓自己感到孤立無援。

然而眼下最重要的是讓人發現自己，桑如反覆深呼吸直到鎮定下來，仍決定到走廊看看是否有人經過。

她滿懷期待地等，卻只能看見遠處的燈火。

等得久了便略微釋懷，最壞的打算，無非是在這裡過夜。

風正吹得起勁，桑如眼睛被吹得乾澀，漸漸睏倦，昏暗的路邊燈火暈成小小的黑點，又有小小的黑點像是鍍了光在朝這裡而來。

桑如瞬間清醒，睜大眼睛俯瞰不遠處的身影。可以確信的是，有人正從風的方向來。

那人的身影被路燈照著，在身後拖得很長，一步步朝大樓走來。

桑如等了許久，終於等來可以出去的曙光，興奮感頓時將睏意掃個乾淨，開口大聲叫住他：「你好！看這裡！」

明明只相隔百米，可那人好像沒聽見，他微微低頭，看不清臉，但行走間板正的姿態總隱約透出些熟悉感。

桑如沒死心又喊了幾聲，就在嗓子也開始疲憊的關頭，那人的步子終於頓住。

他抬頭，循聲望過來，與她的視線在空中驟然相撞。

燈火昏昏，眼前也起了水霧，桑如看不明白他的神色，只知道自己臨了抓住的浮木，還是叫周停棹。

他停下了，桑如卻突然不知道說什麼好。聲音被奪去該有的功能，只留在喉間盤旋，見到他，張口怕是會吐露出委屈的嗚咽。

於是抬手揮了揮，周停棹似是也認出她來，忽而加大步子走向這裡，走著走著又變成小跑，到樓下不過十餘秒的事。

他胸膛微微起伏，開口欲說什麼卻又頓住，而後似有猶疑道：「桑如？」

她應聲，沒時間跟他講來龍去脈，只說：「我被鎖在裡面了……」

聽起來好可憐。

周停棹沉沉看她，桑如癟癟嘴，緊接著便見他身影隱沒在樓下，很快又折返，大約是去檢查鐵門是否能打開。

「周停棹……」桑如叫他，正準備讓他去找門衛來，忽然被冷風吹得打了個噴嚏，再一看，差點嚇得把手上一直攥著的考卷也扔掉。

排水管道從樓頂直直通到地面，周停棹竟然直接徒手攀住它往上爬。

「你在幹嘛……阿嚏！」桑如急得拍拍牆壁，打噴嚏的間隙也不忘趕他，「快下去！」

他恍若未聞，動作居然還挺乾淨俐落，踩著邊上的凸起處，三兩下手抓住二樓的牆邊就翻身進來。

真是瘋了！

桑如急急準備下樓去看他的情況如何，卻在拐角撞進他懷裡，聽見他悶哼一聲，匆忙問：「你沒事吧？」

周停棹原本下意識抬起護住她的手垂下，「沒事。」

「什麼沒事！」桑如神經依舊緊繃著，拉著他前前後後從頭檢查到腳，「你不知道剛剛那樣很危險嗎！」

周停棹沒答話，任她翻來覆去地看，良久才輕輕「嗯」了一聲。

桑如氣急。

還嗯！知道還這麼做！

她是打算再說些什麼的，可抬頭望進他眼裡，卻什麼也說不出。

「下次……下次不許這樣了！」

「好。」

單單一個字，卻令桑如心跳得飛快。

周停棹沒戴眼鏡出來，沒了玻璃的阻隔，視線的炙熱程度更上一層，他這樣專注看過來時，便能封鎖人所有的驚懼和不安。

目光將人牽引至他懷中，桑如向前一步，重新貼近他，擁抱他。心神在今夜長久的獨自等待與徘徊裡被高高拿起，卻於此刻驟然失去挾制，從高空輕飄飄落下。

她埋在他肩窩裡喃喃：「謝謝你來，謝謝你來……」

過了好一會兒，背上傳來屬於他掌心的熱度，周停棹一下下輕撫著她的背，低聲說著：「我來了，別怕。」

他安撫人的時候總會這樣，像大人哄孩子一樣，拍拍背，摸摸頭，無論是那次考前，還是現在，抑或是她在他懷裡顫抖著高潮的時刻。

周停棹本身的存在就是最大的鎮定劑，無論狂風驟雨是否由他帶來，他始終有這樣的能力，讓人看到他就會感到一切有法可解、有路可出的能力。

然而這回的出路可能堪憂。

桑如把最後一點眼淚蹭在他衣服上，抬頭，開口時聲音還帶著哽咽：「可是你上來，我們不就是兩個人一起被關在這裡了嗎？」

周停棹偏過頭，避開視線，「……沒來得及多想。」

「算了算了，那我們先回教室再想辦法吧。」

電源已經被切斷，現在想開燈也不能。

桑如被凍得夠久，先一步回座位坐下，回頭見周停棹慢悠悠跟過來，看了看她的座位，又看看自己的，隨即從他桌上拿起一本書，翻開似乎在看扉頁。

「不坐嗎？」

「坐。」他說完坐下來，但總好像拘謹著，又有點心不在焉。

說不上是哪來的不對勁，桑如問：「你怎麼了？」

周停棹轉過來看她，卻一言不發。

桑如少有被周停棹盯得這樣頭皮發麻的時候，更多是後來跟他在床上，他有時會這樣專注地盯著自己看，直到先用視線把人扒乾淨了才換作其他的什麼滿足她。

「到底怎麼了？」桑如看看他，目光落在他身上單薄的長袖T恤，了然道，「你是不是冷了？」

桑如拉下外套拉鍊，敞著衣服把周停棹半裹著抱住，「抱抱，抱抱就不冷了。」

全然沒發覺外套下的另一個人已經愣然僵住。

許久沒跟她做過，算上她的生理期前一段時間，至今已經小半個月了。

期間偶爾能像今天這樣在電梯裡遇見，高傲的小孔雀不會回頭，頂多在對面的鏡子裡偷偷挑逗他抑或是挑釁似地抬起眉梢。

這回甚至把聯繫方式也給了出去，周停棹那些說不上來的心緒盡數化作床笫間的招數，接連往她身上使。

將桑如抱在懷裡弄到大半夜，她時而被幹暈過去時而又醒來，大約實在不清醒，還說了些他沒怎麼聽明白的話。

她看起來累得睜不開眼，周停棹饜足，終於將人摟進懷裡，一道沉沉睡去。

這一覺好像只睡了片刻，又好像過了很久。

再睜開眼時一股比宿醉還難受的暈眩感湧上來，周停棹闔眼緩了一會兒，等那股暈勁消得差不多，他才終於有餘力發現自己所處周遭的不同。

面前是看著無比眼熟的書桌，整齊擺著各種試題考卷，上層書架放課外讀物，夾著書籤的《國富論》放在一旁。

這本是他高中讀的書……

怔愣了好一會兒，他才發覺手底下一直壓著幾張白紙。拿起來看，字跡熟悉，是屬於他自己的。

上面只寫了幾行，是封未完成的殘信。

桑如：

妳想過十六歲的宇宙是什麼樣嗎？

宇宙的存在時長以億計數，漫長的生命週期裡，十六歲只是一個很小的分支。而無論那時候是什麼樣，現在這一刻，沒有人會否認它的瑰麗。

妳也一樣。

寫到這裡沒了下文。

那封被誤以為是情書的信眼下重新攤開在自己面前，周停棹心口微顫，將紙疊起夾進書的某一頁。

所有畫面陌生且熟悉，饒是周停棹也一時愣住，腦海裡想法萬千，最終只在兩個選項裡盤旋。

是夢境，還是真的重回到了十年之前……

猛然間腦袋又一陣暈眩，一些更令人驚異的細碎片段在記憶中湧現。

周停棹更深一步陷入自我問詢的困境——這些明明從未發生過。

說是夢，又什麼都能真切觸碰到，說是真回到十七歲，記憶卻跟原來不大相同。

後來那些多出來的畫面，關於她的，全都與原先不同。

周停棹苦思冥想許久，沒得出答案，索性起身打開門出了房間。

沒走出去幾步就聽見有人叫他：「需要什麼？」

是母親，還是十年前模樣的母親。

「我……去跑個步。」

靳青看了眼窗外，微微詫異：「這麼晚去？」

「很快就回來了。」周停棹平和下心氣，「早點休息吧，媽……」

靳老師笑了笑，「去吧，注意安全。我等一下改完作業也要睡了。」

周停棹輕輕「嗯」一聲，卻還站在原地，盯著母親的背影看了良久，才轉身出門。

夜間的操場是他的祕密基地，從以前開始就是如此。但凡有什麼想不通的題目，煩心的事，或是單純想來吹吹風，他都會來這裡。

紅色跑道圈住一塊空闊草地，周停棹跑了幾圈，無數畫面從腦海中閃過。

方才與母親的對話場景足夠熟悉，確然是高中時發生的一環，這一點似乎佐證了他回到十年前的猜想。

可眾多熟悉段落裡也生出了變數，唯一的變數——桑如怎麼會在這時候就同他生出這麼多的關聯？

倘若一切按照軌跡行進，他們應當還處於「相看兩厭」的地步，然而新冒出的記憶裡竟有無數多他們親密接觸的畫面。

牽手，擁抱，親吻，甚至他還在她嘴裡釋放，又險些控制不住真把人要了……

比起回到十七歲，周停棹覺得這更像是自己的執念所築成的一場美夢。

徘徊良久，他終於決定先回去，或許一覺醒來，一切又會回到正軌。

回教職員宿舍需要繞過教學大樓，周停棹還在處理一團亂麻的思緒，忽而聽見有人在叫他。

他的眼鏡度數其實並不高，遵循了後來的習慣沒戴出門，然而此刻忽然很想把眼鏡戴上，好仔細看一看是否被夜色迷了眼，才覺得想了一路的人竟就在眼前。

或許是到了執念最深的關卡，誰知道呢。

她朝他揮手，他來不及思考便靠近。

真的是她。

她求助，語氣十分委屈可憐，他是有些想笑的，怎麼會被鎖在樓上呢，傻得要命。

但怎麼也笑不出。

行動被情感支配，即便不知是夢境是現實，他還是義無反顧地爬上了樓。

想把她帶出去，她在害怕。

滿腦子這樣的想法。

而她撞進了他懷裡，又一臉緊張心疼地幫他檢查傷勢，再後來她竟又主動擁抱他，他只覺自己的心跳快得幾乎要衝出胸膛了。

肩上有水意，她在哭。他一下慌了，順著脊背輕輕慢慢地拍著哄，直到她發覺事情不對。

做事常被說周到縝密的周停棹，原來有一天也會犯這樣的傻，他聽見她的問話才發覺，自己有這麼多條可選的路，偏偏挑了個把自己也弄入同樣困境的笨辦法。

再然後回到教室。

周停棹遲遲沒有落座，畢竟他們成了同桌，這是記憶之外的變化，更畢竟，在這個年紀，他從沒離她這麼近過。

她的聰明勁兒不知去了哪裡，竟以為他冷，他沒來得及說不是，居然就被她包進了外套裡。

少女的懷抱充盈著青春香氣，縱然二十七歲的周停棹已經對夢絕口不提，此刻竟也產生了這樣一個念頭——如果夢境如此，不醒來也罷。

直到涼風拂過他的背，周停棹才終於回過神，從她懷裡退出，垂眸很輕地說了句：「不冷。」
險些就任她這麼抱下去了。
桑如當他不好意思，拉好拉鍊坐回去道：「你怎麼會在這裡？」
「出來跑步。」
「跑步？」桑如詫異，「這個時間？」
周停棹微頓，「……想點事情。」
桑如「哦」了聲，氣氛便莫名陷入安靜。
外頭的風聲確實有些大了，教學大樓後種了兩株銀杏，一株百年，一株略年輕些，不過都已長得很高，樹葉被吹得嘩嘩作響，反倒比教室裡熱鬧許多。
桑如托著腮，偏頭看他，「這時候你應該說，妳呢？」
「妳呢？」
桑如低頭笑起來，「忘了把要簽名的考卷帶回去了，回來拿。」
「嗯。」
沒能把自己的思路理清，周停棹的確不知道說什麼好。
他聽見桑如小聲嘆了口氣，下一秒竟起身坐到他的桌上。桌子相撞發出砰砰的響，擾得他心跳也不得安寧。
窗外月色是唯一的光源，眼下被她擋去泰半，桑如手撐在桌面彎下腰說：「你近一點。」
靜靜望她片刻，周停棹沒問她做什麼，傾身靠前。
然而臉就這樣被人捧住。
桑如手心稍用力度去揉他，癟癟嘴道：「我們小周怎麼不開心了，嗯？」
似曾相識的話讓他沒來得及反應，頓在原地。

在這場奇異的行程之前，他理應是跟她在一起的，成年後的她。

小公主有著比他更細膩的情緒感知力。

這回是有不快，她跟不相干的人說那麼多話又留下聯繫方式，所以大約沒控制好弄她弄得狠了，正面把她壓在下頭不知道第幾次進入時，她緊緊絞著他，眼角臉頰哪裡都暈著紅，卻還抬手捧著他的臉，強壓下喘息，端出正經語氣說：「我們周總不開心？」

他想說沒有，但說不出來。事實就是不開心。

後來她是怎麼做的？

抬臀慢悠悠把自己又吃進去一點，邊吃邊難耐喘息，叫得人只想更深地幹她。

「嗯……你過來一點，周停棹。」

他故意曲解，抬臀往前頂她，戳到更深處的軟肉，她便急促地喘出聲，掌心落到他手臂上，跟小貓踩一樣，一點也沒讓人疼的力：「是讓你低下來一點！」

他低低地笑，如她要求的俯身靠近她。

於是小公主複又捧住他的臉，仰頭在他唇上落下一吻，蜻蜓點水似的，而後近乎耳語地喃喃：「親親你，不要不開心。」

她的唇是有些涼的，氣息卻燙，人心禁不起這樣的熱度，心間哪一寸都軟下來。

忽而嘴唇上再一次傳來這樣的觸感。飄向不知哪裡去的意識驟然回籠，眼前這個穿著校服，紮著馬尾的小姑娘，再一次從夢裡走下神壇，俯身將唇貼上他的。

「親親你，不要不開心。」

心跳在胸膛擂鼓，周停棹鼻息忽然變得深長且克制，聲音低啞道：「沒有不開心。」

「是嗎？」桑如沒移開，貼著他的嘴唇似有若無地廝磨，「可你今天還沒有吻我。」

「剛剛……」

一開口就會碰到她，周停棹頓住，遂閉口不言。

「彆扭什麼。」桑如笑罵一句，又低聲哄人似的，「張嘴。」

語氣太熟悉，周停棹有些恍惚，順從地分開唇，她便深深吻上來。

她似乎今天飯後喝了點牛奶，到現在都還有些甜香，不膩人，順著舌尖在他口中掃蕩。她拉著他的手環住她的腰，周停棹順從著一切，手臂漸漸攏緊她，親吻也漸從予取予求轉而主動反擊。

周停棹圈緊了人，仰著頭一下下去回應，舌尖糾纏著掃過齒面，轉而舔她的上顎，繼而回頭與她軟舌相纏。

涎絲順著唇邊垂落，桑如終於耐不住地往後退。周停棹被她帶得身子更前傾一些，頭仍然仰著看向她眼裡，溫柔而強硬地托住落下的目光。

「怎麼偷偷進步了，親得我嘴都痠了……」

周停棹唇角微微勾起，分出一隻手擦去她唇邊的涎液，「是嗎。」

「嗯。」

他收回手，轉而去擦自己的唇邊，視線沒離開她半分，而後站起身，頓時視角翻覆。

桑如抬頭，聽見他問。

「妳是誰？」

「桑如啊。」

周停棹微微俯身：「誰。」

「……桑、如！」

正心想周停棹怕不是傻了，便聽他像是自言自語道：「那就再試一試。」

隨即再次被吻封緘。

情人間最好的親暱方式眾說紛紜，擁抱、親吻、做愛……她卻尤其喜愛被擁在懷裡親吻的感覺。

周停棹給人感覺冷冷的，但他的懷抱和吻都熱氣騰騰，無論哪個年紀，都是如此。

桑如越來越熱情地作出回應，卻忽然聽得門外傳來匆匆的腳步聲和熟悉的嗓音，有些急切。

「如如？妳在嗎？」

桑如一急，咬了周停棹的舌尖，退開道：「我媽來了！」

她沒怎麼使勁，咬他一下也只帶來輕微的疼，倒是一股酥麻感餘在口中良久。

周停棹深深看她一眼，外頭的聲音已經逐漸逼近。

桑如正要跳下來，腰間卻忽而被一雙大掌握住，下一刻被騰空抱起，緊接著她便穩穩當當落在了地面。

周停棹等人站穩才鬆開手，說：「去吧。」

桑如心跳未穩，下意識問：「那你呢？」

周停棹輕輕拍拍她的腦袋，答非所問：「我自有辦法。」

說完闊步走到了教室前方。

媽媽的呼喊猶在耳邊，桑如拿起考卷，從後門出去前再度回頭，正看見周停棹在講臺後蹲下。

以他的身高這樣做，應當很為難。

桑如只想了一秒，又返回將考卷放在了桌上。

踏出教室門的一刻蔣女士正走到這裡，一見到她，那幾聲難得失去平日端莊模樣的呼喊忽然頓住，焦急的神色凝在臉上，旋即像抓住了救命稻草似地抱住了她。

桑如被緊緊抱著，聽見自家老媽在耳邊帶了哭腔的念叨：「妳怎麼出來這麼久都還沒回家呀，媽媽擔心死了……」

桑如不知怎麼有點想哭，拍拍她的背，「對不起呀媽媽，因為樓下鐵門鎖起來了，我又剛好沒帶手機，所以就……」

「找到了就好！」

桑如循聲望去，是幫忙開鐵門的警衛。

旋即她又拍了拍媽媽以示安撫，從擁抱裡抽身轉而牽她的手，朝警衛大叔點頭致謝：「麻煩您了，謝謝。」

「平安就好。」警衛接著困惑地撓了撓頭，「可是我都檢查過了呀，明明都沒人了才鎖的門。」

「可能是您在檢查的時候我正好上去拿東西了，沒看見。」

「哦哦可能是，那走吧。」

他轉身，桑如便也牽著蔣女士跟在後面。

「妳以後不管出門多久，都把手機帶著吧……」

桑如乖巧地應了，不動聲色地回頭看了看。

身後的走廊重新回歸寂靜，卻沒了自己孤身一人時令人脊背發涼的氛圍。

他還在那裡。

鐵門被重新上了鎖，桑如盯著警衛大叔的動作，耐著性子等。

等一個時機。

這個時機直到他們到了校門口才來，桑如停下腳步，「哎呀」了一聲。

「怎麼了？」桑如媽媽回頭問。

「我就是來拿考卷才被鎖在裡面的，結果還是忘記拿考卷了。」

「不然就明天……」

「我再去拿一下！」桑如咧嘴笑笑，又向警衛道，「叔叔能把鑰匙借我一下嗎，我去拿東西馬上回來！」

他想了一下，解下鑰匙給她：「行，快點啊。」

「好的！」

桑如拿到鑰匙就往回跑，一邊還聽見媽媽在後頭喊：「跑慢一點！要不然我陪妳去吧！」

「不用啦！」桑如邊跑邊回頭道。

哪能讓您跟來啊。

跑到教室一樓時心跳頻率已經很快，桑如顧不上休息，開了門立刻往樓上跑。

三層不高，到了樓梯拐角才最累人，桑如停下撐在扶手上喘息了幾秒鐘，便又立刻趕回教室。

後門虛掩，留了個小縫。

剛剛離開時明明大敞著，她故意沒關。

桑如推開門，試探性地叫他：「周停棹？」

沒有回音。

她又喚了一聲，身後突然傳來應答。

「我在這裡。」

桑如回頭，卻見在尋找的人正站在身後，胸膛微微起伏著喘息，像是也匆匆趕來。

她走近他：「你去哪了？」

周停棹沒答，抬手向她遞來樣東西，桑如這才發現他手上一直拿著幾張紙。她接過來，是她故意留在這裡的考卷。

「妳忘記拿了，正準備去拿給妳。」周停棹說。

桑如困惑道：「那我剛剛上來的時候怎麼沒看到你？」

「嗯……」周停棹頓了頓，說，「我出去以後看見妳又回來，就跟著過來了。」

「那你是怎麼出去的？」

周停棹抿抿唇，緘默不言。

桑如了然，淡淡問：「從二樓翻下去的？」

周停棹看看她，又不自在地偏開視線看向地面，輕聲：「嗯。」

怎樣上來便怎樣下去，桑如安然回去就好，他又有什麼差。

帶著她落下的考卷，連翻個樓也萬分小心。通往校門有一條更近的小路，只不過道旁栽滿綠植，夜裡不常有人走。

他想追上去，雖然沒想好怎麼把考卷還給她，但跟在後頭，總能藉機給她。然而她忽然從他要去往的方向跑了回來，沒看見他，徑直往教室大樓去。

周停棹看著她奔跑的背影，那樣匆忙的樣子，大約是想回去拿考卷。於是他跟在她身後，到達三樓忽而連自己都沒察覺到緊張地放緩腳步，到後門口，卻聽見她在叫他的名字。

她念人名字很好聽，尤其念「周停棹」的時候，每一個咬字都像在抓撓他的胸口。

桑如得知他又做這樣危險的事，卻又惦念著幫自己送考卷，一時罵也不是，謝也不是，對峙一般站住片刻，而後索性上前抱住了他。

她站在周停棹面前，剛好可以靠進他的肩窩。

桑如手臂環緊，小聲喃喃：「以後不許這樣了。」

良久才聽見周停棹的回答：「好。」

周停棹起床是不需要鬧鐘的，多年的生理時鐘已經讓他自動在該起床的時間準時醒來。這棟教職員宿舍已經有些年紀，細長曲折的裂痕在天花板上撕扯出幾條小口，周停棹少見地沒立刻起身，盯著這幾條小口不知在想什麼。

一夜過後平和下來，混沌的思緒總算相對明朗。

既然一覺醒來還在這裡，那麼更大程度上證實了他的猜測之一，即所謂「回到過去」。而身體還是高中時期的狀態，顯然似乎只是靈魂，或者說是思想的回溯。

現有的科學體系裡，穿越時間要麼靠接近光速的飛行速度，要麼通過神祕的黑洞、蟲洞，然而這些都仍未被證明。現下所發生的一切顯得無理可依，卻又真切地擺在人面前。

所有人和周遭事物幾乎都是印象中的樣子，連天花板的裂痕也不例外，只除了她和昨夜發生的事。

她的性格有些不同，記憶裡她高中時代冷淡，後來魅惑，居高臨下的小公主脾性從一而終。而昨晚的桑如，似乎是放下了一貫的架子，保有性感，保有可愛，普通交談時既像對他流露疼愛，又像是在撒嬌，甚至讓他捕捉到了她表露關切的蛛絲馬跡，更甚至，她昨夜第一次為他回頭。

慣常記憶裡，他從未得到這些，除了帶著炮友的身分與她交歡，借著性愛的由頭光明正大地占有她片刻時，那樣才會見到她的嬌軟。

而今有了這樣的變數，周停棹忽而產生一個新的猜測。

他來之前同她在一起，那麼是否，她也來了……

大概是昨晚吹風凍著了，桑如接連打了好幾個噴嚏，接著旁邊也傳來一樣的動靜，她轉頭，見周停棹正握拳虛掩在唇邊。

曆晨霏剛好過來找桑如，見狀指頭在他們之間比劃兩下：「你們是怎麼回事，一夜之間一起感冒了？」

桑如按下她的手指，「我是被風吹的。」

曆晨霏視線飄向周停棹，一臉想看八卦的表情，桑如也看看他。

周停棹平靜地回答：「我是因為夜跑。」

「哦！」曆晨霏意味深長道，「反正都是昨晚上被凍著了嘛！」

周停棹沒有任何被打趣了該有的反應，桑如作勢拍曆晨霏的手：「有什麼事趕緊說。」

「沒什麼事。」曆晨霏笑了兩聲，討好道：「昨天發的數學考卷作業借我看看吧，有幾題答案不確定。」

桑如應下，從昨晚的作業堆裡去翻找考卷，找著找著她動作一滯，回頭道：「昨天有數學考卷作業？……完了，我忘了！」

這時上課鈴突然響起，老鄭腋下夾著考卷，端著保溫杯踩著鈴聲走進來。

曆晨霏在迅速溜回座位前留下一句：「我等一下傳答案給妳！妳先打掩護自求多福！」

老鄭有時候偷懶會直接讓他們同桌交換了邊講邊改，這次也是一樣。

桑如翻出那張空白紙卷，深深地嘆了口氣。

昨天回去太晚，完全忘了這件事。

正準備先向周停棹求助，桑如發現他正低頭盯著自己的考卷看。

再一看，同樣一片空白。

「你也沒寫？」

周停棹瞥她一眼，又看考卷，沉聲道：「應該是。」

老鄭中氣十足的聲音傳到最後一排：「都換好了嗎？」

桑如「嘖」了一聲：「我們好像也沒有交換的必要了。」

周停棹發出聲鼻音，是贊同的意思，隨後拿起筆在前兩題的空格裡填上答案。

他才花幾秒看題目，就把答案看出來了？

真有你的！

桑如快速提筆跟上，也開始認真看題臨時補救。

答題太過專注，兩人沒注意到老鄭已經走到他們這組邊上。

老鄭看著手上的考卷，隨口道：「小老師說說吧，第四題答案是多少？」

桑如算得很認真，沒聽見。

「桑如？」

「啊！」桑如從椅子上彈起來。

老鄭瞇了瞇眼睛，踱步靠近。垂眸一看，考卷上半張填了答案，下半部分被桑如手擋住了。

「手挪開。」見桑如慢吞吞把手移開後的卷面，老鄭笑了一聲，調侃道，「唉唷，沒寫啊。」

桑如沒來得及開口，周停棹突然站起身：「老師，那是我的考卷。」

桑如詫異地轉頭看他，周停棹站得筆直，目光平靜看向教室前方的黑板。

這群孩子機靈得很，剛剛桑如算題算得那麼起勁，還他的？

「那把你手上那張給我看看。」

周停棹順從地遞過去，不見任何心虛。

老鄭一看，卷頭果然寫著桑如的名字，正面填得滿滿的。他作勢還回去，驟然又縮回手來，將考卷翻到背面。

居然也空著！

「都給我去辦公室待著，寫完再回來！」

兩人常年居年級榜前列，因而從同學到老師少有不認識他們的。

進辦公室時只有隔壁班的物理老師在，見到他們便道：「來抱作業？」

桑如搖搖頭訕笑：「忘記寫作業了，老師叫我們來補。」

那老師驚訝地睜大眼睛：「你們兩個都忘了？」

桑如和周停棹異口同聲：「嗯。」

老師無語，默默豎起大拇指。

特意留給學生坐的那張椅子放在一旁，桑如把它挪到辦公桌背後跟老鄭的椅子放在一起，才對周停棹說：「你坐裡面那個。」

周停棹沒動：「妳坐。」

裡頭那張椅子更大，還有軟墊墊著，坐著舒服一些。

誰知桑如看了看前面老師的背影，小聲在周停棹耳邊說了句：「我喜歡硬的。」

而後徑直在外頭的那張椅子上坐下。

「……」見她已經看似認真地計算起來，周停棹無法再說什麼，從她背後的空檔走過去，坐進了裡頭。

「等一下。」桑如正看著題，忽然聽見周停棹出聲。

她抬頭，「怎麼了？」

周停棹把手上的考卷與她的調換：「這才是妳的。」

不是那張被臨時「偽造」成她的考卷是什麼，桑如低低笑出聲，接著順從地：「哦。」

周停棹做題認真，答題速度也很快，把原來領先的填空題填上後繼續解題，已經跟她差不多進度。老師在前面應該是在改作業，筆動得飛快，時不時愉快地哼起一段歌，也偶爾怒其不爭地嘆口氣。

桑如留意著這些動靜，忍了好一會兒，等到把第一頁寫完，翻頁的間隙才暴露出真實目的。她悄悄把左手探到桌子底下去，搭在了周停棹的大腿上。

喜歡他硬，卻沒有喜歡硬椅子一說，對一個有寫作業任務的右撇子最大的眷顧，就是讓她的心動男嘉賓坐在左手邊。

答題的同時還可以調戲小男生，桑如快樂了，天知道先前換位置她沒坐在周停棹的右邊有多懊惱。

被摸的人下意識一躲，桑如才觸碰到一秒就落了空。

她轉頭，與周停棹對上了視線。

周停棹神色看起來很平靜，只是眉頭微微蹙起，桑如癟癟嘴，再度伸手撓了撓他的腿。

周停棹這次沒讓開，低頭在稿紙上寫了點什麼，推到桑如眼皮底下來。

字體端正又帶些潦草，似乎與平常的寫法不大一樣，依舊是飄逸的好看，兩個大字力透紙背，寫著：「專心。」

桑如左手撓了他便再沒收回，伸長右手在紙上刷刷寫道：「不要。」

隨後想了想，在下面接著寫：「你別動，我會更專心！」

周停棹微微偏頭看了她寫的內容，稍頓一下，而後視線重新回到題目上去。

他沉默著沒回應她，但確實沒再躲了。

桑如滿意，食指有一下沒一下地在他腿上輕輕敲著，心情頗好地繼續做題。

女流氓的快樂，不過如此。

過了半晌，物理老師說要去開什麼年級研討會，收拾收拾東西出了辦公室，怕有人打擾他們還順手把門關上了。

天時地利人和，桑如正好寫完一道題的答案，指尖極輕地又撓撓他，聽見周停棹猝不及防地倒吸一口氣。

很輕的一聲，在忍耐著什麼。

原本只是隨便調戲一下，這下真起了一些放肆的念頭。

桑如緩緩移動左手，從大腿慢慢挪到他的腿根，緊接著往更中心的部位去。還沒到達目的地，倏忽被人抓住了手。

周停棹終於忍無可忍，咬牙重複同樣一句：「專心。」

桑如對這句話避而不談，反倒是柔著聲音委屈地反咬一口：「你弄痛我了……」

周停棹下意識鬆開，接著悶哼一聲。

下身忽而被一隻手籠住，又中了她的圈套。

手心下面已然隆起鼓鼓的一包，桑如捏了捏，帶著笑意道：「怎麼已經硬了？」

周停棹喑啞道：「沒有。」

「嘴硬，」桑如立刻戳破他的假話，又說，「雞巴更硬。」

這個年紀的她，怎會做這些，說這些？

可神經確實開始越發興奮，下身傳來的挑逗帶起的快感不容得他思考。

她的動作從下至上，又原路返回，來回間隔著褲子搔撓他。找到莖身擺放的走勢，桑如沿著邊線勾勒出他的形狀，很大很粗的一根。

她忽然用手心把陰莖圈住，隔著布料開始搓動，左手不太好操作，因而總是頓住。

周停棹握緊了筆，低頭看卷面，卻一題也無法再解下去。

穿著校服的她居然這樣摸著他，光是想到這件事，他就已經在臨近快感迸發的邊緣。

學生時代開了竅的她，竟這樣讓人難熬。

周停棹原以為這樣已經足夠荒唐，誰知她接下來的動作才真是讓人難以繼續忍耐。

桑如忽而蹲到桌子底下，手卻始終沒鬆開。她將自己置入他腿間，乖順地伏在膝上，抬眼往上瞧時神情顯得純情又充斥愛欲。

周停棹全身都緊繃起來，胯下脹得更為難受。

他緊抿著唇，終於扔下筆，雙手分別握住她的，沉聲道：「起來。」

「不要。」

她也強硬，話音剛落便像非要同他作對似地繼續動起手腕，褲子的布料被壓在手下，緊緊實實縛住他的性器。

毒蛇吐著信子將獵物一圈圈收緊，周停棹只覺得自己快要無法呼吸。

他使出更多力氣制住她作亂的手，垂落的視線暗流湧動。

「起來。」周停棹又說。

「不要！」她眼睛居然一下子紅了，綿綿軟軟地控訴，「你凶我！」

周停棹立刻不知道拿什麼方法對她，只能蒼白道：「沒有……」

她嘴角委屈地向下微彎，好看的眉頭也微微皺起，不理會他的反駁，道：「你還騙我了。」

「騙妳什麼？」

桑如作勢欲從他手裡掙開，沒能逃脫，微抬下頜示意：「你說不攔我，現在又不讓我動。」

記憶裡是有這麼一段，作繭自縛。
視線與她的相纏，在空氣中無聲纏鬥，周停棹喉結滾動一下，終於敗下陣來。
他鬆開鉗制住她的手，放回桌面上，重新把筆拿起來。
不能碰她，不能阻止她，那麼忽視她還不行嗎？
顯然不行。
可以不去看，窸窸窣窣的聲音卻在下方響個不停，動靜不大，卻足以讓人分心。
她見他退讓，便越發肆無忌憚。
周停棹忽覺腰間泛起一片癢意，是她摸到這裡。她在將他的褲腰往下扒開，裡頭能有什麼遮擋，不過一條單薄的內褲，而她已經湊近過來，濕熱的氣息穿透布料，盡數噴灑在他的性器上。
很近。甚至他只要抬起一點身子，就能把性器戳到她嘴邊。
周停棹攥緊了手心，他的推拒原來比自己想的還虛弱，非常可恥的是，他居然在期待，接下來會怎麼樣。
桑如見他回去做題，心想他今天怎麼這麼難撩。
周停棹總是忍耐的，但人總有臨界點，她總能找到他的臨界點，然後看他撕掉正經的面具，看他崩潰，看他顫抖著射精。
然而見到寬鬆褲子裡的狀況，桑如不由地笑出聲。
確實嘴硬，雞巴更硬。
她再次抬眼看他，周停棹臉部線條冷硬地緊繃著，連這樣的角度都好看。
她隔著內褲去揉那根硬挺的肉棒，再然後突然側低下頭就這樣舔上去。
幾乎舔上的瞬間，周停棹發出低低的悶哼。

她的每一步動作都有跡可循，從只是伸出舌尖來試探著舔，得心應手後很快探出越多舌面來，更大面積地將他的氣息盡數納入口中。
肉棒這就受不了她的戲弄開始發顫，桑如憐愛地握住它，被光滑面料更緊包裹住之後，肉棒上虯結的經絡甚至就這樣映現出來。
滿眼噴薄的性感，桑如下意識夾緊了屁股，她流水了。
「周停棹。」桑如輕輕捋動著叫他。
周停棹只是「嗯」一聲作為回應，沒看她。
不敢看。
「你看看我。」
他沉默，筆端懸在考卷上，早就頓住。
桑如晃晃他的肉棒，「看我。」
快感被她攥在手裡作為籌碼，周停棹終於低下頭去，將已經淬火的視線落在她身上。
桑如見他聽話，愉悅地笑起來，再然後，徑直連他最後一層防線也突破。
肉棒突然就這樣被釋放出來，繼而立刻被她含入口中，發出淫靡的吞咽聲。
周停棹應聲握拳撐在桌沿，思考能力頓時化為烏有，渾身通透的酥麻感從下腹升起，她的嘴好熱，好緊，把他包裹住時險些一下就精關失守。
桑如動著腦袋上下裹著他，碩大的龜頭撐滿口腔，她有意識地摩擦著棱邊，轉著腦袋給他快慰，動作間聽見周停棹輕聲喟嘆。
她忽而重重吮吸一口，引得周停棹終於碰她，將手放在她腦後。
桑如哼哼兩聲，繼續含著他，同時騰出手來將縛住陰莖底部的內褲邊越發向下拉開，鼓鼓的陰囊也暴露在空氣中，而後落進她的手裡。

被含著雞巴玩陰囊，周停棹要瘋得徹底。

他紅著眼盯著她望，這樣的畫面足夠讓他瞬息間丟盔棄甲。

她還穿著校服啊，馬尾高高束著，行動間總是一蕩一蕩，將人的心魂都牽引走。

年少時夢魘的開端，一做十年。然而神明一夕之間將美夢歸還，神女垂憐，為他翻覆入口晦澀的年少時分。

從沒得到過，卻突然好像一下子什麼都擁有了，這樣的人面對美夢成真，總顯得戰戰兢兢。

他不敢了。

抑住在她口中進出的衝動，周停棹托住她的下巴，啞聲道：「夠了。」

桑如嘴裡滿滿當當塞著他的性器，聞聲抬起眼，迷濛的水氣氤氳，眼尾也泛紅。

這副樣子實在太欠操。

不能再看，周停棹將性器抽出，「啵」的一聲令人耳熱。桑如張著嘴連連幾聲喘息，接著像小獸嗚咽似的發出鼻音。

「嗯？」

手還托在她的下巴上，透明的水液從她唇角溢至手中，掌心頓生一股不知哪來的灼熱感。

周停棹拇指替她拭去餘下的晶瑩，對著此刻看起來尤顯易碎的人，聲音也不自覺放軟道：「可以了。」

性器還粗粗漲漲的被他握在手裡，骨節分明的手指圈住他自己，看起來像極了自瀆的情形。

明明還沒解決，這樣就可以了？

桑如半點沒當真，就著他的手上前舔了一口溼淋淋的肉棒，而後黏黏糊糊道：「不夠。」

去。

這樣的畫面恍若是他主動拿雞巴喂給她吃，周停棹感到性器興奮地顫動一下，險些交代出

「夠的。」周停棹沉聲，抬手從老鄭桌上抽了兩張衛生紙擦擦她的嘴角，而後擦拭起泛著水光的肉棒，將它塞回褲裡之前，聲音欲中帶著清冷，「該做題目了。」

都這樣了還想著做題目？

桑如靠前，將臉貼近他的下腹，褲邊便無法再往上提起，性器仍舊大剌剌地袒露在外頭，更直接一點，貼在她臉上。

她皮膚很白，而今因為這場荒唐泛著粉，與深紅的莖身相映，是這個場合下本不該有的豔色。

桑如手握住肉棒根部，頓時被粗硬的恥毛搔得發癢，她臉蹭蹭它，說：「你怎麼又不坦誠了，周停棹。」

假若坦誠，他該把雞巴深深插進她的嘴裡，看她賣力地吞咽，更甚至塞滿她的小穴，看她抖著身子呻吟著高潮。

像後來那樣。

然而她這樣的年紀，他這樣的境地，做這些會引起怎樣的後果難以預料，他並不能如此。

可她在磨折他這件事上從不退讓，眼下她蹭著他的雞巴，聲音像是被操軟了：「我好濕了，你幫我看看好不好？」

周停棹沒回應她好與不好，只是胸膛劇烈起伏。

太難熬，太難熬。

而桑如卻突然站起身，背對著他撐在桌面上，褲子被她自己褪下，豐潤可愛的臀高高翹起，印著草莓圖案的內褲驟然出現在他眼底。

突如其來，周停棹好似能聞見草莓的香甜，是她的味道。

見他半晌沒動作，桑如晃晃屁股勾他。

他該有自制力，可她似乎生而就為了瓦解他的自制力。

周停棹鬼使神差如她所說，抬手摸了上去，手指從臀縫滑到小穴，布料被濡濕，浸出的水使他的手指也濕潤。

很快他便收回手，說：「很濕。」

這不是一場觀察實驗，卻被他做成學術實驗的樣子。勾一步走一步，桑如氣悶，他的忍耐力怎麼突然更上一層樓。

她索性更主動些，將腿心處的布料拉到一邊，陰穴失去遮蔽袒露出來，厚嫩的陰唇擠在一起，將中心的細縫壓得很深，肉眼可見有水液溢出，少量恥毛覆在上頭，卻實在起不了什麼遮擋的作用，反倒讓人窺探欲更甚。

周停棹在理智坍塌的邊緣徘徊，偏她還在有一下沒一下對他搖著屁股，甚至另一隻手也背到身後來，親手將小穴分開給他看。

「周停棹，周停棹……」

她在叫他，在試圖將他平穩航行的帆船覆沒。

周停棹像受了蠱惑，緩緩將手抬起，觸到她的臀肉時兩人皆是一顫。

「嗯……」光是被他觸碰，桑如就渾身發麻，雙手回到身前撐好，緊接著就感到他的兩隻手都放到了她的臀上。

他默不作聲，呼吸聲卻明顯，桑如小聲地喘著，他已經開始揉弄。

掌心下的臀肉飽滿細膩，上等璞玉不過如此，周停棹有些忘情。

動作間海上風勢欲急，揉捏她的速度悄無聲息地加快，他忽然想褪下她的內褲，聽見桑如

陡轉的呻吟。

粉嫩的小口不停收縮，誘人深入。周停棹屈起手指輕輕刮弄一下，桑如便倏忽顫抖起來，嗚咽碎在口中，委屈又淫蕩。

他有些收不住了，一下一下地順著那道縫隙摩擦，手指嵌進小陰唇的中間，好似被她的小嘴含住，濕濕熱熱，周停棹頂一下指節，如願換來她的微顫。

「嗚嗚，要，要……」

她從不要他好過，而系住風帆的牢固線繩終於斷裂，船身一震，周停棹低下頭去含住她，隱約真似嗅見草莓香。

下課鈴聲在此時響起，驚醒偷歡的情人。

可他們誰也不願讓，周停棹摸到她的陰蒂快速揉弄，硬起的小豆子在摩擦間給桑如帶來滅頂的快意。

她劇烈顫抖起來，臀肉也跟著顫動，肉浪在眼前翻騰，周停棹深深吮吸一口她的淫液，揉弄陰蒂的動作不停，忽而直起身來，視線在她身上凝住良久。

外頭喧鬧聲漸起，她在這個角落的寧靜裡達到高潮。

桑如失聲趴伏在桌上的一瞬，周停棹俯身，在她臀尖上輕輕落下一吻。

人還是得服老，年輕時連講幾節課都不累，到了現在這把年紀，已經到了上一節課就得回辦公室休息一下的地步。

老鄭連連嘆息，心想還不知道那兩個小兔崽子怎麼樣了。

「鄭老師好！」

「誒，你好！」老鄭邊應著學生的問好邊推門，沒動。

再一看，門關得死緊，一條縫也沒留。

寫作業還得把門都關了，窮講究！

好在還有窗戶。

老鄭透過窗默不作聲看了一會兒，兩人還跟同桌似地坐著，看起來倒是認真。

不錯，老鄭敲了敲窗，桑如立刻跑出來幫他開了門。

「寫得怎麼樣了？」

桑如跟在後頭：「還可以吧。」

周停棹跟著回覆：「嗯。」

「挺有自信的嘛，這次的題目還滿難的喔。」老鄭接了水，站辦公桌邊上看他倆的考卷，都還剩反面三四道大題沒寫完，按他們的答題速度來說是慢了的，「看來是有點難度，連你們也沒平時做得快。」

確實沒平時做得快，心裡有鬼的兩人什麼也沒說，老鄭誤會就誤會吧。

「行了，跟我回去上課，下次再忘記可沒這麼簡單了啊！」

桑如「哦」了聲，悄悄瞥了周停棹一眼。

連她都內褲上濕濕的正難受，他沒消下去，還不知道要怎麼不舒服。

三人從後門進去的時候大家正在課間休息，動靜不大，因而曆晨霏幸災樂禍的笑聲即便壓低了也很明顯，接著又有別的同學也開始起鬨著笑。

很快笑聲一片——高材生的笑話誰不愛看呢。

是善意的「嘲弄」，周停棹沒什麼反應，桑如也並不生氣，默默瞪了帶頭的曆晨霏一眼回到座位。

「你們還好意思笑別人，看看有幾題做對的，真的是！」老鄭回了講臺上，給弱勢的一方幫腔。

前座的女生轉過身來，是難得沒發笑的那個，聲音柔柔問了句：「桑如，你們補完了嗎？」

「沒呢，有點難度，寫得慢，」桑如抿唇禮貌回答，手肘杵了杵周停棹，「你說是吧周停棹。」

桑如本意是調戲他，原以為他大概率會紅著耳朵附和，誰知周停棹輕輕笑了兩聲，答：「嗯。」

敵弱我就強，敵強我便弱，桑如不知怎麼覺得臉有點燒得慌。

那女生突然「咦」了一句，問：「你們手上的繩子是一樣的耶，好好看喔，在哪裡買的呀？」

周停棹垂眸，看見腕上的紅色線繩，像是血液的聚集，一圈一圈地把人纏繞。除了手錶，他從不戴任何裝飾，可這件東西是她親手戴上的，便不捨得摘。

「有人送的。」周停棹答。

「寺廟求的。」桑如答。

兩人同時出聲，答案卻不一樣，前桌聽得疑惑，桑如及時補救道：「是去寺廟拜佛保佑考試，有個大師送的。我們都去了，剛好遇到，所以拿到的也一樣。」

周停棹心想，這就編出來了？反應力很快嘛。

「哇，哪座廟呀？」

「什麼什麼?!」高考的字眼太敏感，前座另一個女生原本好像在睡覺，忽然也騰地一下直起身轉過來，頂著大黑眼圈興奮道，「靈嗎？我也想去拜！」

動作太大，把周停棹放在最上頭的幾本書掃到了地上。

「不好意思不好意思！」她道著歉去撿。

桑如就是隨口一編，誰能料想還有後續問題，信口道：「還行，心誠則靈。」

「那到底是哪間寺廟？」

桑如向周停棹悄悄投去求助的目光，他應當是接收到了，順著她的話頭編：「白雲寺。」

誰也沒留意撿書的窸窣動靜消失片刻，前座過了一會兒才起身，把書拍了拍，按原樣放在周停棹桌上。

臉卻爆紅，視線在周停棹和桑如之間轉了幾個圈，再然後看了看他們的紅繩，看起來欲言又止。

「好了，快上課了。」她轉過去，把同桌也提溜著轉回去。

桑如不覺有什麼，繼續寫起題來。

周停棹卻好像忽然意識到點東西，從那疊剛剛掉下去的書裡抽出一本，快速翻頁一看。

那張被自己疊起夾進書裡的信，此時正臥在這裡。

後來被傳得神乎其神的那封「情書」，就是在這個時候被外人看見的。

「對了周停棹……」桑如靠近過來，話音剛落見周停棹快速闔上書，像是有什麼不想讓她看見的東西，要說的話卡在喉嚨口，她轉而笑道，「藏什麼呢？」

「沒什麼。」

桑如不置可否地微微挑眉，手撐著下頜盯了他一會兒，才說：「真的？」

周停棹原本淡淡與她對望，聽聞這句問話，垂眸掩去視線焦點，隨後手指翻動兩下書頁，將藏在裡頭的信紙取了出來，遞到桑如眼下。

當初無意間被人看見這封未完成的信後，流言四起，好奇他感情狀態的人總是很多，連一起打球的兄弟也開始旁敲側擊地從他這裡探聽消息。

這樣那樣的問法，無非是要從流言中心的主人公這裡得到一份答案——你周停棹是否像傳言裡那樣，對桑如情深意重？

他沒有給出答案，便有許多人並不當真。

也有人當他默認，仍舊樂此不疲將這一段放進周停棹的軼事裡提及——對於被眾星捧月的人來說，沾染上世俗情感倒令他多了幾分生活氣息。

而另一位主人公似乎未被波及，從前怎樣還是怎樣，好似這段插曲從未發生過，或者說，是他對她喜愛與否，都對她沒有任何影響。

周停棹遇見的所有挫敗感，都從桑如身上來了。

放任他們將「流言」口口相傳，原來起不了任何作用，那麼再來一次，不如直接給她看？

他終於第一次真正正面地獻上他的真心，而後等待宣判。

她看得認真，神情中原本帶著的笑意逐漸隱去。

短短的一段話，她似乎看了很久，再抬起頭時嘴角仍悄悄彎起來，笑著明知故問：「給我的？」

她的眼睛漂亮，像泛著柔柔的水光，周停棹不覺放輕聲音：「嗯，給妳的。」

桑如貼近他，將話遞至他的耳邊，言語便自動生出了小勾子，來勾惹他的心神，她問：「這算是情書嗎？」

課間還沒結束，周遭充斥雜音，他卻只能聽見她的聲音。

周停棹默然一下，才答：「不算。」

「那算什麼？」桑如笑出聲。

「一封……」周停棹一頓，不像是回答，倒像打商量，「安慰信？」

「我沒考好的安慰嗎？」

周停棹肯定的應答聲很輕，怕挑起她的失落。

而桑如好像並不放在心上，只是唇角彎起的幅度更大些，「如果我偏要把它當情書呢？」

周停棹心口一震，而後道：「那它就是情書。」

桑如愣了一下，隨後笑起來，悄悄從桌底下去牽他的手，「你是特別喜歡我嗎？周停棹。」手心裡的觸感綿軟、細膩，周停棹忍不住再握緊了一些。

再荒唐的事他們都做過了，坦誠相見在與她發展那樣的關係時尤為平常，然而喜歡、愛，這樣的詞彷彿是他們之間的禁忌。

再次遇見她是在電梯上，她正打著工作電話，與對面溝通時顯得極其專業，一身職業裝，幹練又漂亮。他只當她在工作上遵循規章，成為炮友後卻也如此，嚴格遵守著那些都市男女們共同默認的準則，只談歡愛，不提情感。

而這時她卻問他：你是特別喜歡我嗎？

是不是到了該真正坦誠相見的地步？

「是。」周停棹說，「特別喜歡。」

藏在心口十年的祕密，終於在這一天得以與這封信一道重見天日。

他看人時眼神裡常是淡然，相處久了便會發現，他看她時總是不同。溢出的熱烈順著心口渡入眼裡，要隨著「特別喜歡」這幾個字一起灼燒著她。

快要上課了，分針再走兩個空格鈴聲就要敲響，桑如忽然牽起周停棹的手向外跑去。

周停棹任桑如牽著他跑到樓梯上，樓道裡沒有人，第一次模擬考後的高三樓層顯得越發安靜，那些嘈雜與他們遠遠隔開。

呼吸因為這幾步的奔跑不再安寧，在桑如吻上來時卻忽而停滯。

她踮腳輕輕親吻他，而後退開，笑得眉眼彎彎，眼裡水光更盛。

「周停棹，我也特別喜歡你哦。」

他再也說不出話了，一句特別喜歡，卻足以讓人丟盔棄甲，就此投誠。

明明也沒怎麼樣，只是這樣一人一句的喜歡，就彷彿讓人墜入愛河。

曾由第三人傳達的喜歡言猶在耳，桑如說：「之前有人跟我說你寫了情書給我，我原本還不相信。」

周停棹眉頭微不可見地蹙起，在這個時間線裡信才剛剛寫就，從未跟別人提過的事，怎麼會有人發覺。

「什麼時候？」

桑如靜默下來，想起那場同學會，想起曆晨霏神神祕祕地跟自己說關於他的八卦，再然後極其自然地想起那時透過燈紅酒綠望見的人，他的臉與面前人重合，桑如有些恍惚。

她輕輕扯一下嘴角：「好像已經很久了。」

她的目光寂靜遼遠，好像在透過他看另一個人。

那個猜想仍需驗證，周停棹想。

下午的體育課竟歸還給了他們，全班哪怕最不愛運動的人也開心地跑去了操場。

體育老師體諒大家現在少有放鬆機會，跑了兩圈就放人自由活動。

桑如跟曆晨霏去器材室拿了排球，回來沒見周停棹的蹤影，沒多留意，看操場還有別的班也在，兩人索性去了教學大樓後面的那片小活動場地，人少，清淨。

工作後進行這樣戶外運動的機會變少，在你來我往的擊球間感受到久違的暢快。

打了好一會兒，桑如倏忽間不小心力道過重，方向偏離，這個球斜飛進場地旁的後花園。

她反應過來，立刻鑽進低矮灌木叢裡去撿球，眼睜睜見它滾落到銀杏樹腳下被阻住去路，她小跑過去，撿起球抱在懷裡，視線卻黏連到遒勁的樹幹上挪不開。

嶙峋的紋路顯出老態，這株百年古木跨越世紀生長，她抬頭，滿目繁茂的枝葉在春日如期到來。桑如看得有些痴了，連曆晨霏跟過來也沒發覺。

「妳怎麼了？」曆晨霏拍她的肩膀。

桑如回過神，「沒事。」

那晚就是它，在窗外當了她與周停棹的觀眾。

她抬手理了理被風拂亂的碎髮，笑說：「只是想起一些關於這棵樹的事。」

「妳也知道什麼典故嗎？」曆晨霏起勁了，「百年銀杏耶，一定見證過很多事，也不知道它剛被種下的時候是什麼樣子？」

桑如略一思忖，緩緩開口道：「聽說當年起義頻發，我們學校以前就是一座私塾舊址，有次參加學生遊行前，一位先生帶著學生種下它，作為請願成功的期盼。」

「那後來呢？」

桑如輕輕推開她湊過來的腦袋，說：「後來，失敗了吧，遊行的學生被抓住，那位先生不知去向。」

「沒了？」

「沒了，」桑如見她聽得津津有味，忍著笑說，「聽老人家講的故事，不知道真假，我隨便說，妳就隨便聽。」

曆晨霏懊惱地嘆口氣：「要是可以穿越就好了，想去看看。」

桑如一頓，「穿越……」

「對啊。」曆晨霏將排球接到自己手裡，原地拍著球問，「妳呢，如果可以穿越的話想去什麼時候？」

桑如抬手撫過粗糙的樹幹，半晌輕聲道：「……就是現在。」

「現在的話還要穿越幹什麼，妳已經在這裡了啊！」

桑如靜默良久，忽而笑開，一聲「嗯」悄悄散在風裡。

「桑如。」

身後有人叫她，桑如回頭，發現是薛璐。

「有事？」

薛璐有著所有人公認的好脾氣，相貌不如桑如明豔，卻也清秀漂亮，她柔柔對曆晨霏一笑，「我有話想跟桑如單獨說，方便把人借我嗎？」

曆晨霏看看桑如，見她點頭，給了她一個放心的眼神，便道：「行，我正好去福利社買點水喝。」

頭頂的樹葉發出輕微的響動，初春的涼風過境，桑如再次打了個噴嚏。

薛璐見狀從口袋裡拿出一包紙巾遞給她，桑如也不推辭，接過道了句謝。

擦完鼻子薛璐還沒開口，看似柔和的眼神不知怎麼總覺得比這風還要低了幾度，桑如道：「有什麼事？」

薛璐嘴唇囁嚅幾下，幾次欲開口又都咽了回去。

桑如沒那個耐心，說：「沒事我就先走了。」

「等等！」

桑如停住，回身看她，卻見她眼睛紅紅的，像是被自己欺負了。

「你們……我都看見了。」

薛璐沒說的很清楚，但她知道對方一定懂自己指的是什麼。

果不其然，桑如的眉頭起初有些疑惑地皺起，她像是想了幾秒，而後輕佻地抬眉，笑著問她：「哦？看見了什麼？」

「妳——」

薛璐說不出口，在這之前她沒見過那樣的場面，即便是對心上人的幻想，最多也只是親親抱抱的程度。

可她今天看見了，雖然沒有任何裸露的隱祕肌膚暴露在她眼底，但她知道，他們在做一些不能明說的事。

她其實不願意回想起那個畫面，但那些片段總是自動跳進她的腦海。

借去洗手間的機會從辦公室門口路過，原本只是想偷偷看他一眼，卻不料撞破他們的綺事。

桑如撐在辦公桌上，身子微微地在發顫，而周停棹衣服的邊角從她身後露出，是個曖昧的姿勢。

薛璐心跳得飛快，直到看見周停棹直起身子，他露出半邊臉來，嘴唇上是濕潤的晶瑩。她幾乎立刻跑開。

周停棹，她怎麼會以為他一塵不染。

桑如見她像是想到了什麼，面色一下紅一下白，更確信她是看見了她跟周停棹胡鬧的場面。

倒也不是真要逼她說出口，人都要哭了，桑如便又說：「妳看見了，然後呢？」

薛璐這次倒答得很快：「你們……你們才高中生！不能這樣！」

桑如笑出聲：「哦，知道了。」

薛璐一時分不清對方是好說話還是在敷衍，她醞釀好的勇氣好像全打在了棉花上。

「妳不怕我告訴別人嗎？」

「怕啊。」桑如嘴上說怕，神情卻很無所謂，「那妳會說嗎？」

薛璐微微垂頭，看不清神色，半晌隻聽她小聲說：「……我也不知道。」

不知道會不會因為喜歡一個人，變得連自己都討厭，親眼見到喜歡的人跟另一個女孩親密接觸，什麼滋味都一起湧上來了。

否則也不會頭腦發熱，就這樣直接來找情敵。

「妳不會的。」

聽見桑如突然開口，薛璐有些詫異地抬頭。

對面的人比自己高一些，看起來總是自信又漂亮，接著又聽她道：「妳連我們做了什麼都不好意思說，告訴別人的時候打算怎麼形容？」

桑如看她窘迫的模樣，有點想笑，但馬上恢復認真的神色道：「況且妳不是這樣的人，我知道。」

她的眼裡還有些笑意，這樣的語氣恍若讓人不自覺就會信服。

薛璐心口微顫，忽然能夠有那麼一點明白為什麼周停棹會對她不同了。

感覺到噴嚏又要來，桑如剛張開嘴，便見薛璐又急急遞了張紙來，她掩住將噴嚏打了出來，同時聽見她問：「那、那你們現在……是什麼關係？」

桑如挑眉：「妳覺得呢？」

「你們交往了嗎？」她沉默良久，終於開口問。

桑如想想，好像的確沒有確定什麼正式的關係，於是道：「算是吧。」

退。

「啊……什麼叫，算是？」

「就是……」桑如一頓，繼續說，「無論是不是，妳都沒機會了。」

帶著後來對成年後的她的排斥，連帶對這個時期的薛璐語氣也不算很好。她喜歡周停棹，桑如是知道的，明知這不過是一個青春期女孩再正常不過的喜歡，卻又控制不住想讓她知難而退。

周停棹後來跟她是不是有點什麼，是否對她的喜歡有所回應，這些疑問還橫亙在心裡。很難不介意。

三言兩語把情敵打發走後，桑如忽然覺得自己像極了某些電視劇裡的惡毒配角，想想嘆了口氣。正準備離開，身後傳來腳步聲和幾聲輕笑。

桑如回頭看，不是剛才那番談話裡沒在場的主人公又是誰。

剛剛還很有氣勢，現在突然臉也熱起來，桑如舔了下嘴唇，語氣有點不自然：「你……都聽見了？」

周停棹嘴角仍沒落下，「嗯。」

「你笑什麼？」

周停棹越走越近，「因為開心。」

「看戲看得很開心？」

「不是。」周停棹說，「因為別人都沒機會了。」

什麼啊……

他的目光有些燙，桑如不知怎麼接不上話，好像難得落了下風。她轉開話題，視線越過周停棹的肩膀看向他身後，「剛剛在那棵樹後面？」

另一株銀杏，雖不及百年，也是兩三人圍抱的寬度，如果他在那裡，就是視覺死角。

「嗯。」周停棹應聲。

「你什麼時候來的？」

「妳來的時候，我已經在這裡了。」

桑如一驚，「那你還那麼久都沒動靜！」

周停棹抬手揉揉她的腦袋說：「不捨得打擾妳們。」

原本他靠著樹幹獨自安靜待著，她就這樣忽而闖入，周停棹沒出聲，也沒被發現，就這樣安靜地聽她和朋友笑著鬧著，聽她們無厘頭的對話，又無意間聽見她與人周旋。

無論是哪個環節都讓人生出不願攪擾的心，就這麼看著她，聽著她，彷彿早已成為本能。

她與薛璐對話時的感覺尤其熟悉，那些兩人見面的日子裡，倔強的小公主嘴上總不會認輸。她用平靜溫和的語氣跟他嗆聲，他再平穩接過話頭，或是被她說得啞口無言，這幾乎是兩人之間他最熟稔的溝通方式。

有一瞬間，他好像看見了成年後的她。

更何況先前還有這樣的對話：

——想穿越去什麼時候？

——就是現在。

若非只是源於活在當下的想法，他的猜測便得以更進一步的驗證。

第五章 驗證

薛璐高一時第一次遇見周停棹。

那次有人替老師傳話讓她去辦公室，她匆匆跑去，卻在另一間教室門口不經意撞上了人。那人高出她許多，她來不及看，光顧著道歉，等到反應過來，那人已經淡淡說了句「沒事」便向前去了。

後來發現他們的目的地居然一樣，原來老師們就演講比賽的事，將各個班裡名列前茅的學生都叫了過去。

算是資優生們的會面，薛璐卻難得有點心不在焉。

方才撞上的人站在她斜前方，身形挺拔，看起來乾淨而嚴肅，哪怕穿著普通的校服也是突出得好看。

原來他就是周停棹。

心動大概就是從那時候開始的，所謂一見鍾情。

他們撞上後周停棹說的一句「沒事」，她只當是禮貌，而今突然想到周停棹大概是真的不在意。

他離去時的步伐有條不紊，現在想來，或許也只是追逐者心無旁騖的敷衍——像她後來緊緊跟在他身後一樣，那時去往辦公室的路上，桑如就已經走在周停棹的前方。

追逐遊戲從一開始就是這樣的局面，她卻沒有看清，直到撞破他們的纏綿，直到得到桑如的答案。

而當這場暗戀的走向終於有了點眉目，周停棹第一次從她身後跟來，拍了她的肩膀。

他打了個招呼，而後直入主題：「勞煩保密。」

薛璐有點氣悶，故意道：「什麼祕密？」

周停棹像是被噎住，沉默下來，她總算有了點暢快。

「無論什麼事。」周停棹說，「對她不好的，都勞煩妳保密。」

「……知道了。」

說完，她轉身離開，從未在他面前這樣硬氣過，整個人卻都要被難過淹沒。

這場暗戀大概不需要再觀察什麼走向，再多走一步都算自取其辱。

是該畫上句號了。

經過一節體育課，周停棹還好些，桑如的噴嚏症狀越來越嚴重，說話間已經帶上鼻音，到了下午最後一節課，聲音已經徹底啞掉了。

周停棹直接向老師報告，要帶她去保健室，說完自己也打了幾下噴嚏。

老師見狀立刻同意，強調了一番高三是重要時刻，身體尤為重要，早點治好也以免傳染給別的同學。

還在上課時間，校園在白天顯出難得的安靜，桑如走在周停棹身邊，忽然笑出聲：「你剛剛噴嚏打得好假。」

周停棹偏過頭，食指屈起滑過鼻尖，略顯不自在地說：「有用就行。」

桑如「嗯」一聲，尾音上揚起來。周停棹聽得心頭一動，如果忽略身體因素，其實她這時的聲音特別可愛。

校醫給桑如量了體溫，「有點發燒，妳躺著休息一下，如果還是不舒服就請假回家看醫生吧。」

桑如沒覺得有什麼，倒是周停棹頓時蹙起了眉頭，一臉嚴肅地問：「燒得很嚴重嗎？會是除了感冒之外的病嗎？」

校醫是個中年阿姨，聽聞一連串的問題笑起來：「現在正值換季，感冒發燒很正常，如果真的很不舒服，就趕快請假去看醫生吧。」

即使這麼說了，周停棹的眉頭還是沒鬆下來，桑如悄悄撓撓他的手心作為安撫，而後說：「您可以幫他也看看嗎，他也有點感冒。」

「好啊。」校醫也給周停棹量了個體溫，確認沒發燒，又問，「有什麼症狀嗎？頭暈不暈，流鼻涕嗎？」

周停棹還沒答，身旁那人倒答得很快：「不流鼻涕，就是會打噴嚏。」

桑如轉頭看他，理所當然問道：「你頭暈嗎？喉嚨痛不痛？」

周停棹順從地回答她：「有一點頭暈，喉嚨不痛……」

桑如便連著他的答案向校醫複述一遍，說得人發笑：「我也聽到啦！」

桑如沒見半點不好意思地笑了兩聲，見周停棹嘴角也翹起，只當他在調笑自己，便把手再次鑽進他手心裡，悄悄捏了一下洩憤。

誰料他攏起掌心，溫熱的觸感將她包裹，輕輕柔柔地捏了兩下。在場還有別人，桑如想收回手卻抽不出來，周停棹不動聲色地向前一步將兩人的手擋在身後，仍是牢牢牽著。

「好了，那妳好好休息，如果要喝水什麼的再跟我說。」

桑如一個激靈欲起床裝水，周停棹這才終於把手鬆開道：「我去裝吧。」

「行。」

轉身前周停棹再次看了眼留下的人，她也望過來，墨色瞳仁像是濕漉漉的，神情不知怎麼有點委屈。

像捨不得人走一樣。

周停棹心底軟成一片，若非有外人在場，他真想立刻吻她。

裝完水回來，她已經乖乖在病床上躺好了。

「你過來坐下。」見他回來，桑如下著指令，在他坐下後伸手扯住他的衣角，「好了。」

校醫阿姨從外面探頭一看，了然地笑了笑：「兩個病號，注意不要再互相傳染啦。」

桑如嘴上答著「知道啦」，手上卻還抓著他的衣襬沒鬆開。

周停棹低頭，將她抓緊的衣襬扯出來，換作自己的手取而代之。

筋絡走勢明顯的手背總是看起來具有蓬勃的力量感，與她相握則顯出天然的一剛一柔的對比，恍若天生契合。

周停棹輕輕摩挲著她的手，開口時不自覺放輕聲音：「很不舒服嗎？」

「還好，就是暈暈的，又覺得有點發冷。」

周停棹連忙將被子拉高，見被子完整包覆住她脖子以下的身體，才安心道：「好，妳睡一下吧，我在旁邊看著。」

桑如眨了幾下眼，視線在他身上流連好一會兒才點點頭，偏過腦袋閉眼睡去。

醫療屏風外傳來一些收拾東西的聲響，校醫再過來時已經換下白大衣，她小聲囑咐道：「我先下班去接孫女放學，過會兒會有人來換班，如果真的有什麼急事就打我電話，桌上有號碼。」

「好。」周停棹乖乖點頭。

見兩人的手還光明正大牽著沒鬆開，校醫嘆口氣，重複提醒：「注意相互傳染！」

周停棹牽起唇角，點頭，還是沒鬆手。

校醫阿姨很快離去，依舊能聽見她邊走邊小聲嘟囔：「這些小朋友哦，都喜歡在我這裡談戀愛……」

躺在床上的人笑出聲，周停棹循聲低下頭，只見剛剛準備睡覺的人此時笑得眉眼彎彎。

「不睡了？」周停棹問。

「睡，」桑如鼻音很重，「你靠近一點。」

周停棹彎腰俯身，接著嘴唇上被吧唧親了一口。

「相互傳染一下。」

她的眼睛亮亮的，即使在病中也顯出格外的青春氣息，周停棹眉目柔和，伸手揉揉她的腦袋，將她的手放回被窩裡去，而後哄她：「乖乖睡，醒了就好了。」

人到底是累了，不多久呼吸聲便平緩規律起來，周停棹坐到窗邊的沙發上，顧忌著醫生的叮囑，不敢離她太近。

等到晚自習開始的鈴聲遠遠響起，換班的校醫還沒來，倒是有老師來查看情況。

擔心桑如醒來會餓，周停棹想了想，拜託老師先看著她，回了趟家。

周老師去看晚自習了，靳老師倒是在家，見他頗不常見地在自習的點回來，又直接進了廚房，便靠在門邊問：「做什麼呢？」

「煮點粥。」

「你今晚沒吃飯？」

「嗯。」周停棹稍頓，說，「同學生病了，給她也帶一點。」

靳青盯著兒子看了半天，了然地笑笑，離開前說：「送人的啊，那我就不跟你搶著做了，水可以多加點，別煮成飯了。」

周停棹只是小小聲地應了一聲。

拎著保溫盒走在學校裡，微涼的風氣，深沉的夜色，跟回到這裡的那夜竟有些相彷。沒來兩天，卻覺得好像過去很久，思及還躺在病床上的人，周停棹顧不上再去多想些什麼，加快了步伐。

換班的校醫不知什麼時候已經來了，是個看起來比他們大不了多少的男醫生。

洛河正玩手遊玩得上頭，只隨便瞥了一眼來人，發現是這個學校的學生，徑直問：「什麼症狀？」

極不專業的態度，周停棹繃著臉沒答話，直接進了裡間。

洛河被忽視了也不生氣，回頭看了眼他去的方向，大概是去看裡頭那位。

桑如還在睡。

周停棹攏起掌心，在嘴邊哈著氣捂熱一些，才放到她額頭試探溫度。還有點燙，不過已經比帶她來的時候退下去一點。

腳步聲從屏風外靠近過來，到病床前止步。

洛河環著手臂看他倆，問：「你是這小傢伙的同學？」

小傢伙？

周停棹起身，正面與他對上，兩人差不多的身高，視線齊平。

他僵著語氣：「顯而易見。」

那醫生一副不置可否的表情，聳聳肩道：「關心一下我妹妹的交際，別這麼衝。」

周停棹因他消極工作的態度而冒出的火氣頓消，重複一遍：「妹妹？」

「呃，」洛河挑眉，「鄰居妹妹。」

妹妹和鄰居妹妹的可不一樣，火氣只偃旗息鼓了一瞬便又迸發。周停棹看著面前散漫的人，忽然覺得好像在哪裡見過。

「你喜歡她？」男人問。

周停棹哂笑：「鄰居還管這個？」

洛河笑出來，「怎麼現在高中生脾氣都這麼衝？八卦一下也不行？」

見周停棹沒說話，洛河也不自討沒趣，正色道：「醒來了叫我。」

「當然，只要醫生不是在翹著二郎腿玩手機。」

洛河把髒字吞回去，無奈地笑著走開。

周停棹坐回沙發上繼續守著人，終於想起來那個醫生眼熟在哪裡。

他的確見過他，在公司樓下。

炮友之間要約出去必然牽涉誰主動邀約的問題，桑如跟他在這個問題上卻沒什麼矛盾，兩人幾乎是默認了你主動一次，我主動一次，從不多跨一步。

那回以甲方的身分從她公司出來，等電梯時滿腦子都是她當著所有人面裝作跟他不認識的樣，一口一個周總地叫他，那副樣子簡直令人心癢。

想把她摁進懷裡的心情難以自抑，周停棹跨進電梯的同時給她發去了訊息：「今天見面嗎？」

「您不是剛走嗎？周總。」

「這是工作。」

「私事的話，那就私人時間再問，周總慢走。」

她像是在生氣，氣他瞞住自己的甲方身分，上門了才讓她知道，措手不及。

周停棹自知理虧，到她下班的時間，破例提出第二次邀約：「見面嗎？」

過了半晌她才回信：「不見，有事。」
周停棹不氣，反而笑起來。無論她是真在忙還是假有事，這樣真是可愛。
周停棹收起手機，準備下樓買杯咖啡和三明治，卻在電梯再次遇見了她。
她難得下班時間準點出來，電梯裡還有其他人在，周停棹默默看她在前面站好的背影，沒有搭話。
而出去之後，他快步走到桑如身邊與她並肩，不尷不尬地說了句：「很巧。」
桑如像是輕哼了一聲：「是周總啊，確實很巧。」
「我不是故意要瞞妳的。」
她終於分出正眼看他，「周總在解釋什麼？您給我們小公司送錢，當然是好事了。」
高跟鞋踩得每一步都很響，周停棹說：「可是妳在生氣。」
「您想多了。」到達旋轉門，桑如說，「有人來接我了，周總再見。」
說完先一步出了門。
周停棹注視著她的背影，透過旋轉著的層層玻璃看見她撲進另一個男人的懷裡。
側門被人打開，涼風灌進來，周停棹清醒了幾分。
他跟桑如能是什麼關係？
只能是相見不識的關係。
而那個能在所有人面前擁抱她的是誰？
周停棹終於想起來，那個男人再年輕幾歲，就是剛才那個怠忽職守，還自稱是她鄰居哥哥的年輕醫生。
周停棹想起這段，不禁握緊了拳頭。
病床上的人忽然有了動靜，像是不舒服似地皺起眉頭，發出點朦朧的鼻音。

他洩了力，匆忙跨步上前，伸手探她額頭的溫度，沒那麼燙了。他放下心來，輕輕拍拍她的被子，直到她眉頭慢慢舒展開。

周停棹準備起身，卻聽見她小聲的嚶嚀，他俯身貼近，聽見她在念的幾個字是：「周停棹……」

胸膛像是被什麼撞了一下，周停棹抬手輕撫她的頭頂，用極小極柔和的音量說：「我在呢，我在呢……」

她似是滿足了，又發出聲乖巧的鼻音。

忽而有個想法湧上心頭。

真的太想知道了。

周停棹輕輕叫她：「崽崽。」

桑如閉著眼無意識答：「嗯？」

「妳……幾歲了？」

她還真回答起來，只是嘟囔聲堵在喉間，周停棹只聽見她說了什麼：「……六歲啦，不對，我十六，十六……」

而後聲音漸漸低下去。

周停棹想了想，喊了另一個名字：「Sarah？」

她依舊答了一句：「嗯？」

周停棹心跳漸快，這是她的英文名字，廣告公司裡一般只這樣稱呼。

雖然在他的印象裡，桑如在高中並沒有英文名，但他不確定是否是因為不常用的關係他才沒聽過。

於是周停棹俯身又近一點，望著她飽滿的唇形，低聲道：「周總要妳的策劃案。」

屏風後的這個角落，忽而響起響亮的「啪」的一聲，周停棹懵了。

還閉著眼的人手往他臉上招呼了一下，這次咬字倒清楚：「讓他滾！」

周停棹舌頭頂了下左頰，心情複雜地凝望著她，半晌逕自笑起來。

真的是妳。

果然是妳。

桑如睡了一覺醒來，原本腦袋中細密的針扎感散去，神清氣爽了許多。

轉頭看看，周停棹正坐在旁邊的沙發上，手上拿著不知道什麼書在看。

他的頭髮乖順地垂著，垂眸認真看書時更多散發出學生的少年氣，往後的精英氣息在此時還只是雛形。

然而這樣的感覺在他抬眼看過來時驟然翻覆，視線相撞的一瞬，桑如有種被鎖定為獵物的錯覺。

也就只是那麼一瞬，見人醒來，周停棹的神情由嚴肅軟化，起身走來探她額頭的溫度。

「醒了，還難受嗎？」

桑如搖搖頭，腦袋在他掌下左右蹭蹭。

他的掌心怎麼好像比自己的額頭還燙？

肚子在這時候不合時宜地響起來，周停棹聲音染上笑意：「餓了？」

桑如往被窩裡埋，悶悶答：「嗯。」

他的氣息從身邊撤離，桑如這才發現床頭櫃上放了個保溫盒。周停棹旋開蓋子，從裡頭端出準備好的粥和清淡配菜。

肚子叫得更大聲了，桑如自覺坐起來，這時有人繞過屏風走來。

桑如驚詫地睜大眼：「洛河？」

「沒大沒小。」洛河手插在白大衣口袋裡，雖然這麼說，卻沒什麼嗔怪的語氣。

桑如遲緩地眨眨眼，道：「實習校醫？」

印象裡洛河的確在臨畢業的時間，在她高中做過幾個月的校醫。

這回輪到洛河驚訝，「嘖」了一聲：「會算命了？」

桑如剛想開口回話，唇畔就碰上半涼半熱的觸感。

周停棹舀了勺粥遞到她嘴邊，面無表情。桑如下意識張口把粥咽下，接著對洛河道：「你能有什麼事是我不知道的。」

洛河垂下眼瞼，「還真有。」

「什麼？」

問完又是一勺粥送至嘴邊，桑如吃著，眼睛卻在看洛河。

有點落寞，不太像他。

「沒什麼。」洛河恢復散漫的態度說，「休息完趕緊回去吧。」

說完從口袋裡掏出塊糖扔到她被子上，走了。

桑如吃了粥，又自覺去尋下一口，邊張嘴邊去摸糖，結果這勺沒喂進嘴裡，沾到了鼻子上。

桑如退開，抬眼見周停棹看看她，從旁抽了張紙，保持沒什麼波動的神情給她擦掉鼻尖的水跡，沉聲說：「好好吃。」

她自覺噤聲把這勺咽了，抬手說：「我自己來吧。」

周停棹手讓開：「妳剛退燒，沒力氣。」

她有沒有力氣她自己不知道嗎？

不過被人伺候感覺還是不錯的，桑如便隨他去了，越發心安理得地指揮著他弄點這個菜，弄點那個菜放在粥上。

周停棹餵完這個小餓鬼，才將剩下的隨便吃了些，桑如呆住：「你也還沒吃啊？」

「現在吃了。」

桑如頓覺良心不安，把剛得來的糖塞進他口袋裡：「給你。」

周停棹心情略複雜，但還是沒把糖還回去。

還有半個多小時晚自習就結束了，東西還在教室沒來得及收拾，桑如起了床，準備跟周停棹回一趟教室。

洛河仍然在跟手遊奮鬥，頭也不抬地說：「待著吧，這局完了我送妳回去。」

「你不用值夜班？」

「要啊。」洛河聳聳肩，「可妳不是就住這附近嗎，送完妳我再回來。」

他瞥了眼旁邊面色不虞的人，勾唇道：「妳的小男朋友還未成年，送妳不安全。」

兩人聽聞同時陷入沉默。

這裡最小的到底是誰啊？

不再多費口舌，周停棹徑直牽起桑如，走出門前扔下一句：「安全。」

洛河手一歪，遊戲裡的角色掛了，心裡發出今天的第N次感嘆——現在的高中生，真的很狂啊！

桑如走在前頭，安靜走了一段忽然轉身，往後退著說：「我們今天作業還是沒有寫完，明天會不會繼續被罰去辦公室補作業？」

「不會，來保健室之前我跟楊帆他們說過了，會幫忙向老師請假，」周停棹跨大步子縮小與她的距離，皺眉道，「好好走路。」

桑如「哦」了一聲，乖乖轉了回去，隱隱覺得周停棹跟前幾天有些不同。

周停棹望著她的背影，繼續消化她同樣來自十年後的資訊。

「正常」時間裡與她見面的機會寥寥，或許因此他並不如自己想的那麼了解桑如，但在愛欲糾纏上，他想是有足夠的把握。

小公主喜歡贏，在做愛時也是一樣，常常寧可自損一千也要傷敵八百，要看他為她忍耐，再發狂，周停棹有時順應她，有時會以更磨折人的方式返還。

而在那些陡然生變的記憶裡，小公主卻似乎用著與他在一起時精進的本領，盡數拿來調戲十七歲的他，這一點在他來到這裡之後也已領教。

可十七歲的自己尚且沒修煉出後來足夠以假亂真的鎮定假面，她的猛烈攻勢之下臉紅心跳難以掩蓋，倒教她看了不少笑話。

他雖不介意讓她贏，然而如今遊戲翻盤，角色對換，近水樓臺，似乎到了反攻的時機。

如果那句「特別喜歡」是真，那麼換一種方式雙贏未嘗不可。

先前遲到的教訓讓桑如洗心革面，日日不忘定好鬧鐘。

昨天下午在保健室睡了一陣，今天竟比鬧鐘醒得還早，桑如躺在床上對著天花板放空，聽見新消息的提示音。

「z：今天好點沒有？」

桑如打了個哈欠，心道周停棹也太早起了。

「崽崽の：挺好的，你呢？」

「z：我也很好。」

「崽崽の：那學校見，小周早安。」

「z：好，早安。」

「崽崽の：教過你的，應該怎麼說的？」

周停棹一頓，繼而回信。

「z：崽崽早安。」

早自習進行到一半，桑如和周停棹便被語文老師一起叫了出去。

桑如態度良好，沒等她問就先開口：「王老師，我們昨天請了病假，今天會把作業補上的。」

「不是這件事。」王老師被她逗笑，「最近有個作文競賽，學校準備推你們兩個還有其他班上的幾個同學參加，你們有沒有什麼想法？」

周停棹送的那本厚厚的作文書還沒翻多少頁，桑如遲疑道：「可是議論文，我還沒把握……」

「妳就按妳擅長的文體寫，作文競賽跟考試還是有點差別，妳的風格可能更適合競賽也說不定。」

桑如「哦」了一聲，便聽老師又問：「周停棹呢，有沒有什麼問題？」

「暫時沒有。」

老師拍拍兩人的肩膀，「你們別有太大壓力，就當一次熱身，不拿名次也沒什麼關係。」

「不過你們作業沒做的事啊……」尾調拖得長，桑如心提起來，「就不用寫了。」

桑如鬆口氣，看似淡然地點點頭，周停棹看看她，微不可察地彎了唇角。

「不過得交篇作文出來，競賽是命題作文，我跟年級組裡其他老師晚點定一個題目，你們先試著寫一篇。」

兩人領了任務回去接著背書。

作文題在第四節課前由正好去辦公室的同學帶來，並帶話說要明晚前交。

題目寫在紙條上，周停棹拿著靠近桑如一些，放在中間展開來看——

歲月無垠，人生際遇講求一期一會，在這趟單程列車上，我們見過許多好風景，卻也有許多風光與我們匆匆擦肩而過。回頭重新看一看，是否會發現失落的遺珍；重新聽一聽，是否能聽見歲月的遺聲。

根據以上內容，自訂題目，寫一篇不少於八百字的文章；除詩歌外，文體自選。

桑如一愣，下意識去看周停棹，卻巧落入他眼裡。

他的眼瞼微微垂著，落下的目光好似沒什麼力道，只是因為她這樣仰起頭了，才恰好輕飄飄停駐在她身上。

周停棹很快移開眼，重新去看那題，狀似無意問：「妳覺得怎麼樣？」

「什麼怎麼樣？」

「作文題目，怎麼樣。」

還能怎麼樣，要不是她沒把祕密跟任何人講過，桑如簡直要懷疑出這題目的老師在為她量身定制。

她連主題都在幾秒內想好了——周停棹牌回頭草，真香。

假設真的能這麼寫的話。

「滿好的啊，」桑如隨口半真半假道，「發人深省。」

周停棹輕挑眉毛，「嗯。」

不知道為什麼，桑如總覺得周停棹今天心情挺好，又聽他問：「題目記住了？」

「還行。」

於是桑如眼見著他那修長漂亮的手指，有條不紊地慢慢把紙條卷起，放進了自己口袋裡，說：「那先放我這裡了，妳再多回想幾遍加固記憶，利於寫作。」

「什麼？」

周停棹再次強調一遍：「要記牢。」

桑如沒來得及問他發什麼瘋，上課鈴響，數學課便繼續開始。

兩人雖請了假，但回去以後還是跳著做了些，上節課老鄭把簡單的題目快速帶了一遍，留了填空最後一題和幾道大題這節課繼續。

填空最後一題有難度，老鄭點了幾個人報了答案都不對，便又想起他的小老師來。

他慢悠悠踱下講臺：「小老師，今天寫了嗎？」

「報告老師，我昨晚請假了。」

「哦，那就是沒寫。」

「但是我寫了。」桑如清清嗓子，說出答案來，「二分之根號三。」

老鄭噎住，原本想逗她結果還被反將一軍：「很好，坐下吧。」

桑如坐下，瞥見周停棹似乎在笑，拿手肘懟了懟他。

一切被老鄭收入眼底。這個不行，還有一個。

「周停棹，你也請假了，寫了嗎？」

周停棹站起來，個頭還比老鄭高出一截，直接回答：「二分之根號三。」

再次逗學生失敗，老鄭洩氣道：「兩個人的答案都對了，周停棹先講講看是怎麼算出來的吧。」

周停棹掃了遍題，把解題思路講出來，全班聽完，個個臉上寫著「茫然」。

老鄭也皺眉盯著題消化許久，最後說：「你這解法……是不是用了大學的方法啊？」

周停棹垂眸，見桑如也抬頭盯著自己，心下突然一個緊張，道：「嗯，之前看過一點大學教材。」

老鄭讓他坐下，「不錯，只是超出我們現在學習的範圍了。桑如妳來說說妳的方法。」

桑如便起身按照自己的思路講了，這下大部分人露出恍然大悟的神情，老鄭回黑板前，按照這個方法又給大家深入淺出地說了一遍。

周停棹正擔心是否露出馬腳，手臂忽然挨上點熱度。

桑如湊過來，眼睛看著黑板，小聲道：「你怎麼都開始看大學教材了，好厲害。」

周停棹鬆口氣，沒被懷疑就行。忽而又因她的誇獎耳廓微微發熱，含糊地「嗯」了一句。

話音剛落，隱約聽見兩聲她摻著點笑意的鼻音。

恢復了不少力氣，下課鈴一響，桑如正準備跟曆晨霏一起衝去餐廳，卻被人攔下。

周停棹沒怎麼用力，只是圈住她的手腕，露出的紅色繩線灼目得很。

桑如眨眨眼，聽他道：「要喝粥嗎？」

她抬眉，手心一轉反握回去：「喝。」

曆晨霏見狀默默翻了個白眼，拉著楊帆走了。

桑如三顧周停棹的家，這次還是他主動邀請，可以算是一大進步。

桑如原以為要等他現做，已經跟在他身後進了廚房，做好了幫忙切菜的準備，誰知他一打開電鍋，騰騰熱氣就飄了出來。

桑如怔愣一下，「你什麼時候煮的？」

「早上傳訊息給妳的時候。」周停棹洗了兩個碗，抬頷示意她說，「先洗手。」

「哦。」

那就是六點就已經煮好粥了……

淅瀝的水流往下淌，掩不住他盛粥時鍋碗與勺子碰撞發出的細微響動。教職員宿舍後面的圍牆外就是一條小吃街，四樓的高度往下看，可以正好看見旁人的熱鬧。不少同學吃膩了餐廳便會到外面覓食，眼下人頭攢動，嘈雜的聲響被紗網濾過，到達耳邊時並不算很吵。

桑如有點出神，這樣充滿生活氣息的場景，溫馨到恍若直接抵達許多年後可能存在的某個瞬間……

後背忽而傳來點觸感，周停棹從後頭過來，伸手替她關了水龍頭說：「在發什麼呆？」

「沒有。」

他不知從哪裡拿來塊乾淨帕子，罩在她手上輕輕擦起水來。她就這樣被人圈在懷裡，後背虛虛貼著他的胸膛，溫熱的呼吸一下一下落在耳後。

耳根約莫紅了，有點發燙，桑如暗惱周停棹怎麼撩人技法進步神速，邊佯裝鎮定地任他擦手。

「好了，吃飯吧。」周停棹退開，方才一切撩撥人的熱度盡皆撤去。

桑如抿抿唇，望著他端碗出去的背影，洗了兩雙筷子跟了過去。

用完飯，周停棹起身收拾碗筷準備去洗，桑如抬頭看看他，忽然開口道：「周停棹，我頭暈。」

他收拾的動作頓住，眉頭微蹙道：「先坐好休息，一會兒再帶妳去趟保健室。」

桑如忙道：「不用，我躺一下就好了。」

見周停棹眉頭仍緊鎖著，桑如更直白暗示，軟聲問：「有客房可以借用一下嗎？」

學校提供的教職工宿舍，哪來什麼多餘的客房？

周停棹沉吟片刻道：「不介意的話，可以去我房間躺一下，要是還不舒服，就請假去看醫生吧。」

「知道啦。」

目的達成，桑如扶額作出不舒服的樣子進了他房間。

周停棹的床單被套都是灰色，顯出冷感，然而呼吸間盡是他清清淡淡的氣息，倒教人安心得真要睡了過去。

門口傳來「喀噠」一聲，有開門的動靜，是他來了。

桑如繼續閉著眼，睡意散去後反而更清醒。徐徐而來的腳步聲被壓得很輕，到床邊後止住，緊接著他似乎往床頭櫃上放了什麼杯子之類的東西，觸碰聲被小心翼翼壓在杯底。

捕獵時以美食作為誘餌是常事，以身做餌卻要更令人膽戰心驚，然而心頭的躍躍欲試不容忽略，桑如只覺有什麼衝動勁在隨著心跳不安地鼓噪。

正在糾結該在什麼時機顯出本意，他的氣息在此時似乎正緩緩靠近。

桑如勉力保持平緩呼吸，卻在察覺到他大約已近在眼前時下意識屏氣。

怦怦……怦怦……

她聽見他的輕笑，而後荒原之上風漸起，一個蒲公英似的吻輕柔落至額前，桑如心跳一滯，等反應過來已經探手拉住他的衣袖。

「你在做什麼壞事？」她開口，帶著睡夢中醒來的少女天真。

然而夢中少女怎會長睫翩躚，呼吸又在感知到他的靠近時中停。既然她要明知故問，周停棹便佯裝出幾分被發現的窘迫，偏過頭說：「沒什麼……」

桑如似乎不再計較，鬆開袖子轉而去拉住他的手，撒嬌道：「你吵醒我了，要負責再把我哄睡。」

周停棹下意識回握住她的手，望著她仰起的臉，道：「怎麼哄？」

她拍拍左邊的空檔，「你上來。」

周停棹有片刻的怔愣，被她手上忽然的使力弄恍了神，再反應過來時已經單手撐在她上方，另一隻手則還同她緊緊握著。

桑如此刻的笑裡帶著得逞的狡黠，故意曲解他道：「讓你上來，不是這樣上來。」笑意晃眼，攪得人心動盪。

周停棹忽而俯身，索性離桑如只剩毫釐之距，他將字咬在齒間，低聲問：「那是要怎麼上來？」

反被獵物鎖住，誘餌處境告急，桑如舔舔唇，見他的視線跟著自然而然垂下，掃過她的唇瓣又緩緩抬起，繼續望著她的眼睛，渾然漫不經心，教人腿都有些發軟。

桑如頓覺口中乾渴，牛頭不對馬嘴道：「我要喝水。」

周停棹仍是這樣停在她眼前，忽而眼裡盛了笑意，牽纏著視線直起身去，從床頭櫃拿起剛放下的水杯，又拿了一顆藥丸道：「坐起來，先吃藥。」

桑如沒有帶藥來，這只能是周停棹家的。她接過，仰頭將藥配著水咽了，又喝了幾口緩釋乾澀，把杯子又遞回去。

卻見他接過杯子，就著剩下的水也吃了顆藥。

周停棹自己也是個病號，卻毫無怨言地伺候她，倒教桑如隱隱生出幾分不好意思來。

「好啦，你也來休息一會兒。」桑如這回正兒八經地掀開左邊的被窩，反客為主地邀請起這張床的主人來。

女主人的情態把握得十足了。

周停棹微不可見地勾唇，從另一邊也鑽進了被窩裡。

桑如現在已經沒了半點睡意，旁邊還躺著個意氣風發的十七歲高中生，心裡很難不想吃點什麼豆腐。

兩人之間隔得挺遠，桑如悄悄把中間耷拉下來的被子拱起，挪到了周停棹身邊去，等能挨著他的右臂了，便動作極小地刮刮他的手背，嘟囔道：「要先哄我的。」

周停棹睜開眼，聽她明明是命令語氣卻又可憐巴巴，心裡頓時軟成一片，於是側轉過身面向她。

桑如同樣已側過身子來，四目相對，她眨眨眼，眼見著周停棹的喉結滾了一圈。

為睡得舒服，校服外套早脫了，都只留了裡頭的一層衣服，桑如鑽到他肩窩上靠著，髮間的馨香盡數往周停棹鼻間湧。

多次嘗過她勾人的招數，周停棹明知這同樣也是一個陷阱，還是抬手撫著她的後背，一下下拍著，只差給她唱個搖籃曲。

「你哄人睡覺就是這樣的？」她從他懷裡抬起頭，毫不留情地指出他的謬誤。

抬起的手一時落下也不是，停住也不是。

周總哪來哄人睡覺的經驗，哪一次不是做到盡興她便累得自顧睡去，頂多像這樣撫幾下背也就入眠，哪裡用得著費盡心思要人哄。

掌心到底還是輕輕落下，就停在她背上，周停棹微微低頭，做足了謙卑的學生姿態，卻明裡暗裡帶著誘哄：「那應該怎麼做，妳教教我？」

他真的太好看，皮膚很白，卻又由高挺鼻梁和硬挺輪廓逕自分出明暗，以至於要說他硬朗可以，說他漂亮也不違和。

而今他拿這樣柔和的眼神看著自己，又或者緣於藥效開始發作，桑如有些暈乎，於是忘乎所以道：「讓我累了，不就可以睡著了？」

周停棹一愣：「嗯？」

手忽然就被人牽起，覆上她胸前的柔軟，而那人抬眼看過來，拿最純淨的眼神說：「摸摸我……」

周停棹幾乎立刻就起了些感覺，從下身綿綿往上纏，將心臟也纏住，連帶著手心也不自覺隨著她的動作逐漸收緊。

桑如原本清明的眼神此時開始迷濛，眼瞼半闔下去又抬起，發出柔柔的喘息。

周停棹緩緩揉捏她的一側胸乳，開口時聲音已然低啞：「這樣是累，還是舒服？」

桑如睨他一眼，咬唇沒答。

直到他不知什麼時候忽而將虎口卡在她乳下，就這樣托住胸部輕輕晃，蕩開的乳波沉在手掌，桑如只覺胸口一陣墜感，越發空虛起來。

「嗯……別玩了……」

周停棹低聲笑說：「很有分量。」

桑如不服輸地探到他身下，「是很有分量。」

周停棹「嘶」了一聲，掌心移到她的腰際，「可以嗎？」

「可以什麼？」

桑如感覺到手心的硬物越發硌人，面前的人繼續逼近：「可以進去碰嗎？」

「明知故問。」

桑如說完，便聽見頭頂傳來兩聲悶笑，接著腰側空了一下，胸口突然覆上溫熱的手掌。

從內衣的間隙滑入，周停棹手心撫過她的乳頭，劃著圈慢條斯理地摩挲。

「挺起來了。」

「你也硬了。」

「嗯。」

「是嗎？」

他就這樣輕易承認，反倒讓人難以接茬，桑如軟著嗓子道：「光這樣可不夠。」

桑如沒來得及以肯定的回應去挑釁，就感覺腰間一緊，周停棹單手摟住她的腰將人帶到懷裡，啞聲道：「自己把衣服撩起來，好不好？」

偏要加一句「好不好」，看似有商有量，桑如卻覺得沒什麼退路。她屈指將衣襬慢慢掀起，漸露出飽滿挺拔的乳肉，而後周停棹便猝不及防地低下頭來。

他左手拉下內衣上沿，讓小乳頭顫顫露在空氣中，食指撓撥兩下便低頭銜進口中。

桑如只覺胸口被他大口吮著，濕濕軟軟的舌頭時而也跟著出來從上頭掃過。她微微仰著頭開始喘息，不自覺將手指插入他的髮間。

此刻整個人驟然越發敏感，每一點小動靜都能清晰地從那個部位傳到大腦。

胸口發漲的間隙，周停棹的手忽而從腰側滑進褲縫，接著臀肉一下被包裹住，被揉捏著與另一瓣分開。

抖著小屁股也躲了，卻躲不過。像麵團一樣任人拿捏了一會兒，穴口忽而抵上根手指，似有若無地摩擦兩下。

胸口的驟雨忽而停滯，周停棹起身到她上方，「蹭了我一手的水。」

桑如將人推開，「舒服了就流水，不是很正常嗎。」

「嗯。」周停棹眼裡含笑，忽而道，「寶寶，我渴了。」

這又是什麼稱呼啊……

桑如沒聽他這樣叫過，一下臉上發燙，「……渴了就喝水啊。」

周停棹沒動，依然撐在她上方看她，眼神越發灼熱。

「我給你拿水杯……」桑如欲推開他的手臂出去，卻被他拉回來。

被困在他的手臂間，兩人莫名眼神對峙起來，周停棹看看她，忽然垂頭埋到她頸間，「想喝妳的，好不好？」

果然男高中生一旦接觸這方面的事，就會無師自通嗎？

剛才還嚴肅正經的人現在像撒嬌一樣求歡，桑如頓覺心口被小羽毛撓了，細若蚊蠅地「嗯」了一聲，話音剛落頸間便被親吻一下。

接連的吻順著脖頸一路移至臉畔，到達嘴唇後止住：「讓親嗎？」

「要親就快親……」

尾音被堵在兩人唇縫間，周停棹邊吻她邊探手下去，摸到柔軟的恥毛，如願聽見她將喘息融進這個吻裡。

熱騰騰的濕潤氣撲到指尖，周停棹揉著她的花穴，啞聲道：「坐到我身上來。」

桑如順勢到他身上去，剛在他腰上坐穩，卻突然被抱著挪到上頭去，桑如一聲驚呼，抬手撐住面前的牆壁，腿分開在他耳側。

心跳狂起，桑如低下頭，卻見周停棹在她腿間笑說：「是要妳坐到這裡。」

周停棹並沒給桑如留出還口的機會，微一仰頭便拿唇舌碰觸到她，桑如已然說不出話。

她閉著眼，全身的感知能力彷彿都聚焦到穴口，眼前一片暗色，而在這片暗色裡她卻能跟著他的動作勾勒出下身的境況。

他方才吻了她，現下連小穴也要憐愛似地淺吻幾下，教人酥酥麻麻。周停棹伸了舌頭出來，舌面從整道縫隙舔過，她直覺又有水從穴裡出來，應當被他這樣來回的舔舐全都吸了乾淨。柔，且韌，舌頭大約是撫慰小穴的利器，挑開陰唇鑽進穴裡後，桑如再難忍住喉間的呻吟。

「唔……別往裡了……嗯啊……還要……」

說出的話也開始前後錯亂，周停棹似乎在笑，忽而換上牙齒輕輕廝磨她的陰蒂。小陰蒂雖已興奮地硬起，卻抵不過牙尖的硬利，被稍一磨蹭便敏感得不行。

桑如受不住地欲抬起屁股，卻被周停棹摁著繼續壓在他的唇齒間，她顫抖著小聲嗚咽起來。

「周停棹，嗚嗚嗚不要了……嗯啊啊……」

他恍若未聞，半晌終於放過這一處，張口將陰部整個含進口中，下身傳來他吮舔的聲音，桑如爽得幾乎坐不住。

等到他又換了舌頭伸進洞眼裡去攪弄，桑如終於受不住地向後倒去，雙手撐在他身側，就這樣整個情狀都曝露在她眼底。

周停棹就是這樣捧著她的穴吃的，甚至鼻間上還泛著水光，約莫不經意間蹭了上去。

他放緩了舔弄的速度，抬眼望過來。

那樣的眼神說不上來該怎樣形容，就好像在欣賞墜入獵網的獵物，又好像下一秒就要把她拆吃入腹。

桑如心下一顫，在他突然又加快攻勢的同時終於喘息著再一次高潮，下身控制不住地顫抖，似乎有什麼沒抑制住潮湧而出。

一切力氣就在此刻撤去，她就這樣仰面躺倒在他身上，任周停棹最後對著她的小穴重重吮吸。

眼皮累得半闔起來，桑如聽見一點窸窣動靜，緊接著周停棹也換了一頭，壓到她身上來。他的嘴唇上還帶著水液，隱隱嗅見些微腥甜氣。

他笑著親親她的唇角，道：「寶寶噴了好多水，不渴了。」

桑如伸手去推他，推不動，反倒被他握住手也親了一下，周停棹抬手撫著她的頭髮，說：「累了？」

她沒了力氣，只能虛虛發出個鼻音：「嗯。」

「那哄妳睡覺，算成功了嗎？」

約莫是吃了藥的緣故，桑如這覺睡得香甜。醒來伸了個懶腰，不巧打到了周停棹的臉上。

他不知道什麼時候已經醒來，側轉過來看著她一言不發，臉上被不輕不重地碰到也似是許久才反應過來，攬著她的腰要她揉誤傷處。

桑如理虧，裝模作樣給他按按。

周停棹聲音帶著點剛醒來的沙啞：「睡得好嗎？」

「挺好的。」

「妳還沒回答我的問題。」

「什麼？」他皮膚很好，桑如沒忍住加大力度揉了兩下。

周停棹突然逼近，低聲問：「我哄得好嗎？」

方才昏昏沉沉裝睡逃避過去的問題，眼下又被攤到面前來。他離得太近，長而濃密的睫毛就在她面前不足一寸的地方緩緩眨著，桑如被美色恍了神，不覺就把心裡話說了出來。

「……很好。」

周停棹笑起來，拍了拍她的屁股，道：「起床了。」

桑如回過神來，拉起被子將自己埋了進去。

下午第一節課開始前兩分鐘，兩人才姍姍來遲。

曆晨霏好事地從楊帆身後探出頭來：「你們吃什麼粥啊，能吃這麼久。」

桑如隨意回道：「滿漢全席。」

曆晨霏想八卦的心蠢蠢欲動，她實在太好奇這兩位的進展了，偏偏桑如這人又不怎麼八卦，也不懂得閨蜜之間要即時報告一下進度。

課已經開始，曆晨霏想了想，寫了張小紙條過去。

桑如從周停棹手裡接過，展開一看。

「你們到哪一步了！我才不信這兩個小時你們什麼也沒幹！哼！」

她瞥了眼周停棹，低頭回字條。

「妳跟妳那個呢？」

桑如捲起紙條，戳了戳周停棹，讓他遞過去。周停棹看她一眼，順從做了，沒說什麼。

很快紙條又傳回來。

「說起這個我就生氣，可以說是毫無進度！楊帆簡直就是塊木頭！剛剛我們去吃飯，排隊我站在他前面，不小心被前面的人往後擠得要倒下去，那我想，正好可以倒在他身上，伸個手接我一下就可以四捨五入算抱抱了！結果他居然眼疾手快側了一下，用肩膀把我頂回去，氣死我了！」

曆晨霏洋洋灑灑寫了一大篇控訴，桑如沒忍住笑出聲，剛發出一小個音節就連忙吞進嘴裡，還好沒被老師聽見。

倒是周停棹，偏頭看了她一眼。

桑如不以為意，見紙條已經被寫滿，便另外拿了張便條紙，忍著笑寫道：「別生氣，直男嘛，正常。」

寫完仍是欲遞給周停棹去，桑如見他左手空空握拳搭在桌上，悄悄去抓住他的手，攤開，將紙條塞進去，一氣呵成。

周停棹望過來，眉頭已有蹙起的趨勢，她便立時作出可憐的表情來。而後他微不可見地嘆了口氣，繼續做傳信人。

曆晨霏似乎意識到被繞了一圈，桑如還是沒回答她的問題，便寫：「看妳這語氣，難道你們進展神速?!快講喔，到哪一步了！」

桑如邊看邊順便答了化學老師問出的一個配方問題，而後提筆寫：「就，快妳十八條街吧^_^」

配上一個表情，本次嘲諷相當完美。

故技重施塞進周停棹的手心，卻見他看著黑板，徑直將紙條塞進了自己口袋裡。

桑如伸手進他口袋，小聲道：「你怎麼還私自扣押！」

周停棹手背將紙壓在底下，掌心握住她的，捏了捏道：「暫時沒收，好好聽課。」

把手收了回來，桑如不得不承認被蘇到一下，心想，真不錯啊小周，已經這麼有老闆抓員工偷懶的做派了。

桑如終於偃旗息鼓，投入高三生該有的專注裡。

下了課，桑如幾乎已經忘了還有東西被扣押的事，周停棹倒很有自覺，從口袋裡拿出來放在了她桌上。

桑如喝完水咂了咂嘴道：「就這樣還給我了？你不好奇裡面寫了什麼嗎？」

周停棹搖搖頭。

桑如強調一遍：「裡面有你。」

周停棹這下頓住，問道：「好話還是壞話？」

「嗯……不好說。」

故弄玄虛，硬要挑起人的好奇心。

他似有鬆動的跡象，桑如又加把火力，「可以看，不告你侵犯隱私。」

周停棹哼笑兩聲，慢條斯理將紙條展開掃了一眼。這張紙只是後來一半，但原先談論的什麼主題大約也可以推測出來。

周停棹的視線落在最後那幾個字和那個「樸實」的笑臉上，緩緩開口道：「快了十八條街，具體是指？」

「啦啦啦，我不知道。」桑如在習題上填了個答案，若無其事道。

「是嗎？」周停棹把紙條恢復原樣，先是照例傳信到另一邊，而後看著書同樣若無其事地說，「我知道就行。」

道高一丈，魔高一尺，周停棹真是學什麼都快，桑如深覺再這樣下去，他很快就要出師了。

兩人在第二天早自習下課就把作文交了上去，課堂間的下課時間正準備去做操呢，雙雙被拎到了辦公室聽作文評論。

語文老師原本正在跟前座的另一個老師討論什麼，見他們來了便道：「你們來得正好，我和其他班的幾個老師都看了一下你們寫的，在已經交上來的裡面算還不錯，就是還有幾個問題要注意，我給你們講講。」

外頭跑操集合的音樂一下下把鼓點往這兒砸，王老師實在忍不了，去把門關上才回來接著說。

「先說你妳吧，桑如。」

桑如作出乖巧聆聽的樣，聽她拿著兩人的作文卷，邊看邊分析道：「這個題目確實寫記敘文也很合適，妳寫的故事呢，文字功底不錯，也沒跑題，就是有個問題啊……」

桑如眨眨眼：「您說。」

「我大致把我看的說一下，妳看看我有沒有說錯——主角是一個老工匠，無妻無子，只獨自靠雕琢玉器為生。他做的玉器栩栩如生，所以很多人來上門買，可哪怕門庭若市，他卻還是覺得自己只是孤零零的一個人。」老師抬頭看了看桑如，繼續說，「然後呢，他做了個夢，夢到年輕時候做學徒，一起學做玉雕的有個女同學吧，是吧？」

桑如點頭。

「他就夢到了跟這個女同學的一些事情，大致就是學有所成卻錯過了良人，然後夢醒了，戛然而止，這就是妳的故事對吧？」

「是的。」桑如應聲。

「這個結尾其實很好，整個架構我也挺喜歡的。」大概想到下面要說的話，老師自己都有點繃不住地笑起來，「只是這篇作文主軸是以愛情為主，在作文比賽的整體評分上就不會太高。總之，正式比賽的時候能寫其他情感就盡量寫其他的，愛情這個題材比較難得分。」

「我知道了，謝謝老師。」

桑如悄悄瞥了眼身旁的人，剛還不覺得有什麼，這時候才有點被當眾講出寫愛情故事的赧然，因為即便能看出來周停棹在忍，但嘴角翹起的弧度還是出賣了他。

有這麼好笑？

王老師打開保溫杯喝了幾口水，才繼續說：「下面看看周停棹的。」

以牙還牙的時機來了，桑如豎起耳朵。

「周停棹這篇呢，還是平常寫得比較多的議論文，也挺好的，但你這風格，轉型了？」

被這問題問懵了，周停棹略帶茫然地：「啊？」

「總論點、分論點、論據、結論都沒問題。」老師表情很是無奈地看了他一眼，「但是你這不像是作文，比較像是商業報告。」

桑如很不厚道地「噗嗤」一下笑出聲，聽見周停棹若有所思地「哦」了一聲。

「沒別的了，總之雖說是議論文，也不要寫帶太多資料的長例子了，要簡潔，挑幾個重要的寫就好。」

「好的，老師。」一個無比乖順的回答。

「桑如妳也別光顧著笑，妳的愛情故事也要注意一下。」

桑如把笑憋回去，立刻答：「好的老師！」

「好了，回教室吧。好好準備，是這周日在我們學校辦，東道主場地，不用緊張。」

走出辦公室一段距離後，桑如才終於忍不住再次笑出聲。

周停棹拉著她遠離樓梯，無奈道：「看路。」

桑如半晌收了笑意，問他：「你是不是以後想去證券行上班啊？」

周停棹心下一緊，面上從容答：「還好，只是感興趣。」

「有職業規劃也挺好的。」桑如停下，周停棹也跟著停下來，她微微踮腳拍了拍他的腦袋，正色道，「你以後一定會成為一個很出色的投資業務。」

她已經收回手去站好，而那兩下的觸感猶在，周停棹一頓，「是嗎？」

「是啊，小周總。」桑如半認真半是打趣。

周停棹一時將眼前與日後某個畫面交疊。

看來來了這裡，她也不是沒有想過他，是吧？

周停棹染上笑意，說：「借妳吉言，愛情小說家。」

桑如因這稱呼愣神的間隙，他已經大步向前走去，桑如終於回過神來跟上，不痛不癢地給了他一記。

「還不是托你的福。」

周日的睡懶覺計畫泡湯，桑如原本還有些不快，但一想到上午競賽結束，中午或許還能順便約周停棹吃頓午飯，那點不快便煙消雲散。

到了規定場地門口，桑如忽然聽見有人從身後叫她，循聲轉過頭去，發現是挺久沒見的人。

「真的是你，剛剛還不敢確認，好久不見呀桑如。」藍廷跟她打了個招呼，笑起來顯出這個年紀男生的陽光氣。

桑如回以一個微笑，寒暄道：「好久不見，你也來參加這次競賽？」

「嗯，就當練練手。」

桑如正想說什麼，便見有人從藍廷身後小跑過來。

曾安羽扶著腰微微喘息：「走這麼快幹嘛，也不等我把車停好。」

她似乎說完才意識到面前還有個人，見到桑如愣了幾秒，等桑如先開口打了招呼，才回過神也同樣說了句「嗨」。

空氣就這樣莫名安靜下來，直到另一道聲音響起：「怎麼不進去？」

桑如轉頭，見周停棹走了過來。

「跟藍廷和安羽他們打個招呼，馬上就進去了。」

記憶裡有與他們的兩面之緣，視線掃過藍廷時稍頓一下，周停棹點頭致意，「早。」

曾安羽早就眼前一亮，氣也不喘了道：「早啊！」

周停棹露出個透著距離感的淡笑，忽然被人勾住肩膀。藍廷倒有些自來熟，跟周停棹勾肩搭背邊往裡走邊說：「結束以後一起吃頓飯？」

桑如跟曾安羽對視一下，也跟著往裡走，在後頭聽見周停棹說：「看她的意思。」

她的意思？

能是誰的意思。

這下前面的人腳步停下，身旁的小情敵也看過來，桑如若無其事地接住他們投來的視線。

藍廷側轉過頭來，問道：「一起吃飯嗎？」

現在回答就好像是在替周停棹做決定。

桑如笑了，「好啊。」

題目不難發揮，桑如寫完檢查了兩遍，第一個交卷，從講臺上下來時，周停棹正迎面走上來。擦肩而過的一刻，桑如悄悄勾了勾他的小指。

是對他的慣性調戲小動作，桑如沒想太多，只這樣碰了一下就過去。誰知手剛要安分垂下，就忽而被一股力道勾弄回去。

桑如訝然側頭，望見周停棹繃直了的唇線，淡然的表情恍若什麼也沒發生。

手指勾纏一瞬又分開，該向前還是要向前。教室裡依舊充斥著唰唰的書寫聲，也有人抬頭看一眼最快交卷的是誰，接著又匆匆低頭繼續寫，沒人注意到時鐘的指標落到這一秒，發生過你來我往的牽連。

桑如先一步拿著包包出了教室，在走廊停住，直到聽見熟悉的腳步聲過來才繼續走。

那道腳步聲不疾不徐跟在身後，桑如不回頭，他也不叫住。背影隱沒在前面的拐角，周停棹仍是跟著過去。

未知總在拐角發生。

剛轉過身手臂就忽然被拽住，周停棹一個不防，被拉扯過去後下意識撐住眼前的牆壁。

「做什麼？」

「沒什麼呀。」始作俑者作出無辜樣，歪歪腦袋，似是非是地貼近他的手臂，像是甘願被圍困的小獸，「還以為一直跟在別人後面的，都是圖謀不軌的壞人。」

周停棹低頭逼近她，「那我是嗎？」

桑如半點沒退，也微仰起頭，反問道：「你是嗎？」

時間在對峙的間隙裡流過，她的目光灼灼，周停棹終於好似敗下陣來，忽而俯身貼在她頸側，哼笑道：「不是。」

桑如抬手摸摸他的腦袋，笑問：「不是嗎？」

沉沉的一聲「嗯」就響在耳畔，他這樣埋在她肩上，像極了什麼大型犬科，桑如心頭一軟，側頭輕吻了下他的耳尖。

感覺到他有一剎的怔愣，桑如又使壞在同樣的位置淺啄一下。

被吻過的地方瞬間燎原，周停棹退開些距離，在離她嘴唇不過三公分的地方停下。

跟只有肉欲糾纏時不太一樣，有了她離於魚水之歡的撩撥，連摸頭親吻都變得好像帶著憐愛。無需戴上都市裡欲望動物的面具，愛人就在面前，讓人只想光明正大討她歡心。

近距離交換呼吸，卻沒有進一步動作，懷裡人發出略帶困惑的鼻音。

周停棹心一動，沉聲道：「也可以是。」

沒等人反應，就忽而拿吻將唇封緘。

唇瓣貼在一處，很是清純地保持這樣的動作，完成了一個最原始的親吻。直到桑如輕輕吮吸了一下，這個吻才變得熱烈起來。

在妳面前，我應當是個好人。如果妳喜歡，我也可以是壞人——沒經同意就這樣吻妳也算的話。

壞人遇到愛人會變成什麼呢？

一個想賣乖的壞人而已。

四人將吃飯地點定在了附近的大學城，離這兒不遠，加上藍廷和曾安羽騎了腳踏車來，幾個人最終決定騎行過去。

日頭不大，陽光在春日裡再怎麼落下都不顯招搖，迎面還有溫煦的春風，桑如坐在周停棹的後座上，只覺心曠神怡。

白襯衫被風吹得鼓起，桑如替他壓下，手便順勢搭在他腰上沒移開。

「我騙你的。」她靠近了點說。

周停棹偏過頭：「騙我什麼了？」

「我有腳踏車，也會騎。」

剛剛討論要不每人騎一輛車的時候，桑如一臉坦然地扯謊：「我沒有腳踏車，也不會騎。」於是現在才得以坐在周停棹的後座上，安心吹風曬太陽。

誰知周停棹渾不在意地說：「我知道。」

桑如起了興趣，「你怎麼知道？」

——在社交軟體上發過週末騎腳踏車照片的人，怎麼可能不會？

周停棹沒答，前面是一條坡道，他開口道：「抓緊了。」

在快速衝下坡的瞬間，桑如摟緊了周停棹的腰，身旁的景色快速後退，風聲從耳邊過，只有他們牽連著向前。

這家燒烤店是大學城裡比較有名氣的店，還不到中午十二點，已經來了很多人。

他們將車停在門外，在裡頭找了張空桌子，桑如還沒坐下，就聽見有人叫她。就在過道另一邊的一桌，暦晨霏又驚又喜地看過來，旁邊還坐了個人。桑如挑著眉視線從他們之間掃過，楊帆有點不好意思地也跟他們打了個招呼。

暦晨霏瞥一眼她身後的人，問道：「你怎麼也來了！」

「作文競賽正好碰到三中的朋友，就一起來吃一頓。」桑如說著給他們分別做了個介紹。也算初步認識，楊帆邀請道：「要不然你們跟我們坐一桌，大家一起吃。」

桑如看看暦晨霏，笑了笑說：「算了，你們吃你們的，六個人坐不下。」

大家各自落座，桑如轉頭悄悄觀察過道那邊動靜，還沒看出什麼來，先收到了來自暦晨霏的一個大拇指。

沒有來破壞姐妹的約會，很好！

點的東西陸續送上，桑如雖平時很少吃這些，但已經很久沒放肆過，這下也食欲大增。竹籤上油太多，沾在手上很不舒服，桑如舉著手在桌上張望，正準備去取在周停棹右手邊的紙巾，他就已經抽了紙來。

桑如剛要說「謝謝」，周停棹已然低下頭，神情專注地幫她擦著手上的油汙。

藍廷和曾安羽坐在對面，原本還在說著什麼，這下都莫名默契地停下來看他們。

桑如清清嗓子，收回手，「可以了。」

「嗯。」周停棹低聲應了，又抽了兩張紙巾讓她拿在手裡。

對面的目光實在灼熱，桑如起身道：「我去拿點飲料，你們要喝什麼嗎？」

藍廷也站起來，「不用，我自己去吧。」

「妳坐下，我去拿。」周停棹也站起身說道。

桑如有點頭暈，扶額看向旁邊，忽然看到馬路邊上有兩個人推著兩輛腳踏車，很眼熟，她仔細辨認了會兒，一驚：「欸欸，那是你們的車吧?!」

幾人視線都應聲投向門外，連曆晨霏楊帆也好奇地跟著看。

「那不是藍廷和周停棹的車嗎?!」曾安羽驚呼道。

一群人趕忙往門外跑，原本停車的地方只剩曾安羽那輛粉色腳踏車。

好傢伙，吃個飯都能遇上偷車賊！

眼見著他們已經推著車到了馬路的另一邊，幾人對視一眼，立刻追了出去。

老闆在後頭大喊：「欸！你們還沒給錢呢！」

曆晨霏原本也要跟出去，見狀只好停下來道：「他們是我朋友，他們的跟我們這桌一起結。」

老闆這才放下心，繼續去招待別的客人。

她得留下做「人質」，可楊帆是體育小老師，跑步水準一流，曆晨霏拍拍他道：「你快去幫忙！」

楊帆也是打算去的，但猶豫著問她：「那妳呢？」

「我留著讓老闆好放心。」

「好！」

這只是條小街道，道路中段並不怎麼規範紅綠燈，眼下情況緊急，沒人顧得上這些。

那兩個小偷人手一輛，突然好像聽見後面有人追來的動靜，頓時翻身上車由推改成騎的，手忙腳亂得好像見了鬼。

小偷看著也是小年輕，腳蹬起車來利索得不行，追到一個岔路還沒追到，卻見那兩人居然用了一招兵分兩路。

桑如立刻拉著周停棹加快速度去追他那輛，對剩下兩人扔下一句：「我們分開追！」

「嗯！注意安全！」藍廷說完自覺轉到另一個方向去追。

追小偷的人數，也不患寡而患不均，曾安羽嘆了口氣，還是跟著藍廷去了。

追了那麼久，桑如簡直想為前面的小偷鼓掌了。他身姿矯捷地騎車從人群中穿過，居然沒碰到人，倒是桑如不小心撞到幾次路人，還說了好幾句對不起。

最近沒什麼運動量，桑如有些體力不支，然而那小偷好像還反而越踩越起勁。兩人跟著他鑽了好幾條小巷子，停下來喘個氣的功夫，便又見他消失在拐彎處。

桑如準備繼續跑，周停棹握住她的手腕，說話間也微微喘息：「別追了。」

「那你的車怎麼辦？」

「剛剛那家燒烤店有裝監視器，如果沒拍到的話，附近幾間店的監視器也可以去看看，馬路上也有，我們剛剛跑了這麼幾條街，總有拍到的。」周停棹冷靜道，「不用追了，我們去報警吧。」

桑如總算鬆口氣，「好。」

小巷的兩頭總有路人來來往往，巷子裡卻沒什麼人來，桑如正準備原路返回，卻忽然被人抱進懷裡。

周停棹的擁抱熱切，桑如只覺他的臂彎越收越緊，拍拍他的背，輕聲問：「怎麼了？」

只聽周停棹在耳畔深呼吸，而後道：「謝謝妳，辛苦了，寶寶。」

桑如自覺讓周停棹牽著手按原路返回，到了剛才與他們分別的路口，卻見藍廷他們也正迎面過來，手上推著他那輛腳踏車。

親暱的動作在此時或許顯得不合時宜，桑如不動聲色鬆開手，上前道：「追回來了？」

「嗯，多虧了楊帆把人追到了。」

曾安羽臉上還紅著，帶著股興奮勁道：「楊帆跑得真的好快！小偷被追上了以後嚇得趕快把車扔下就跑了！」

楊帆雖然是運動系，性格卻有些害羞內向，當即不好意思道：「沒有啦……」

眼看大家都在這裡，桑如問：「晨霏呢？」

「在燒烤店等我們。」

「那我們回去吧，她該等急了。」

藍廷看他們空手而歸，邊走邊問：「周停棹的車沒追回來嗎？打算怎麼辦？」

周停棹平靜回答：「報警。」

一行人也算難得經歷了這麼一回偷車事件，來的時候匆匆忙忙，回去途中終於可以慢下來。會合後其他人倒是急著去報警處理，周停棹這個失主卻似乎不太在意，按住大家坐下繼續吃完才走。

桑如原是打算就他們兩個去的，結果大家都要一起，於是六個人浩浩蕩蕩一起擠進了警察局。

有個看起來很年輕的員警領他們進去做筆錄。

此詞，忽然好幾個穿戴整齊的員警迎面而來，領頭的那個姐姐很是漂亮，桑如沒忍住多看了幾眼。

領著他們的小員警跟那個帶頭的姐姐打了聲招呼：「秦隊，出任務啊。」

「嗯。」

言簡意賅的一個字，聽起來又淡又酷，桑如回頭又看了看，小聲念叨了句：「好酷！」

周停棹頓住，順著往後看了一眼，只看見了一堆男人，接著默默牽起她的手往裡走。

手猝不及防被拉住，桑如回過頭望見周停棹淡漠的側臉，忽而明白了什麼。她笑笑，回握住他，任對方牽著向前。

做筆錄的過程比他們想的要快，偷竊事件常發生，對於警察來說實屬家常便飯。

「回去等消息吧，不用擔心。」送他們出去時警察說道，「不過你們應該也不太擔心，還能慢悠悠吃完燒烤再來報案，心態不錯。」

幾人臉上一熱，頓覺尷尬又好笑。

說好的「等通知」過了好久天也沒等來，倒是競賽結果飛快揭曉。

語文老師神采飛揚地在班上宣布消息：「讓我們恭喜周停棹，獲得這次作文競賽第一名！」

教室裡頓時掌聲雷動，桑如拍著手朝他挑了個眉，小聲道：「你真棒！」

怎麼比她自己得了還高興，周停棹彎起唇。

這段日子總能感覺到她時常在把自己當小孩哄似的，大約是以後來的靈魂面對他，便生出些所謂大人的特質來，比如不時蹦出的誇獎，又比如不動聲色的安慰。

然而排除這些由未來帶來的成年視角，此時的她這樣高興，又平添出這個年紀的可愛來。

她始終是可愛的，像隻通常乖順，有時又色厲內荏的小貓。

參賽的可不只一位選手，語文老師讓大家安靜下來，又說：「還要恭喜我們的桑如，獲得了全區作文競賽的……」

老師說到這裡故作玄虛地停下，大家被吊了胃口，七嘴八舌催問起來。

周停棹的心也莫名跟著提起，好似比聽見自己的名字時緊張了無數倍。

「特等獎！」

語文老師公布完，帶頭鼓起掌來，教室頓時又是一片熱鬧。

桑如一愣，全班視線都往她身上集中過來時，她的第一反應是看向周停棹。

他神情柔和，笑著看她，把祝語歸還：「恭喜，妳更棒。」

下了課好些同學圍攏過來，再次對獲獎的兩人表達祝賀。桑如跟周停棹被圍在中間，只感覺空氣有些窒息。

曆晨霏靈光一閃，「不如我們這週末聚個餐，就當幫你們辦慶功宴！」

高三學習辛苦，有放風的機會簡直求之不得，圍成圈的同學們紛紛表示贊同，甚至也有圈外人聽見這話也擠過來申請加入。

「會不會耽誤大家讀書的時間啊？」桑如有些猶豫。

「不會不會！而且我們可以順便跟你們學習一下作文怎麼寫嘛！」

「這個不錯！」

一個聚餐就這麼決定了，曆晨霏自告奮勇攬下了所有工作，美其名曰為乖女兒慶祝是媽媽該做的事。

他們討論著要去哪裡吃，去哪裡玩，一個個興奮得不行，全然顧不上被夾在中間的兩人。

人群中心裡，桑如悄悄靠近對周停棹說：「我這次，是不是贏過你了！」

周停棹看她的眼神柔和得像平靜的湖泊，忽而一笑，便泛起些微的漣漪。

「嗯，是妳贏了。」

第六章　吃醋

得了周停棹的表揚，桑如很是驕矜地哼了一聲，趁機道：「那是不是要給我一個獎勵？」

瞳仁亮得很，像討糖吃的小孩兒，周停棹沒猶豫地：「可以。想要什麼？」

「什麼都可以嗎？」

不遺餘力地給人下套，他卻不進去，只說：「要看是什麼。」

「小氣！」桑如嘟噥一句，隨後越發放肆地靠近他，附在他耳邊壓低聲音問，「要你插進去也可以嗎？」

周停棹把玩著筆的手一頓，良久緩緩抬眼，眼神輕飄飄落在說出這話的人身上。

桑如眨眨眼，接著聽他無情道：「不可以。」

如果他還是因為她的年齡才這麼堅持，桑如真要憋得抓狂。總不能直接跟他說，老娘比你還大九歲吧！

她皺眉，半真半假生氣道：「為什麼？」

沒等來周停棹回答，這時有人突然出聲叫她：「桑如，有人找妳！」

「來了。」

桑如站起身，只見洛河正抱臂靠在後門口，眼神玩味地看過來。

她朝周停棹再度扔下一個「哼」就走了出去，沒注意周停棹跟著轉頭沉默看了他們一眼。

「找我幹嘛？」

「沒禮貌。」洛河放棄黏在門上的站姿，懶懶道，「來看看妳病好了沒有啊。」

桑如故意朝他打了個噴嚏，揉揉鼻子說：「好了。」

洛河不把她的小孩把戲放心上，心知她是病好了有餘力跟他作對。

「行了，看來挺健康。」洛河說著抬頷指了下她的位置，「妳是來上學還是來開動物園的？病剛好，注意通風。」

「知道了。」桑如敷衍道，餘光看見熟悉的身影走過來，她立刻改換語氣，熱情開口，「對了，我作文競賽特等獎，這週末跟幾個同學一起去開個慶功宴，你要來嗎？」

說話間周停棹從兩人旁邊目不斜視地走過，不知道要去哪裡。

「喲，挺厲害，恭喜了。」洛河挑起眉毛，「不過慶功宴我就不去了，有約，你們小孩子自己玩吧。」

周停棹已經走出去幾公尺遠，沒聽見洛河的回答，倒是桑如眼睛還黏在他的背影上，她恢復懶散的語氣：「也好，你去了還會有代溝。」

洛河沒在意她的挖苦，原本從小到大都是這麼過來的，早就習慣了，他回頭看了眼剛過去的人，看熱鬧不嫌事大地問：「跟妳小男朋友吵架了？」

「沒有。」

「那你們怎麼這種氣氛？」

桑如無語道：「你有空八卦我，不如趕緊找個女朋友回來。」

打趣人的笑僵在臉上，洛河沉默了一下，而後恢復常態給了桑如一記爆栗：「取經都要有個九九八十一難，找女朋友那麼容易嗎？早晚有妳叫嫂子的一天。」

桑如眼前一亮，「真的有嗎？」

算算時間，好像這個時候洛河跟秦夏姐已經認識了，上次在警察局跟她擦肩而過，光覺得好看加熟悉，回來以後才想起來她眼熟在哪裡。

雖然從前沒見過幾面，但是畢竟是嫂子啊！

洛河不說，桑如就繼續假裝不知道，只說：「你抓點緊，別還不如我。」

洛河拍拍她的腦袋：「好好學習去吧，別光顧著談戀愛，我先走了。」

「去去去。」

周停棹沒什麼目的地可去，只能佯裝去一趟洗手間，才得以從兩人身旁若無其事地走過。他們相談甚歡，她甚至還邀請這個鄰居哥哥來參加屬於他們兩個的慶功宴，周停棹把幾乎立刻湧出來的不滿壓了下去。

在洗手間待了片刻，水流從指間靜靜淌過，心卻不靜。

他們現在還在聊嗎？聊到什麼了？他答應她的邀約了嗎？

越想越是煩躁，閱歷明明已經夠多，可面對關於她的事，仍舊難以做到從容。

得回去看看。

走出去的一刻，那個鄰居哥哥的身影剛消失在樓梯口，教室後門空無一人，她應該已經回了座位。

令人掛心的談話結束，鬆了口氣的同時依然不安。

可能他與她再怎樣親暱過，桑如都像是他抓不住的風箏，那根牽住他們的線太脆弱，稍有不慎便會斷裂。而今這陣風吹來，明知只是自己捕風捉影的擔憂，卻還是忍不住要胡思亂想。

歸根結柢是他們之間羈絆太淺，縱使他在商場上殺伐決斷，一旦遇見她，自信也會淡化為零。面對桑如的時候，周停棹或許就不再只是周停棹，愛公主的人那樣多，他只是她的眾多追隨者之一。

一個擁抱過她、親吻過她，卻還惶惶不安的追隨者。

周停棹回到教室，桑如果然已在座位上坐好，圍在旁邊的人群不知道什麼時候已經散去。見他回來，桑如漫不經心地分來一個餘光，「去哪了？」

「廁所。」

「哦。」她淡淡說了句，再無下文。

周停棹整理著書，狀似無意道：「他找妳做什麼？」

「看我病好了沒有。」

桑如說完，除了句「哦」沒等來周停棹別的反應。

就沒了？

他剛剛也是這麼冷漠地拒絕自己的獎勵申請的，一股火氣頓從心起。

桑如裝作忽然想起來什麼，說：「對了，我剛剛邀請洛河哥哥來參加聚餐，他答應了。」

她將「哥哥」兩個字咬得尤其清晰，又問：「你應該不會不同意吧？」

周停棹終於轉過頭來看她，表情嚴肅得令她心一顫，然而他只是這樣看了幾秒，複又低下頭去看書，聲音緊繃著：「……不會。」

她能感知到他的情緒並不如表面平靜，但他既然自己想憋著，那就憋著好了。更何況他還要她也憋著，於是桑如也低頭繼續看書，不再開口。

聚餐時間定在週六下午，大家投票一致決定去吃烤肉。

十幾個人，得分兩三桌坐，分配座位時桑如道：「還有人要來，我先幫他留一個位置。」

「還有誰啊，不是都到了嗎？」

「我一個哥哥。」桑如作出害羞的樣子笑答，許多人聽了都開始起鬨，可看看周停棹又都不自覺噤聲——周停棹給桑如寫「情書」的事，已經成為公開的祕密。

桑如也瞥了眼周停棹，見他面色不善，挑挑眉準備點菜。

說是留一個空位，於是桑如左手邊空出來，而周停棹被推搡著在她右邊坐下，美其名曰兩位主人公坐在一起，算是主位。

氣氛慢慢熱絡起來，燻烤的香氣絲絲縷縷地混入空氣，周停棹默默烤了塊肉放進桑如碗裡，又接著烤下一塊。

「給他留一點吧。」桑如吃得開心，還要故意激周停棹，說完又擺擺手，改口道，「算了，不夠再點，他胃口很大的。」

周停棹翻動烤肉的動作頓住，收回手，拿起杯子灌了一大口水。

他不覺咬緊了後槽牙，問：「他什麼時候來？」

「不知道呀，洛河哥哥怎麼又遲到。」桑如埋怨道。

說是埋怨，語氣卻又極其親暱。

周停棹平時話就不多，這頓飯吃得話更少，倒是見桑如碗空了，便會及時給她添上，然而也不說話，活像是從顧客變成了服務員。

周停棹開不開心不知道，桑如倒是挺開心的。這兩天他們雖是同桌，話卻沒說幾句，更別提往日裡的一些隱祕舉動。

周停棹每天表情差得都要嚇死人，但說起照顧她，還是無微不至。要喝水會幫忙倒，作業會幫忙搬，連剛剛吃烤肉都在幫她烤。

可她總覺得不夠。

周停棹太愛把心事憋著，說出來又不會怎樣。

桑如在心裡默默向成為工具人的洛河道歉，想著借他去逼一逼周停棹，非要他把想的什麼都講出來。

最好是用八百字作文，好好說一說有多麼喜歡她。

ＫＴＶ的聚會形式永遠不會過時，進了包廂，桑如不自覺就想起，後來再次與周停棹以熟人的身分碰見，就是在這樣的環境裡。

周停棹見桑如垂著頭神思游離，便控制不住去想，她是不是在想那個人。這樣的想法越是冒出來，心緒就越是煩亂。

這時有男生提議道：「我們點幾瓶酒來喝吧！」

當即就有女生猶豫地說：「可我們還是高中生……」

「沒差，我成年了。」

「我也成年了！」

最後大家各自妥協，想喝酒的喝酒，不想的就點別的飲料。

曆晨霏在記各自的需求，轉向周停棹問：「周停棹，你要喝什麼？」

「酒。」

「啊？」曆晨霏看看桑如，桑如便看向周停棹。

曆晨霏又問：「你成年了？」

周停棹沒答，只重複了一遍：「酒，謝謝。」

曆晨霏「哦哦」著記下，眼神在兩人之間轉了轉，又問桑如：「桑桑要喝什麼？可樂嗎？」

桑如哂笑一聲，說：「我也要酒，謝謝。」

曆晨霏心想，這兩個人今天不太對勁，火藥味有點重，她在給桑如記下的酒後面備註道——可樂。

都點吧，以防萬一。

點歌環節已經開始，想唱歌的都去旁邊的螢幕選了，然而桑如說要來的人還沒來，便有人問：「桑桑，妳哥哥還沒來嗎？要不要幫他點個歌？」

桑如笑一下：「你們先唱，我問問他。」

話音剛落，桑如只聽見坐在身旁的人冷笑一下，沉聲道：「沒有守時觀念的人，等什麼。」

他終於開口奚落，桑如看他說話帶刺只覺得好笑，面上還裝不滿道：「我就願意等。」

周停棹轉過頭，墨色的眼鎖住她的，眼底像是醞釀著一場欲來的風暴。

兩人就這樣對視著，誰也不讓，直到聽見門響。

「飲料和酒來了！」

高中男生處於小孩和大人的分界線，在將到或是剛到大人的年紀，總是迫不及待要證明自己的成熟。一個個打算直接拿著瓶子灌，彷彿這就是成年人的象徵。

還好都是些常見的啤酒，度數不算高，曆晨霏叮囑道：「別喝醉，沒人送你們回家。」

其他人或多或少都應聲意思意思，而周停棹和桑如顯然並不在聽話的行列。

周停棹開了瓶酒，與過來恭喜他的同學碰瓶，旋即仰頭灌了好幾口。

桑如瞧在眼裡卻不學他，從旁優雅地拿了個杯子來，液體倒進杯裡，滋滋地冒著氣泡。

那人與周停棹碰完又來與桑如乾杯，玻璃相撞發出清脆聲響，桑如從容喝下，半杯酒入喉。

大家見兩人都很爽快，頓時越發起勁，一個接一個地來祝酒。

空了一杯，又續一杯，桑如來者不拒，直到周停棹微微側身，將她擋在身後：「我喝。」

曆晨霏剛唱完一首歌回來，見狀順勢把桑如拉到一旁：「又不是敬喜酒，怎麼還沒完了，你們克制點！」

桑如任曆晨霏拉住，臉上已然有些發熱，索性靠在她肩上緩緩。

她自知酒量不好，做到這樣的地步已經算是逞強，而周停棹的酒量其實也一般，桑如是知道的。

那回跟周停棹在同學聚會上見面，他愣是或主動或被動地喝了好些酒不說，還看起來神思尤為清醒。她和曆晨霏走得晚，打上車離開的時候就回頭了那麼一下，便沒能走脫。

形容整潔的周停棹，終於在以班長身分送走所有人後，於她的注視下一個踉蹌，走路搖搖晃晃，全然失了方才西裝革履的氣度。

桑如不知哪根神經搭錯了，就這麼心一軟，要司機回頭把人捎上。

當時周停棹的反應是什麼來著？

驚愕。

他意外於她的去而複返，但很快便無法繼續進行思考，上了車之後似乎也是這麼暈暈乎乎地靠在了她肩上。

桑如有些恍惚，回到過去的時間好似確實過得有些長了，重新沾染書卷氣，後來令她心動的瞬間反倒好像成了上輩子。

「還好嗎？」

曆晨霏的關切在頭頂上方響起，然而這些聲音都在自動被靜音，喧鬧被拋諸腦後，桑如聽見自己悠長的呼吸，除此之外，一切聲響都源于半米開外。

周停棹極少顯出這樣野性的時候，來回間一瓶已經見底，別人是喝著開心，他卻怎麼看都像是在喝悶酒。

眉頭蹙得那樣緊，不想喝就不要喝，桑如望著他緊繃的下顎不自覺心想。

一切聲音緩緩被開啟，重新擁擠到人耳畔，桑如忽而起身，前幾個字拿捏著語速一字一頓道：「你們先喝，我去給我哥打個電話。」

與此同時，周停棹手腳俐落地開了瓶新酒。

包廂門在身後關閉，彷彿一切喧囂都與自己無關。

倒不是真的要打給洛河，但戲要做全。桑如靠在牆上喘氣的間隙，拿出手機看了眼時間。已經有點晚了，忘了跟媽媽報備可能會晚點回去。桑如隨即點了撥號，手機剛放到耳邊，忽然腕間被人捉住，桑如嚇了一跳，手上被抓得無法使力，手機就這麼掉了下去。

被周停棹接住，順便看也不看按了掛斷。

他不知是什麼時候出來的，此時唇邊、髮間都帶著濕氣，眉頭緊緊擰在一起，喝了那麼些，眼神反倒越發銳利。

周停棹手上握得死緊，倘若眼神能將人捆縛，她現在大約已被束成他想要的任何樣子任人擺布。

強大的壓迫感將她困在他的胸膛與背後的牆壁之間，桑如聽見周停棹終於開口，語氣裡壓抑著某些說不上來的情緒，困獸一般拘於他的眼裡，他問：「打電話給他？」

桑如微仰著頭迎上他的目光：「是，不行嗎？」

「都一個晚上了，他要來早就來了。」

「萬一是有事呢，我相信他。」桑如說著動了動手腕，「你放手。」

周停棹的喘氣聲越來越重，像把字在齒間嚼碎了又勉強拼湊，「妳就這麼喜歡他？」

危險的氣息逼近，桑如佯裝淡然：「喜歡啊，不然呢？」

「那我呢？」本就逼仄的空間頓時更狹小，周停棹進一步逼退她，低頭幾乎算是質問道，「妳對我說的喜歡，又算什麼？」

聽起來又凶又委屈，原本被他有些嚇到的情緒觸手徹底縮回，桑如露出理所當然的表情：

「喜歡你，就不能喜歡別人了嗎？你不跟我睡，我還不能跟別人睡了嗎？」

周停棹不可思議地睜大眼，凝著她半晌，忽然間氣極反笑，一個用力將她帶入旁邊空著的一間包廂。

這間還沒有客人來，燈也沒亮，只有隱隱的光透進來。

桑如換了個地方被抵在牆上，忽而耳尖被廝磨著輕咬了一口，聽見周停棹惡狠狠道：「就只是要這個，是嗎？」

黑暗將人的感覺無限放大，質問伴隨著濕熱氣砸在耳邊，耳尖上的觸感猶在，好像連同心也被齧咬。

桑如忍不住瑟縮一下，換來的是周停棹的低頭逼近。

見她不答，周停棹重複一遍：「只要這個，是嗎？」

退無可退，桑如索性望著他的眼睛，「是，不可以嗎？」

寥寥幾個字也能化成鋒利的冰刃，將人心一點一點地鑿開。還以為再來一次會有什麼不同，原來她還是只願與他有肉欲之歡。

周停棹跟別人從沒有什麼區別，什麼喜歡不喜歡，從來不基於他這個人本身。

垂在身側的拳頭攥起，周停棹冷笑道：「可以。」

桑如來不及作何反應，他忽而就低頭吻上她的脖頸，力道很重，桑如本能地要避開，頸側卻忽然被他的手心覆住。

嘴唇貼著這處柔嫩的肌膚，周停棹低聲道：「不許躲。」

唇舌燙人，他的理智像是在蕩然無存的邊緣，整個人淪為只剩鬥欲的猛獸，銜住獵物的脖頸就不再放開。

大約真刺激到了他，今天的周停棹比任何一次都要狂亂，桑如呼吸不暢，被他舔舐得渾身酸軟，手抵著他的肩膀，半喘道：「放開……」

周停棹恍若未聞，忽然抬手扼住她的下頷上抬，桑如喘息一聲，被動作帶著仰起頭，脆弱的部位倏忽全然曝露在他眼下。

驟雨般的吻就這樣順著頸線上移，在喉間軟骨處停留許久，輾轉著要把印記刻下。桑如往後退一步，幾乎徹底貼在了牆上，腰間忽而一緊，這樣一來算是上下都被他壓制住。

急促的鼻息往喉間噴灑，連同腰際的灼熱感一同席捲全身，桑如難耐地偏過頭，欲掙脫開他手的桎梏。只是才偏移半分，便又被虎口扣了回來。

隨著這個動作的結束，吻已然抵達下巴。周停棹張口，牙齒輕輕啃咬著這裡，不疼，反倒惹得人心也癢。

桑如微一用力，唇瓣不小心蹭過他的，只覺周停棹突然頓住。他抬起頭，門縫裡漏進來的光恰巧為他的眼睛添了亮色。

專注的，深沉的神色霎那間無處藏匿。

桑如心一動，喃喃道：「怎麼停了？」

周停棹鼻間發出冷淡的氣音，似是哂笑一下，而那雙眼忽而掩進暗色，一陣天旋地轉，桑如再回過神來，已經被他一個公主抱起放在了沙發上。

這下是徹底看不見他了。

桑如試探地叫他的名字，窸窣的響聲過後，她只覺溫熱的軀體覆在了她身上。

「周停棹？」

他罕見地沒有應答，只是胸口那股下壓的力道越重。忽然，他啞聲問：「要獎勵是嗎？」

「嗯？」

桑如的思緒沒能立刻對他這句問話作出反應，而他也根本不需要回應一樣，又說一句：「給妳。」

那個一路向上的吻終於在唇上停住，周停棹一邊拿出將人吞吃入腹的架勢深吻，一邊伸手從乳側開始攏住她來揉。

牙關被撬開，他伸了舌頭進去與她糾纏，嗚咽被吞沒在唇瓣之間，胸口還在不停地傳來酥麻感。

不得不承認，其實從被他吻脖子開始，她就已經濕得厲害。

一個綿長的吻結束，兩人皆是無言喘息，裙襬忽而被撩起，周停棹將手探了進去，由大腿內側開始，漸漸滑至腿心，隔著底褲有一下沒一下地撩惹她的柔軟。

薄唇輕啟，桑如隨著他的動作小聲呻吟，聲音在他的指頭快速刮弄時連綿著變調，才只是隔靴搔癢而已，就已經要抑制不住了。

「進去……」

周停棹滯住，接著像沒聽見這個邀請似地按原來的步調繼續。

這時，一段曲子從旁傳來，被順手扔在沙發上的手機響起，一方螢幕在這個角落裡亮得不合時宜。

桑如正欲伸手去拿，卻見有人更快一步地將它拿起，緊接著鈴聲停止。螢幕上的光投射到周停棹的臉上，終於教她看見他的面容。

他的眉頭今夜幾乎沒鬆開過，此刻唇線緊繃，唇上甚至還帶著剛才與她接吻的水光，大約是喝了酒的緣故，到現在臉上已浮出點薄紅，顯出冷淡的性感。

他就這樣盯著螢幕看，直到光熄滅，周遭恢復黑暗，桑如聽見硬物下墜聲在沙發上響起。

被美色迷了眼，這時才想起來問責：「你掛我電話做什麼？」

熟悉的重量再次壓回身上，周停棹極少見地發出這樣的評價：「煩。」

桑如隱約猜到是誰的來電，故意道：「是誰的電話，洛河哥哥嗎？」

胸口的掌心倏然收緊：「不許提他。」

「憑什麼？」

剛才灌下的一瓶多酒根本不算什麼，沒有到要讓他醉的程度，可聽見她的話，想到來電顯示上刺眼的名字，周停棹的確已經頭昏腦脹起來。

大概那股在胸腔裡橫衝直撞的情緒名為嫉妒，名為不甘，名為我愛妳，妳卻為什麼不能同樣愛我？

成年人的標誌之一是能與情緒和平共處，然而這一刻來襲，周停棹卻發覺整個人無力得只剩那些翻湧的情緒。

頭腦昏昏沉沉，翻來覆去最終留下這樣的想法。

「妳為什麼不能愛一愛我呢？嗯？」

他頭埋在桑如臉側，輕輕蹭兩下，將這話喃喃說出，聲音低得好似自言自語。但桑如聽見了，倏忽愣住，方才還能耍狠的人，現在又好像在示弱。

他的臉很燙，桑如克制下澎湃的心潮，問：「周停棹，你是不是醉了？」

「我沒有醉。」

聲音悶悶的，桑如忽然就心軟了。

她奉行的是人生得意須盡歡，因而做什麼都隨心所欲慣了。包括那時跟周停棹做炮友，也包括回到高中後對他百般戲弄，當下爽了就行，管什麼世俗觀念，管什麼年齡問題。

但他總歸與她不同。

因著年紀便當真規矩恪守著最後那條底線，每每先出手撩撥人的是她，最後最難忍的也是她，一切源於她的隨性和周停棹本能的克己。

離她成年還有一年多，倘若真按照他的想法，她至少得憋到那個時候，想想就難以忍受。猛獸總是在有危機感時顯露凶悍。不如趁這個時機，要他拋開那些束縛住彼此的不必要的顧念，正好要他直面真心。

計畫如常進行，提前跟洛河說好的讓他打電話來，考慮周全地連連絡人都改成「洛河哥哥」這樣親密的稱謂，機緣巧合下真教他看見。周停棹確實被激到了，剛剛那番激烈的交鋒已經足夠說明一切，而他卻在這一刻再次顯出柔軟。

桑如心軟了，抬手摸他的腦袋，「我愛你啊。」

耳邊的呼吸聲忽然停滯，繼而換做更粗重的鼻息，黑暗中她感到他抬起頭，視線穿透暗色將她鎖住：「妳說什麼？」

桑如抬手摟住他的脖頸，一字一頓道：「我愛你的。」

空氣靜默良久，桑如聽見對方低喊一聲：「騙子。」

騙子總說好聽的話，做傷人的事。

周停棹重新吻住她，讓她再也不能說出任何一句騙她的好聽話。懷裡人熱烈地回應著，周停棹吻著她，褪去她下身的遮擋。

她明明只要這個，騙子才說愛。

可不得不承認，神經因這句話而開始興奮地戰慄。

性器硬挺著抵在她腿間，戳到軟肉便越發忍不住脹大，周停棹挺著腰在她腿心摩擦，勉強控制著力度，一下一下用最原始的衝撞尋找與她的契合。

一吻落幕，他鬆開人，低聲哄著：「再說。」

桑如臉上也熱，耐著喘息道：「不說了。」

龜頭重重碾過她的陰蒂，「說。」

「嗯……別頂了……」呻吟從喉間被搗出，桑如認輸道，「我愛你。」

周停棹繼續沿著穴口的縫隙頂弄，卻不更進一步，銜住她的下唇輕咬一口：「說只愛我。」

桑如無奈地嘆口氣，順從他道：「我只愛你。」

咒語一樣的幾個字兜頭砸下，砸得人頭暈眼花。

「騙子。」

要她說的是他，不信的也是他，桑如被磨折煩了，隨口說起反話：「是騙你。」

周停棹一頓，越發狠戾地開始撻伐。好一頓搓磨，她沒等來他的單刀直入，卻等來了一句無厘頭的話。

「我走了好遠才追上來，妳不要騙我。」

桑如困惑，「從包廂裡出來，很遠？」

周停棹並不理她，忽然抬手捂住她的嘴巴，俯身附到她耳邊：「妳有沒有祕密？」

「我有。」惡劣的基因分子開始躁動，周停棹被酒沾染的聲線越顯低沉，說什麼都像在誘騙人心，「我們連祕密也是一樣的……」

「所以妳不要騙我。」

越說越讓人聽不懂，桑如疑惑的聲音從他的掌下發出。

螳螂捕蟬，黃雀在後，擁有上帝視角的人最先擁有主動權，明明打算瞞著她逗她，可到頭來被掌控的還是他自己。

周停棹覺得自己大概真的醉了，他停下一切動作，空曠的包廂頓時只剩兩人交錯的呼吸。

「Sarah，妳還欠我一份策劃案。」

言語裡提及的內容恍如隔世，桑如愣住，溫度驟然從心頭退去，她撥開他覆在自己唇上的手，冷靜道：「什麼意思？」

呼吸近在咫尺，酒香混進少年氣，周停棹說：「十年前後，妳看我有什麼不同？」

心頭一震，似有冷水兜頭澆下，桑如猛然推開他，顫聲道：「你騙我。」

腰間忽然一緊，下一秒她被抱到他腿上坐好，周停棹將性器擠入她腿間，說：「怎麼會。」

桑如掙扎著要起身，卻被他按住，粗硬的肉棒從花唇中間重重刮過，兩人雙雙倒吸口氣。

可她無心再顧得上把他吃乾抹淨，剛才接收到的資訊已經足夠令人難以消化。

「放開。」還帶著媚意的聲音淬了冰。

「不放。」

僵持不下，桑如索性不動了，靜默半晌，被她的問話打破：「我回來的那天，你也來了？」

「沒有。」字音被他低低咬在齒縫，周停棹將人緊緊扣著，「在妳之後。」

「什麼時候？」

她的問題接連扔來，周停棹深覺自己像極了被拷問的嫌犯。

「妳被鎖在教學大樓那晚。」

竟然這麼早?!

桑如氣得發顫，搭在他臂上的手不覺攥緊：「……所以你看了我這麼久的笑話？」

「不……」

周停棹沒說完，被桑如打斷：「看我恬不知恥地勾引你，是不是很爽快?吊著我，是不是很爽快？」

她是真的生氣了，周停棹總算有些慌亂，他收緊懷抱，「沒有。」

否認得倒快，硬物還不容忽視地抵在自己腿間一顫一顫，桑如冷淡道：「把褲子穿上，我現在對你沒興趣。」

「沒興趣？」

因她生氣而起的那絲無措驟然被別的情緒取代，周停棹在黑暗裡抬手摸她的臉，動作溫柔，語氣卻狠：「剛剛不還要我插進去？現在，沒興趣？」

「剛才是剛才，現在是現在。我怎麼敢要你啊，周總。」

她總知道怎麼能令他情緒起伏，怒意積累到峰值，周停棹反倒輕笑了聲，忽然開始變本加厲地在她腿間戳弄，桑如一個不防摔到了他肩上。

周停棹握住性器，摸索著將龜頭淺淺戳進洞口，偏過頭吻她的耳尖，「真的不要嗎？」

「不要！」桑如咬著唇憋出這兩個字來。

「好。」

周停棹說著，便真的只在入口處這樣輕淺地戳弄，時而滑出來戳到別的地方，引來桑如的微微喘息。

掙脫又掙脫不開，停下又得不到痛快，桑如心道索性之後再跟他算帳，於是抬著臀自己找著角度準備往下坐。

誰知屁股突然被托住，周停棹將性器撤開，緊接著拉鍊聲響——他竟在把她撩撥得不上不下之後，就這樣把褲子穿好！

「你報復我？」

「沒有。」

桑如冷笑，「有你的。」

失控的心緒在她的軟化中也慢慢回籠，險些把糟糕的念頭付諸現實。

周停棹將桑如的腦袋按在自己的肩窩，撫摸著她的頭髮說：「不能是現在，不能是這裡。」

「我成年了，你明明知道。」

「嗯。」周停棹說，「但身體是十六歲，妳就還是十六歲。」

桑如無言了。

剛才激烈爭鋒的場面不知怎麼平和許多，桑如正想好好問清楚他瞞自己的事，包廂門忽然被「砰」地一聲推開，緊接著燈亮了起來。

「不許動！」與此同時，呵斥聲乍起。

桑如下意識抬手擋了下眼睛，適應後一看，面前竟站著好幾個穿著警服的人。

桑如懵了，只覺裙襬被一隻大掌緊緊壓住，沒有任何不該裸露的地方露出來。

「警察先生，這是幹什麼？」她聽見周停棹慍怒的聲音響起，久違地讓人察覺到與此時年齡不符的壓迫感。

「有人舉報這間包廂有人嫖妓，麻煩跟我們走一趟。」

嫖妓?!

桑如立刻回道：「我們沒有！」

為首的警員打量了他們一眼，臉上幾乎寫著一行字——妳看妳自己信嗎？

一個坐靠在沙發上，一個坐在人大腿上，手還搭在人身上，更何況周停棹的手還幫她按著裙子……怎麼看都是一副說不清的子。

周停棹不動聲色地拍拍她安撫，開口道：「我們是在這裡聚會的高中學生，並沒有您說的違法行為。」

「聚會?聚會不開燈?聚會摟摟抱抱？」那員警聽完一臉不信，「你看看，現在還摟著呢，妹妹可以從人家身上下來了吧！」

桑如一陣耳熱，可現在裙下安全褲內褲鬆鬆垮垮地掛在腿上，要是起身說不定就會這麼掉下來，她輕輕捏了下周停棹的手臂。

都怪他！

周停棹皺著眉，「麻煩您們先出去一下，我們配合調查。」

「快點啊。」警官看了他們一眼，露出副世風日下的表情，小聲嘆了口氣，「才高中就犯這種事，真是……」

門重新關上，除了亮起的燈，安靜得就好像沒人來過。

桑如跟周停棹就這麼大眼瞪小眼地看著對方，良久都忍不住地笑起來。

「還笑！」桑如給了他一下，「你都變嫖客了！」

周停棹任她說，想到剛才的荒唐，眉頭是皺著，嘴角卻也彎起，忽而就這麼抱著桑如起身，將人放在地上後，幫她把底褲再度穿了回去。

恢復衣著端正的模樣，周停棹伸手去拉她的：「崽崽，不要生我的氣了，好不好？」

桑如輕哼一聲，手沒讓開：「先解決門口的事，你的，回頭慢慢算。」

雖說要算帳，卻也沒起初那樣生氣的感覺，周停棹稍稍放下心，「任妳處置。」

小張當警察當了半年多，總算習慣了抓狗救貓還抓小偷的瑣碎日常，這回又處理了一起鄰里糾紛，回來寫完案件報告時天已經黑了。

收拾完東西準備下班，迎面正巧遇上掃黃大隊的同事回來，便打了聲招呼：「趙副隊，收隊啦！」

趙晉頷首道：「嗯，下班了趕緊回家吧。」

小張道了再見，這時突然看見兩個熟面孔。

他心裡犯起嘀咕，這不就是前幾天丟了腳踏車來報案的那兩個人嗎？

「腳踏車還沒找著呢，那小偷是個慣犯，偷到手就趕緊轉手賣出去了。」小張徑直解釋道，

「在追了，你們也別急，怎麼大晚上的還來警察局問……」

桑如一愣，認出來這是當時領他們做筆錄的民警，頓時看了周停棹一眼，見他臉色也不大好，尷尬的感覺才淡一點，乾巴巴答了句：「哦……」

旁邊把他們「緝拿歸案」的小員警摸不著頭腦道：「他們是我們帶回來的嫌疑人。」

小張瞪大眼睛，一臉不可思議道：「掃黃掃到你們了?!」

桑如乾笑兩聲：「誤傷。」

周停棹則像是臉上結了冰，一言不發。

「好了，我們到審訊室聊一聊。」趙晉在前頭催。

兩人被分別帶進了兩間屋子，周停棹走之前深深看了眼她，用口型說：別怕。

桑如點頭作為回應，被催促著進了屋裡。

「我們真是去聚餐的，剛剛在監視器裡你們也看到了。」桑如說。

「是，但這間包廂只有你們在這個時間段進去過，並且很久沒有出來。所以你能闡述一下你們為什麼從原本的聚餐地點，且只有你們兩個人換到了這個房間嗎？」

桑如心想，這他媽怎麼說？這能說？

桑如想了一下，眨眨眼道：「警察先生，談戀愛該不會也犯法吧？」

「……」趙晉表示無語。

又進行了幾輪問答，趙晉發覺好像的確抓錯了人，談話莫名陷入略帶尷尬的沉默氛圍。這時有人敲了敲門，趙晉立刻道：「進來。」

進來的是剛剛把周停棹帶去隔壁的那個員警，他看了桑如一眼，把一張紙放在了趙晉面前：「趙隊，這是那個男生的筆錄。」

「好，」趙晉拿起紙，從旁邊記錄員的手上拿過另一張紙對桑如道，「妳先在這張筆錄上簽個字，然後先出去等一等。」

桑如一目十行看完了這張審訊紀錄，自己提到「談戀愛」一詞三次，「男朋友」不下五次，心道還好這是給他們封進檔案留存的，並不會讓周停棹看見，於是在上面簽了名。

桑如出了審訊室，見周停棹在走廊的椅子上坐著，旁邊是之前幫他們抓賊的警員。見她出來，小張撞了下周停棹的手肘，「出來了。」

周停棹抬眼，懶懶的眼神頓時銳利起來，桑如瞥他一眼，聽見小張熱切地問：「怎麼樣？」

「就那樣。」

眼前兩個人坐在一塊兒，只剩小張旁邊還有空位，桑如坐過去，語氣還算輕鬆。

「剛剛小周都已經跟我說了，是誤會，放心，我們員警不會亂抓人的。」

桑如笑了聲：「這還不算亂抓啊？」

小張訕訕道：「你們這不是剛好在場嘛，協助取證協助取證……」

桑如不置可否地癟癟嘴，又聽小張道：「你們小情侶的事按理來說我不該插手，不過有話就好好說嘛對不對，何必出來玩還單獨出來吵架呢？」

「等等。」桑如打斷他，「誰說我們是小情侶了？」

「啊？小周說的啊……」

桑如挑挑眉，周停棹的身子被擋住，只能看見他的外套衣襬。

「他還說什麼了？」

小張下意識看了下周停棹，見他面色如常，甚至眼神也沒分過來一個，便試探道：「還說你們因為他犯錯了就吵了個小架，然後他就強行把妳帶進包廂去了，然後我同事他們就去了。」

桑如拖長音「哦」了一聲，小張愣愣問：「難道不是嗎？」

「是啊，他惹我生氣了。」

小張聽完立刻又懟了懟周停棹的胳膊，咬著牙小聲道：「還不趕緊哄？」

周停棹看過來，視線在他們的座位排列上著重頓了頓，小張頓時了然，起身說：「哎呀坐在中間好熱呀，我跟你換個位置。」

於是周停棹順利挪到桑如旁邊。

誰知桑如理也不理他，身子往後靠到牆上，對換到另一邊的小張說：「今天怎麼沒看見秦夏姐姐？」

「妳說秦隊啊，她今天好像約了人，難得時間到就下班了，」小張也為了方便交流也靠到後面，轉頭道，「妳認識我們秦隊？」

「算是吧。」

兩人聊得不亦樂乎，周停棹咬了咬牙，索性也往後一靠，阻隔左右兩邊人的視線。做完像沒事人似的，平靜地看著前方的地面。

桑如正說著什麼，被這麼強行切斷交流，哂笑一聲又繼續若無其事把話說完。

小張倒是總算想起來交換位置的意圖，對周停棹小聲道：「女孩子要靠哄的，不是惹人家生氣了嗎？怎麼還一句話都不說！」

周停棹掀起眼皮懶懶看他，開口道：「好的，警察叔叔。」

小張心裡很不是滋味，怎麼高中生比他年輕卻看起來比他還穩，但又可以叫他叔叔？越想越鬱悶，起身留下一句：「你們先聊，我去泡杯茶。」

面前審訊室的門緊閉，裡頭的人大約還在商議什麼，看顧他們的人也不在了，空曠的走道只剩他們兩個。

「對不起。」

桑如聽見周停棹冷不丁道歉，說：「對不起什麼？」

周停棹轉過頭來望著她：「如果沒有帶妳進那間包廂，我們現在也不會在這裡。」

桑如不置可否地抬眉：「進去了才知道那些精彩的事，不是嗎？」

她的報復才有餘暇剛剛開始，用這句話把人噎回去後，見周停棹不發一語，桑如便又說：「再說了，你不是說我們是情侶嗎？情侶之間有什麼好對不起的。」

反話正說，周停棹聽懂她的揶揄：「抱歉，需要一個說辭。」

說辭那麼多，怎麼非選這一個？

桑如沒問，心裡卻想——好巧，她也是這個說辭。

周停棹沒來得及按別人的建議繼續「哄她」開心，就突然被外頭來的一陣腳步聲打斷。

高跟鞋與地磚相碰的聲音清脆，卻因鞋主人匆忙的腳步顯得格外凌亂，令人一陣心煩。

來人是個看起來三四十來歲的女人，穿著打扮很是精緻，應當是個貴婦人，見只有他們兩人在，便問：「請問剛剛有沒有嫖妓的被抓過來？」

桑如和周停棹對視一眼，沉默著沒有說話。

審訊室的門突然打開，貴婦人立刻迎上去：「警察先生，請問嫖妓的抓到了嗎？」

趙晉問：「妳報的案？」

她冷靜答：「是的。」

趙晉下意識看了眼桑如二人，那貴婦人轉過身來，視線直直盯著桑如，不知為什麼令人覺得瘮得慌。

她突然踩著高跟鞋就到桑如面前，低頭咬牙切齒道：「就是妳這個小賤人是吧？」

周停棹立刻起身站到桑如面前擋住，然而她速度太快，就這樣繞過周停棹抓住了桑如的頭髮，仍是惡狠狠道：「就是妳吧？看著人模人樣的怎麼偏偏要做雞？勾引別人的老公爽嗎？」

她身後的警察也立刻過來拉她，奈何一個女人的力氣不知怎麼會這麼大，死活拉不開，況且稍一用力扯她，桑如的頭髮便也跟著被拖拽。

周停棹聽見桑如的痛呼，眼底聚起怒火，生平第一次這樣粗蠻地攥住女人的手腕，用了十分力氣逼她鬆開。

他護住桑如，慍怒道：「鬆手。」

趙晉也在後頭喊：「不是她！妳認錯人了！」

貴婦人這才洩了力，被員警拖著往後退了幾步，早已失了方才的高貴氣，喃喃道：「認錯了？那他人呢？他們人呢?!」

「您跟我們過來坐下慢慢說……」

高跟鞋的刺耳聲消失在審訊室門後，趙晉過來詢問：「沒事吧？」

然而這兩人沒一個理他，他悻悻地摸摸鼻子：「這次是我們的失誤，非常抱歉，你們可以先回去了。」

周停棹跟他差不多高，甚至比這個成年人還要再略微高出一些，此時他的眼神陰鷙，傳遞出極強的壓迫感，令趙晉忽然不知道該說什麼，默默等他的下文。

然而周停棹一句也沒說，轉身蹲下在桑如面前，抬手揉揉她的頭髮：「沒事了……」

她原本低著頭，忽而抬眼看過來，眼眶紅了一圈。

就這麼受了一頓無妄之災，桑如到現在還有點懵，原本滿腹的氣，可看到他這樣，那股子火氣忽然就被委屈代替了。

周停棹極少體悟心疼的滋味，眼下卻覺心臟在她的眼裡一片片碎裂開。

他將桑如抱進懷裡，輕聲撫慰道：「揉一揉，不疼了，不疼了……」

周停棹不知道女孩子受了委屈是不是都會掉眼淚，桑如眼睛紅紅的樣子總在腦海裡揮之不去，就這樣抱著她片刻，懷裡人卻伸手推開他，再看她的神情已平和許多。

桑如沒有哭，即使他已經做好了隨時為她接住眼淚的準備。

「走吧。」她平靜道。

周停棹跟在她身後，幾度想要伸手去牽住她，試探的動作在發覺前方有人來時止住。

一身黑色裙的秦夏迎面走來，桑如看見她下意識道：「嫂……秦夏姐？」

匆匆趕回局裡的秦夏被人叫住，卻發現是陌生的小姑娘，她停下，困惑道：「妳認識我？」

桑如笑著眨下眼睛，「現在不就認識了？」

沒等秦夏更進一步發問，趙晉再次從審訊室出來，走過來道：「怎麼還真回來了？」

「剛好在附近，不是說出問題了嗎？什麼情況。」

趙晉看了眼在旁的兩人道：「一位女士報警說春和路那家KTV有人嫖妓，精確到包廂號碼，我們去抓結果抓錯了人……」

秦夏皺眉，「怎麼會抓錯？」

「報案人其實是發現她丈夫有外遇關係，翻到他們聊天紀錄說今天要在那裡見面，就報警想報復他們。」趙晉頓一下，「我們去的時候只有這兩位在，就誤會了，把他們先帶回局裡做了個筆錄。」

秦夏聽了眉頭皺得越發厲害。

「桑如？」

突如其來的一聲從秦夏身後傳來，桑如應聲望去，卻見穿著一身西裝的洛河走了過來。

「你怎麼在這裡？」兩人異口同聲道。

周停棹微不可見地蜷了下掌心。

桑如漫不經心道：「我來警察局一日遊。」

在場所有人⋯⋯

「我是他們的隊長，為今天的工作失誤向你們道歉。」秦夏後退一步，忽而向她和周停棹認真彎腰鞠了一躬。

桑如立刻上前扶起她：「沒關係。」

她悄悄伸手到背後，揮動幾下朝周停棹示意，他會意，也開口道：「沒關係。」

嗓音有點冷硬，桑如回頭看他，見他還板著張臉。

洛河停了車過來，聽得一臉懵：「怎麼回事？」

「回頭跟你說，我們先走了。」桑如轉向秦夏，又說，「秦夏姐再見。」

得來後者抱歉的一個頷首，桑如朝她最後笑笑，頭也沒回地拉住後面的人。

周停棹就這麼猝不及防被桑如牽住。

她拉著他往外走，路過洛河時小聲說了句：「你抓點緊。」

「什麼抓緊？」

桑如恨鐵不成鋼地咬牙道：「嫂子。」

洛河以為她猜了出來，頓生出幾分被小輩窺見戀情的赧然，快速回道：「知道了！」

周停棹離得近，即便他們控制著音量對話也能隱約聽見，這下原本看到洛河出現時的微妙不爽忽然就找到了出口。

直到出了警察局，桑如鬆開他，問：「你笑什麼？」

周停棹回過神，放下不自覺翹起的唇角，「沒什麼。」

見桑如轉身欲走，周停棹還是開口攔住她問：「所以洛河⋯⋯哥，跟剛剛那位秦隊，是情侶關係？」

洛河哥？之前碰見他不是還不會跟洛河打招呼嗎？

桑如見鬼一樣看他：「你叫他什麼？」

「……妳不是也叫他哥哥嗎？」

「我都不這麼叫。」桑如說完，忽然想起他隱瞞她的事，又說，「你一個二十七的老男人，怎麼好意思叫一個二十三四歲的人哥？」

周停棹噎住，自食惡果。

見他越發窘迫，桑如收起火力道：「走吧。」

兩人走著走著就從一前一後變成了並肩，周停棹輕聲道：「還疼嗎？」

哪壺不開提哪壺，但當時他護住她又抱在懷裡安慰的畫面浮現，桑如還是好好答了：「不疼。」

聽見周停棹放心地「嗯」了聲，桑如想了想說：「說到底還是那個男人的錯，誰讓他管不住下半身。」

說完意有所指看了看周停棹，他沉著對視回去：「我管得住。」

恰好走到公車站牌的背後，落下的陰影覆蓋著他們，另一頭是來往的喧囂車流。

桑如哼笑兩聲，手指似有若無掠過他的下身，「我看不是。」

周停棹：……

她使完壞已經走到站牌的另一邊去，周停棹卻被這突如其來的一下弄得不上不下。他什麼也不能做，她還沒說原諒。

周停棹默念三遍「管得住」，平靜片刻也去了前頭的等候區。

桑如坐在椅子上，暖黃的光照在她身上，顯得溫暖而炙熱。她抬頭，見他來了便勾唇笑道：「過來。」

周停棹坐到她身邊，方一落座肩上就一沉。

「車來了叫我。」

一切行徑都顯出理所當然，周停棹卻因她的言語動作心生竊喜。她的聲音聽起來已經困倦，他一動不動，也沒有伸手攬住她。

面前的車流來來往往，周停棹終於側頭，嘴唇蹭過她的髮頂，無聲說了句：「晚安。」

那兩人已經離開，洛河還沒說什麼，便聽秦夏說：「你們認識？」

「嗯，鄰居家妹妹。」

原本只當她隨口一問，誰料接下來的話讓他心下一涼。

「這樣類型的女孩，更適合你。」秦夏說。

她說得很認真，洛河明白這不是她的反話或是客套的託辭。

秦夏比他大三歲，她更喜歡成熟些的，他知道。好不容易爭取到今天的約會，卻又因「局裡有事」這樣一句，約會還沒怎麼進行便將她送了回來。

他裝作平靜道：「所以呢？」

秦夏皺皺眉：「沒什麼，今天謝謝你。」

「不用謝，那我們的約會？」

秦夏思忖片刻，說：「我現在還有公事要處理，我們改天再約，可以嗎？」

洛河點點頭，「好。」

他眼看著她跟那個副隊邊討論邊一起進了審訊室，走廊空寂下來，連帶今天跟她相處的所有時間都像一場夢。

但不必擔心她會毀約，他知道，秦夏說出口的承諾，就一定會履行。

第七章 約會

明天是週末，不用考慮喝醉會影響給那群小屁孩看病，洛河開著車，思考該去哪家酒吧買醉，忽然就看見路邊熟悉的身影，靠在一起坐著的不是桑如和她的小男朋友又是誰？

噫，還親，媽的怎麼高中生都比他會談戀愛？

洛河在兩人旁邊停下，開了車窗道：「一百塊，走不走？」

桑如睜開眼，忽而笑了，對周停棹說了句：「你哥來了。」

周停棹沉默不語，又聽旁邊人起身說了句：「坐霸王車，走不走？」

「妳沒錢，妳男朋友有就行了。」

周停棹被兩人輪番逗弄，卻又不能作出任何反抗，憋得胸口發悶。桑如心情倒是好，拉著周停棹坐進後座。

洛河怒道：「你們還真把我當司機？」

「不然呢？」桑如說，「副駕駛留給嫂子。」

洛河這才偃旗息鼓，繞開秦夏的話題問道：「所以你們怎麼會在警察局？」

桑如側頭看向周停棹：「你說。」

周停棹把來龍去脈講了一遍，車廂裡頓時被洛河的笑聲環繞：「哈哈哈哈哈原來是掃了你們的黃啊！」

「都說是誤會了！」桑如拍拍他的椅背，「好好開車！」

洛河笑著笑著就頓住，恍然回過神道：「那不就是你們破壞了我跟她的約會嗎？」

兩人無辜地：「啊？」

「她接到電話就趕回來了，我們電影還沒來得及看。」洛河冷笑兩聲，「原來是來處理你們的事，呵呵。」

「男人有工作重要嗎？」桑如說，「你覺得呢周停棹？」

周停棹忽覺脖子上架了把刀，「……沒有。」

這個答案看來是讓桑如滿意的，她拉過他的手，百無聊賴地玩起他的手指，「聽見了吧洛河。」

周停棹任她玩，心裡暗想，看來得趕快得到原諒才行。

洛河持續性輸出冷笑，「你們小情侶肯定是站在一邊的。」

他隨即把車在路邊停下，說：「給我下去！」

桑如滿臉問號。

「你們不下是不是？行，那我自己下去。」他說完隨即真打開車門下了車。

周停棹說：「我去把他追回來？」

桑如抬眼看他：「為什麼要追？」

「我們雖然會開，」周停棹說到這裡頓了一下，說，「但目前年齡還不能上路。」

桑如看看他，忽然笑出來，抬頷指了指窗外。周停棹順著看過去，只見洛河進了路邊一家便利店。

「他只是去買東西啦，這寶貝車他怎麼可能不要。」

周停棹「哦」了一聲，旋即閉嘴再不發一言。

自打跟她說了實情，自己就好像說什麼錯什麼，戰戰兢兢反倒不知道怎麼討她歡心。

這時聽見桑如說：「看來你滿適應現在這個身分的。」

「嗯？」

「遵守未成年人的規則。」

周停棹分不清她是在說剛剛的對話，還是其他的什麼，總歸聽起來意有所指。

桑如見他不說話，又想起他跟自己處於那種關係時，當真只談性不談愛，便又開口道：「當然，成年人的規則也是。」

周停棹怎知她的用意，「規則存在的本身就是為了讓人遵守，不過也可以用來……」

「用來打破。」桑如說。

周停棹看著她晶亮的眼，想法在此刻相合。

車門一響，洛河開門看見他們，「喲」了一聲：「怎麼司機都走了你們還不走？」

桑如問：「買了什麼？」

洛河繫上安全帶，「兒童不宜。」

「保險套？」

洛河咳嗽起來：「酒！」

「哦。」桑如說，「沒意思。」

洛河忽然認真道：「你們還小，談戀愛無所謂，別的事，不該做的別做，懂嗎？」

周停棹點點頭，「嗯。」

桑如笑笑：「還挺像個哥哥。」

洛河發動車子，「呵呵」兩聲。

「你不會還是處男吧？」桑如真誠道。

洛河登時橫眉，「閉嘴吧你！」

周停棹不知出於什麼衝動，忽然捂住桑如的嘴，低聲道：「別說了。」

掌心倏忽濕潤一下，桑如輕輕舔他，而後眼睛上抬瞧著他，顯得特別老實，乖巧點頭。

周停棹心下一動，把手鬆開，誰知桑如逼近他道：「你也是？」

周停棹沈默不語。

上了他這艘船，越往後越會想他是否載客過多，原本不在考慮範疇的問題，現在成為一個半開玩笑半認真的問話。

周停棹面上一緊，鼻腔裡發出聲「嗯」。

然而拷問並沒有隨著這個肯定的答案結束。洛河還在前面，桑如將音量維持在只有她跟周停棹才能聽見的大小。

她挑眉問：「以前也是嗎？」

能有哪個以前？

能爽快灑脫地以炮友身分開始關係，兩人心照不宣地默認對方都是老手。桑如有時會故意戲稱他千帆過盡，真是什麼都會，周停棹也不曾說清楚。

這樣的問題一旦回答，就好像率先在這段關係裡認了輸，而她大約也是不喜歡毫無經驗的人的，周停棹想。

命運給的契機鋪墊到這一步，周停棹忽然覺得自己真成了這個年歲的毛頭小子，要向愛人表明專一，獻上忠誠。

「嗯。」他說，「遇見妳就不是了。」

桑如這回當真是愣住了，整個人被他的答案驚得說不出話來，然而周停棹神情認真，半點不像在開玩笑。

半晌，她舔舔唇：「哄我呢。」

「沒有。」

桑如乾巴巴地「哦」了一聲，又靠回椅背上，轉頭看向窗外。車窗玻璃過濾掉部分光源，她隱隱看見自己在笑。

控制著把嘴角放下，頓覺跟周總看似經驗十足，卻在自己面前承認是個楞頭青相比，她在他面前那些放肆的勾引動作也不算什麼了。

周停棹只能看見她偏過頭的半側臉，看不清她的神色，更不知道她在想什麼，便也不再貿然開口，後半程的路途心都懸著過了。

洛河開到學校門口，準備先把周停棹放下，誰知桑如跟著一起下了車。

他降下車窗：「妳下去幹嘛？」

「走回去啊。」

洛河看看她，又看看旁邊的周停棹，大概明白了什麼，心道：他媽的，又放閃！

他在送自己忍不住送他們一臉汽車排氣前飛快說了句：「走了，你們注意安全。」

洛河已經離開，見周停棹還在原地傻站著，桑如說：「不送我回去？」

他回過神來，「要。」

桑如現在住的社區離校門不過五分鐘路程，這段路並不會因為許了願就真的沒有盡頭，到達她家樓下時，時針悄悄走過十一點。

桑如回過身，打趣一樣說：「你怕不怕，要不要我再送你回去？」

周停棹一愣，無奈道：「不用。」

「還有話要跟我說嗎？」

空氣陷入沉默，周停棹想了想，要說的話密密麻麻交雜在一起，竟讓人理不到話頭。

「好好休息，週一見。」他最後說。

給了他發言的機會，就說了這樣一句，桑如彎唇道：「恐怕明天就要見了。」

「嗯？」

他們前座的那兩個女生上回打探了紅繩的來處，竟都把他們的隨口胡謅當了真，要他們陪著一起去寺裡上個香求點信物，好保佑考試一切順利。

桑如將方才聚餐席間兩人的請求轉述，又問：「所以要去嗎？」

「去。」周停棹說，「去圓我們的謊。」

桑如說：「這確實是你擅長的。」

又被這麼刺了一下，周停棹深深看她，嘴唇微啟，卻沒說出什麼來。

「想說什麼？」

非要她說些刺激他的話，才肯有些波瀾，周停棹這個死要強的性格，還不知道是從哪裡來的。

桑如抬眼瞧他，見他光是眼神像是含著千言萬語，嘴上卻又緘默不言，頓覺沒意思，扔下一句「不說算了」，便轉身走掉。

走到了樓梯間，身後突然傳來一陣急切的腳步，緊接著手腕被人牢牢攥住。

「等等。」

桑如勾唇暗爽，轉身又作出一副平靜模樣，安靜等他的下文。

樓梯間裡的感應燈在上去後的轉角，只有微弱的亮度照到這裡，周停棹幾乎整個人隱沒在暗色中，讓人看不清他究竟在想些什麼。

半晌，他終於道：「不要生氣了，好不好？」

「我能生什麼氣？」

腕間的力度悄然增大，桑如不適地活動下手腕。周停棹只當她要掙開，驟然攥緊她拉過來，與自己越發貼近。

髮香鑽進鼻間成為撩動人心的利器，周停棹微微低頭，嘴唇蹭過她的髮頂：「不要這樣，是我不好。」

「哪裡不好？」

「不該瞞妳，不該沒有第一時間告訴妳我也來了這裡……」

桑如忽而想到點什麼，「那你是怎麼知道我不是現在的我？」

周停棹心下一驚，猶豫道：「猜的，後來趁妳病了，問出來的……」

「什麼?!」沒想到還有這一茬，桑如怒道，「你還套我話！」

周停棹一慌，立刻下意識抱住她，小聲道歉：「對不起，我錯了崽崽。」

桑如倒也沒掙脫，半張臉掩在他懷裡，悶悶道：「你真行啊周停棹。」

「對不起。」周停棹今天道歉含量徹底超標，忽而頭又低一些蹭到她耳邊說，「可是妳也騙我了。」

「我沒來的時候，我來了以後，妳都沒告訴過我妳是後來的妳。」

語氣裡還帶著委屈，桑如一聽，怒火繼續熊熊燃燒，但又覺得他好像也沒說錯。

思緒打架的間隙，周停棹像是尋找起論據來：「妳還摸我了，親我了，也那個我了……」

說得跟被玷汙的良家男子似的，桑如說：「我哪個你了？」

他又將她抱緊了一點，要聲音只遞到她耳邊，果真開口說了幾句。

桑如頓時臉上熱起來，嗆聲道：「我看你也挺享受的。」

「是啊。」

沒想到他竟承認得這麼爽快，桑如皺起眉頭，卻聽周停棹說：「妳怎麼對我都好，但是不能不理我，生氣也不能不理我，打我罵我都好，要是離我遠遠的……」

桑如說：「怎麼樣？」

「再有十年，我還是會把妳抓回來。」周停棹說。

他這樣壓著聲音說話，性感得讓人怦然心動，桑如只覺得胸腔裡的心跳聲大得厲害，簡直快要被他聽見。

她聽見周停棹輕輕笑了一下，「嗯，我在緊張。」

越是這樣，越要先發制人，桑如說：「你心跳好快啊。」

「緊張什麼？」

「哦？」周停棹鬆開她一些，垂眸看她的眼睛，「只是這樣？」

桑如手下意識抓緊了他的衣角，語氣平常道：「哦。」

周停棹呼吸頓了一下，略顯無奈道：「我在表白，聽不出來嗎？」

桑如抿抿唇：「不然呢，你又不是沒說過。」

「妳也說過。」周停棹忽然俯身到她面前，一字一頓地強調，「妳說過，特別喜歡我。」

桑如推他一下：「我那時以為你是小孩，哄你開心呢。」

周停棹被這話激得一下腦袋發懵，一下又把人鎖進懷裡來，沉聲道：「妳總是口不對心。」

桑如發出低低的輕呼，「……跟你學的。」

兩個總愛正話反說的人在昏暗中擁抱，被困住的人沒掙扎，困住人的反倒甘願做她的獵物。她總在說些讓人不那麼愛聽的話，卻句句都往他心坎上戳。

光明正大地以他自己的身分向她剖白，不是借由性愛，不是借由年少的遮掩，周停棹第一次覺得他們可以離得這樣近。

本想要立刻將她的唇封住，可當貼近她的唇邊，終於還是停下。

周停棹以近乎呢喃的語氣低聲問：「可以吻妳嗎？」

眸光在昏沉的暗色中也顯出亮感，桑如望著他的眼睛，開口時唇瓣與他淺淺相碰，她問：

「以什麼身分吻我？」

「周停棹。」他說。

「還有呢？」

見著周停棹眉頭不自覺鎖起的模樣，桑如唇角彎起來。

「可以吻你嗎？」她忽然抬手環住他的脖頸，問出同樣的問題，接著拋出一句，「用女朋友的身分。」

周停棹心頭一震，沒能作出任何反應就後頸一沉。

桑如在吻他。

感應燈不知在什麼時候悄然熄滅。

命運拿走了些什麼，居然會以另一種方式歸還。例如讓他們重新相遇，例如讓時光回溯，再例如牽扯住險些失之交臂的情人，讓他們終於在過去的這個時刻，以未來的靈魂開始相愛。

白雲寺坐落在市郊，前來的香客比起靠近市中心的廟宇少了一些，而或許正值週末，除了閒暇的香客，也有些遊客前來。

寺內安靜，多數人即使交談也壓低了聲音，他們一行人走進寺裡便不自覺噤聲。周停棹後來也常隨家人來這裡上香，因此還算能做個引路人。

大大小小的殿宇錯落排布，桑如趁她們不注意悄悄拽了周停棹的袖子，「去哪座殿？」

「正殿。」

一路直奔最為氣勢磅　的那間，譚瑩和陳怡淳率先進去。

前頭有人剛磕完頭起身，繞到佛堂背面去了，緊接著後頭的木魚聲止住，響起點細碎的輕聲交談。

陳怡淳回頭問跟在後頭的兩個人，「所以師父在後面嗎？」
聽動靜就是，桑如點頭：「嗯。」
「那就是拜完去後面求籤求信物吧？」譚瑩問。
譚瑩是坐在周停棹前頭那個，也就是情書事件的八卦傳播源，也是她先提出的不如桑如和周停棹帶隊再來一次，她們祈福，他們還願。
事實上她現在看這兩個人怎麼看怎麼覺得微妙，怎麼看怎麼覺得般配，一路上眼神都在不經意地往他們那裡飄。
桑如聽聞這個問題並不能確定，於是戳戳周停棹鎮定道：「是吧？」
周停棹聽出她的求助，眼裡浮出一抹淺淡的笑意，「是。」
把一切小動作和對話看在眼裡，譚瑩跟陳怡淳對視一眼，強壓下因嗑到了而揚起的嘴角，轉身去焚香叩拜。
拜墊長度有限，倘若同時叩拜就會十分擁擠，因而兩兩一起。
桑如和周停棹一齊叩首祈願時，忽然聽見旁邊傳來一聲奇怪的呼聲，他們完成最後一步才起身，轉頭卻見譚瑩捂著陳怡淳的嘴巴，露出個「和藹」的笑來。
從側邊繞到後頭去，搖籤筒的動靜便越發明顯，隨後一根籤啪地一聲落在了地上。
那是個看起來二十左右的年輕女人，看完簽文後面色微變，將簽遞給那位老和尚：「師父求解。」
老和尚接過簽端詳片刻，「命裡無時莫強求。」
「那我跟他沒有轉機了嗎？」
陳怡淳聽到這裡跟譚瑩咬了下耳朵：「原來問的是姻緣。」
悄悄話處理得不夠悄悄，桑如聽見後本沒覺得有什麼，小指卻被人勾了勾。

周停棹將撩撥人的技法施展開來，桑如看看他，也回了一下，心裡卻道——戀愛，好幼稚。

譚瑩回頭只見桑如嘴角翹起，周停棹也是心情不錯的樣，好奇道：「怎麼這麼開心？」

「沒事。」桑如輕咳嗓子說，「就聽師父解籤覺得有趣。」

陳怡淳也轉過頭來：「啊，解完了呀。」

桑如沉吟，聽見周停棹不合時宜地輕笑一聲，默默懟了下他的手臂。

「你們誰要先去求籤嗎？」譚瑩問。

桑如想了想，「妳們先吧。」

「嗯。」周停棹說，「學業優先。」

「你們不求學業嗎？」

周停棹頓住，桑如也默然，想了片刻終於找到說辭來救場：「我們上次來問的就是學業，這次想問點別的。」

陳怡淳八卦道：「問什麼呀？說出來讓我們參考一下。」

桑如道：「事業啊家庭啊……」

話還沒說完，周停棹忽而打斷她道：「姻緣。」

兩人立刻起鬨，興奮的音量簡直快要激增幾個層級。桑如一臉無語地面對這三個人，不用懷疑，假如不是在寺廟，她懷疑她們能把屋頂掀了。

她也想把屋頂掀了，好把周停棹丟出去。

「同學，換你們了，哪位先來？」

一道年邁而慈祥的聲音響起，他們說話間前一個女生已經離去，老和尚沒轉頭，話卻是對著他們說的。

「瑩瑩妳先吧，上次沒考好我好慌，不敢去。」陳怡淳一臉愁容道。

「行。」

兩人接連搖了兩支，都為中簽，老和尚先後給了兩句分別是「靜坐常思己過」和「博觀而約取，厚積而薄發」。

聽起來沒有什麼很不好的，陳怡淳領了兩句話回來，小聲問道：「怎麼沒送你們的那種手環？」

桑如想了想答：「可能是那段時間單獨推出的吧。」

陳怡淳若有所思地「哦」了聲，又說：「該你們了。」

這時老和尚的聲音再度傳來：「還有兩位施主，一道過來吧。」

先前都是一個一個，這回要他們兩個一起，桑如不知道這是什麼用意，跟周停棹對視一眼，接著一起過去掌心合十伏身作為尊敬，像前頭幾個一樣坐在了老和尚面前的蒲團上。

「哪位來搖籤？」

周停棹對桑如道：「妳先吧。」

桑如還沒說什麼，老和尚便笑著搖搖頭道：「是要兩位施主一起來。」

桑如微蹙下眉，疑惑道：「一支籤解我們兩個人？」

「萬物生靈各有緣法，自然一人一簽，」老和尚點了點頭，笑意顯得端莊而慈祥，「而若是要求姻緣，兩位施主在此間是異類，是同類，同生共存，兩人一籤未嘗不可。」

桑如心下一驚，抬眼直直望向他。

老和尚眼裡一片清明，卻教人半點也看不透。

他們的身分是只有彼此知道的祕密，老和尚這話聽來卻大有玄機，兩人都沒料到這樣的發展，好似靈魂能被這雙蒼老的眼洞悉。

半晌，桑如看向周停棹，「你，還是我？」

周停棹輕輕笑了下，低聲道：「我們之間的主動權一直都在妳那裡，不是嗎？」
「哪有。」桑如說，「那這次你來。」
周停棹深深看她一眼，「決定了？」
桑如點頭，「嗯。」
「施主可想好了？」
「想好了。」周停棹恭敬接過籤筒，「我來。」
簽隨著搖動籤筒的動作毫無規章地晃蕩，籤支在空氣中劃出道道模糊的墨線。
周停棹雖往常會陪家中長輩來上香，卻從沒來碰過這籤筒，人的命運如果由這寥寥言語就定奪，未免太可笑。可如今發生了這麼些難以用常理來解釋的事，搖出的籤文會是怎樣，他竟也隱隱生出些好奇來。
動靜響過一陣，運勢吉凶隨著清脆的一聲塵埃落定。
周停棹拿起來端詳片刻，遞給桑如，她接過，只見上頭寫道——因荷而得藕，有杏不需梅。
沒見過的詩，桑如沒看明白，轉頭看了周停棹一眼。
周停棹不動聲色地搖搖頭，向老和尚道：「請師傅解籤。」
窄窄一支木條，寥寥兩句詩詞，能有怎樣的深意？
桑如將簽還給老和尚時不自覺緊張了一下。
年歲在他的臉上形成溝壑，手上形成斑紋，而老和尚卻不似同樣年紀的老者，執籤的手絲毫沒有顫顫巍巍的跡象，只見他垂眸看著籤文，另一隻手則溫吞撚著佛珠，良久開口道：「大吉。」
惴惴的心忽而放下，兩人像是等候宣判一般等著詳解。老和尚抬眼，面上微微笑著，讓人輕易便聯想起背後那尊佛像。

「時移世易，事在人為。機緣純熟，好事將近。」

「你們說，師父剛剛那句話是什麼意思啊？」走出寺廟，譚瑩好似忘了自己也許了願求了籤，倒是回頭琢磨起別人的。

陳怡淳也對著桑週二人絮絮念叨：「好事將近……是不是說你們要結婚了？」

桑如哽住，便聽譚瑩輕敲了她的腦袋說：「什麼結婚，他們現在才高三！」

陳怡淳揉著腦袋埋怨道：「我就這麼一說嘛！而且『好事將近』這個詞不一般都是用在結婚前嘛！」

桑如忽而開口：「妳們就默認我們在一起了？」

「不然呢？」

「沒在一起也該在一起了，看那個師傅還讓你們一起求姻緣呢！」

桑如沉默下來，忽然手被人握住，她順著交握的手看去，便見周停棹十分坦蕩地牽起她，神情自若地看著前方。

餘光瞥見另兩位觀眾已經興奮到捂嘴了，桑如扶額，而後索性舉起他們握在一起的手道：「介紹一下，周停棹，我男朋友。」

周停棹心情頗好地勾唇，朝她倆道：「保密？」

兩人狂點起頭，譚瑩平復下搞到真情侶的心情，說：「不過你們倆，班上該知道的都知道了。」

陳怡淳補充道：「不該知道的也差不多了。」

桑如一愣，「有這麼明顯？」

前線觀眾雙雙點頭。

「不過，這次你們怎麼還是有紅繩！我們就沒有！」陳怡淳噘嘴道。

「人家那是姻緣線。」

剛才他們解完籤，老和尚竟在他們走之前又拿出兩條紅繩來給他們，桑如下意識問多少錢，老和尚卻說：「姻緣線贈有緣人，無需付錢。」

他們互相幫對方戴上，竟真跟原先作為禮物交換的紅繩相仿，冥冥之中好似天意註定。

那兩個熱鬧的觀眾說著向前去了，身旁的人腳步一滯，桑如也跟著停下，問道：「怎麼了？」

周停棹倏忽間俯身到她耳邊：「上上籤，姻緣線……」

桑如不知怎麼耳根一紅，淡定道：「怎樣？」

周停棹忽而又直起身，牽著她往前走，勢在必得一樣說了句——

「我們天造地設。」

四人在到達換乘的公車站時分開，譚瑩和陳怡淳還要去逛街吃飯，桑如則說想回家休息，周停棹自然跟著。

公車繼續緩緩啟動，又過幾站後下車的提示音起，桑如原本靠在周停棹肩上的腦袋忽然抬起，她站起身說：「我們下車吧。」

「不回家？」

桑如樂了，俯身靠近他，「男朋友，不跟我單獨約會嗎？」

這一站下去之後同樣是個小商圈，不過規模沒有譚瑩和陳怡淳去的那處大，講求的小而精緻。

廣場上停著不少車，什麼樣的都有，桑如拉著周停棹的手去往餐廳的路上，忽然就被一輛車攫住視線。

她腳下一停，指著那輛海軍藍的腳踏車說：「那是不是你的車？」

周停棹順著她指的方向看過去，觀察了一會兒，果真有些像是他上回丟的那輛。

桑如走過去仔細查看了一番，斬釘截鐵道：「就是你的。」

周停棹笑問：「怎麼這麼確信？」

「它後座上有連著三道像小貓鬍鬚一樣的刮痕，」桑如摸摸那處，嘟囔道，「我上次坐上去之前擦了好幾遍，記住了。」

周停棹的重點卻在於，「我推來前也擦過，乾淨的。」

桑如一個愣住，含糊道：「以防萬一嘛。」

周停棹依舊盯著她看，桑如立刻轉移話題：「可是它被鎖了，沒辦法帶走……你等我一下！」

人一下子跑出去，周停棹微不可聞地嘆了口氣。見她的背影往馬路對面去，卻也不知道她是去做什麼，只是乖乖在原地等著。

過了好一會兒桑如才回來，周停棹見她跑得氣喘吁吁，手還背在身後，便抬手擦擦她額上的汗道：「做什麼去了？」

只見她微一揚眉，從身後拿出個車鎖來。

周停棹：「嗯？」

「幫他加道鎖，我們用不了他也別想用，」桑如說這話時神采飛揚，旋即又對周停棹說，「給你買輛新的。」

個性顯得睚眥必報，豪言壯語卻又顯出十分的可愛，周停棹心頭一動，道：「包養我？」

桑如卡了一下，「難道我還包養不起嗎？」

口口聲聲說要包養周總的人接過周總買的爆米花，徑直去檢票口排隊。

下午這會兒正是電影院人滿為患的時間，隊伍裡除了他們，多的是小情侶在旁邊放閃。

周停棹站在桑如後頭，聽她嘎吱嘎吱咬著爆米花卻不回頭，於是傾著身子到她側邊去，趁她拿起一顆便飛快把她手上的吃進嘴裡。

桑如都懵了，睜大眼道：「你這麼餓？連我的手指都想吃？」

周停棹下意識看了眼她的指頭，細細的兩根輕輕摩挲著，想起剛才嘴唇碰到的觸感，忽而喉間一緊，他移開視線，冷靜道：「不餓。」

桑如不置可否地笑笑：「哦。」

電影選了一部他們甚至都沒什麼印象的愛情片，桑如選的。

觀影位置在最後一排，桑如挑的。

當時選完後周停棹欲言又止地看著桑如，最後又什麼也沒問，還是她主動挑起話頭道：「真當我們來看電影的？」

周停棹皺了皺眉頭：「不是嗎？」

桑如嘆了口氣：「我們是來談戀愛的，男朋友。」

說看電影不重要，談戀愛才重要的，這會兒盯螢幕倒是盯得仔細。反倒是周停棹，餘光盡數黏在身旁人的側臉上，劇情演了些什麼絲毫沒留意。

不是說要談戀愛嗎？她怎麼這麼老實？

周停棹越想越是不對，心煩意亂地隨手伸進爆米花桶，突然與她的相碰。

他退讓開一些，餘光卻見桑如轉過頭來：「看我。」

周停棹看過去。

「張嘴。」

剛一張口，嘴裡就被喂進一粒爆米花，香甜的氣味就這樣入侵，他沒能來得及反應，唇上一熱，另一股香甜氣也跟著來襲。

桑如輕輕勾下他的脖子，不由分說抬頭跟他接吻，可也就只是這麼幾秒，唇上的觸感便全然撤離，但她的呼吸依舊近在咫尺。

周停棹聽見她含笑道：「一直看我，我比電影好看？」

他整個人都緊繃著：「嗯。」

桑如頓住了，隨後說：「我想對你做的事，現在大概最後一排也藏不住了。」

大螢幕正放映到兩個主角的雨中吻戲，觀眾席隱隱傳來小聲的起鬨，沒有人有閒暇來顧及從側旁過道出去的兩人。

他們穿過幽長而黑暗的廊道，電影放映聲在身後越來越小，桑如牽著周停棹的手不停向前。

電梯是大多數人選擇上下樓層的方式，樓梯間極少有人來。

桑如將犯案地就近選在這裡，她將周停棹壓在牆上，低聲道：「清純的戀愛就談到剛才為止。」

「那現在呢？」周停棹聽之任之，卻又拋出這個問題。

「就像這樣。」

她給出最簡單的答案，手上動作給出詳細解答。

下身觸碰上她的手心，即便隔著褲子也能感受到她的熱度，那溫度一傳過來便使得胯下性器興奮地立起，偏她還不住地揉弄，興奮感瞬間傳遍全身。

她的手鑽進了褲子裡，周停棹出於本能地想攔住她，卻又因為壓抑在心底許久的念頭最後屈服。

桑如感到他的性器在她手心裡脹大著越來越硬，當即靠近他懷裡去，撒嬌一樣道：「你也摸我嘛。」

她的言語乃至整個人都像抹了蜜藥，勾著人一步步向欲望妥協，周停棹抱著她，將手也探到她的下身去。

他看不見任何情狀，卻能感到她的濕潤，她的戰慄，她像貓一樣嬌軟誘人的呻吟。

「摸快一點……」她靠在他肩上，說話呼吸間的濕氣都往他頸上噴灑，得了趣便柔柔地叫喚，「擦到陰蒂了唔……好舒服……」

周停棹喉間越來越緊，他時輕時重地在她陰部揉按，同時開口道：「握緊，別停。」

交頸相擁的兩人彼此安撫，桑如終於在他摁在那顆小豆豆上不停摩擦時顫抖起來，她抖著身子後退，卻被鎖在周停棹懷裡怎麼也逃脫不開。

「要不要再快一點？」周停棹側頭含著她的耳尖問。

「不要不要……嗚嗚要去了……周停棹，周停棹……」

桑如斷斷續續發出喘息，忽而只覺手心被一個用力頂住讓開，接著腿心一燙，他就竟這樣把性器插到她腿間去。

「繼續叫。」周停棹的嗓音已經混入濃重的欲感。

「叫什麼？」

他忽然挺腰動起來：「我的名字。」

硬挺的肉棒微微上翹，一次又一次順著嬌嫩的腿心滑過。周停棹一個用力褪下她的底褲，肉貼著肉，欲望貼著欲望，將堅硬一次次從她最軟的花瓣間蹭過去。

桑如不停叫著他的名字，卻因他百般過門不入而越發難耐，故意抬起屁股要他一不小心進去一些，卻被周停棹發現，屁股上挨了一巴掌。

周停棹憋著濃重的欲，咬牙道：「別把逼對著我。」

穴應聲絞緊，將水滴落在他的性器上，桑如不願停下，接著自己蹭起來：「你不肯進去就算了，一點點都不讓我吃。」

委委屈屈的，周停棹心軟得要命，最後與她同時攀上高潮時抱緊了懷裡人。

她只當他怎麼都不肯，卻不知道他也想著與她融為一體。

發洩過後的聲音還帶著性感，卻又溫柔，桑如洩力靠在他身上，只聽他道：「快長大吧，崽崽。」

第八章　回到現在

久未發洩的身體得到滿足，即使沒有真的插入，去了好幾次也足以讓人爽到，周停棹那方面總還是厲害，因而桑如連這夜的睡眠都變得好了些。

桑如只覺這一覺睡得極沉，到後來明明已經意識到該醒過來，眼睛卻怎麼樣都睜不開，既放鬆又疲憊的感覺好似同時存在，相互衝撞著讓人越來越緊張。

忽而一股陌生而熟悉的窒息感傳來，桑如猛地睜開眼睛，本能地開始呼吸。

大概是鬼壓床了。

這是桑如的第一個念頭，第二個念頭是，幾點了，是不是該去學校了？

她伸手到枕頭旁邊摸索起手機，卻什麼也沒摸著。

不對啊，昨天睡覺前她明明把手機放在枕頭邊了，桑如心想著，微微抬起身子來找，卻因光線實在微弱什麼也看不清。

窗簾隱隱透著一點光，只是一點點，像是半夜的月色，又像是黎明破曉前。

算了，應該還早，桑如索性又躺回去準備再休息一會兒。

然而眼睛剛閉上就又睜開，她終於察覺到事情不對在哪裡——這不是她房間的朝向！

忽然腰間一緊，桑如低呼一聲落入背後人懷中，她下意識開始掙扎，卻聽他說：「是我。」

熟悉的嗓音，帶著初初睡醒的沙啞。

一個念頭浮出腦海，桑如心跳漸起，她掙開一些，循著記憶摸到床邊的開關。

「喀噠」一聲，床頭燈亮起，桑如的眼睛不適地閉上。

適應好光線後再睜開，她回頭一看，果然是周停棹。

他也剛調整好眼睛的狀態望過來，視線甫一觸碰，桑如便感到有什麼在心頭砰地炸開。

他們互相凝視著對方，沒有說任何一句話，卻又似乎能從對方的眼裡讀出千言萬語。倏忽間視線交疊又重合，接著斷開，只留下閉眼後全身心的感知。

他們就這樣默契地纏吻在一起。

像是擱淺許久的魚，遇到點水便開始急切地渴求，桑如覺得自己是那條魚，周停棹也是，他們在沙灘上焦枯、乾涸，遇到對方卻能成為對方的雨露、浪潮。

瀕臨死亡的人總是狂亂，周停棹忽然翻身將她壓在身下，兩人赤裸地疊在一起，都好似要著起火來。

一吻結束了不知多久，上方的壓迫感撤離，桑如只覺腿被分開，旋即腿根被握住，整個身子猝不及防地被拉著滑下去，腿心突然就碰上了火熱的觸感。

周停棹折起她的雙腿，制住膝窩摁在桑如胸前，整個下身全都曝露在他面前。

小穴整個泛著肉欲的紅，睡前被操弄過的痕跡猶在，淫靡的水光讓人分不清是先前留下的還是剛剛才溢出的動情證據。

周停棹看見她咬著手指呻吟，越發硬得厲害，握著性器在她腿間開始摩擦。

這樣的動作使得他能夠看清所有，龜頭從最上端的陰蒂直直蹭到另一個穴口，一路下來卻又繼續原路返回，幾個來回桑如就已經開始嗚咽。

她控訴一樣道：「都回來了你還不進去！」

周停棹不由低笑：「誰說的。」

話音剛落，桑如便感到空虛的穴裡擠進粗大的硬物，那根肉棒破開層層疊疊的媚肉一路挺進，起初還是慢慢進入，等到盡根沒在裡頭，桑如的呻吟也從最初的驚呼變為纏綿的低吟。

周停棹只給了她幾秒的適應時間，緊接著那根肉棒便在體內開始抽動。

桑如清晰感知到他的性器上青筋脈絡，蓬發的力量感大概堆積了許久，就是要在此刻毫無保留地傾注到她體內。

又熱又燙的莖身讓她只覺自己的意識似乎都開始發麻，偏偏腿還被他控制住，桑如雙手攥緊了身下的床單，全身彷彿只能感覺到不斷被貫穿的動作。

周停棹像是失去理智的凶獸，從起初時淺時深的照顧到後來每一次都是徹底地插入，下身控制不住地好似有什麼要傾瀉而出，桑如終於崩潰地喘叫。

「停下來……忍不住了嗚嗚……周停棹停下來，我受不了了……」

誰料他聽了這話反倒越發用力，肉棒次次插到最深處，桑如聽見周停棹的悶哼聲，隨著所有猛烈的衝撞性感得讓人不由徹底打開閥門，她整個人都想蜷縮起來，到最後只能抽動著小屁股噴出一股股的愛液。

她自己都不知道是失禁還是潮吹，像是一場為解壓準備的課程結束，桑如掩面嗚咽起來。

然而雙腿再次被他握住分開，周停棹忽然低頭將她的肉穴含進嘴裡，大口吮吸起她噴出的淫液，快感再度襲來，桑如只覺穴裡沒有噴出來的水也要被他吸了出來。

周停棹唇舌並用，將舌頭也伸進她的小洞裡攪弄，隨著動作不斷發出嘖嘖的聲音。

桑如的嗚咽聲不斷，惡劣的他終於重新俯身上來看一看她，他吻著她的手，移開後又去淺啄她的嘴唇，柔聲道：「哭什麼，嗯？」

越問越讓人委屈，桑如抽噎著：「你煩死了！」

「怎麼煩了？」周停棹說著抬起下身將性器送進她穴裡，「這樣嗎？」

桑如抵著他的肩膀仰頭喘息，「嗯啊……怎麼還來……」

周停棹垂頭含住她的乳頭，「我還沒射。」

軟著穴讓他操弄許久，桑如推他的胸口，「怎麼還沒結束……嗯……」

「妳不是要我進去？這才多久。」周停棹說。

桑如總算知道他憋久了能是什麼樣，那時不知死活撩了他那麼久，他一次也不肯插進去還只當是什麼正人君子，原來都憋在這時候使壞。

她推拒不開，被欲潮打得頭暈眼花，到了後來不自覺便環住他的脖頸，接受來自他的一次次撞擊。

窗外的天光越來越亮，周停棹忽然抱著她站起來走到窗邊，桑如黏在他身上恐被摔下，誰知他竟拉開了窗簾。

桑如嚇得躲進他懷裡，「你幹嘛！」

周停棹的聲音聽起來心情很好，他分出一隻手摸摸她的腦袋，說：「崽崽，帶妳看日出。」

「會有人看見！」

他一笑，「我們在二十三樓。」

桑如這才緩緩側轉過身，看見外頭的光已從起初的冷色添上了層暖調。

周停棹放下她，從後面重新進入，桑如撐著落地窗翹起臀接受來自他的衝撞。

他們忘情地親吻、做愛，他射進她身體裡的那一刻，日頭從雲層後升起，整個世界都迎來一個嶄新的「明天」。

桑如也不知道周停棹到底做了多久，到後來她意識混沌，還能感覺到他在不知饜足地撻伐，好像勢必要把這段時間的隱忍發洩殆盡。

等到她再醒過來，已經又不知時間走到了哪一刻，窗簾又被拉上，透出應當是大亮的天光。

腰間橫亙的手臂連在夢裡都鎖得緊，桑如掙不開，稍一動身子便覺身下隱隱發疼。偏偏周停棹還睡得香，桑如越看他越生氣。

真的是狗吧？不知道節制兩個字怎麼寫嗎！

她心念一動，慢慢側轉過身，望見周停棹分明的下頷線。

他總是看起來冷硬，做事也是，卻常常對她露出幾分柔和……剛才那一番磨折除外。而今睡顏在側，桑如看了這麼一會兒，忽然那點氣悶好像就一點點消散了。

美色誤人原來對她也能生效，桑如不自覺就抬起手，從他的下巴一點點滑到頰上。

他的皮膚怎麼這麼好？

桑如沒忍住多摸了幾下，忽而腰間一緊，方才還一動不動任她調戲的睡美人就這麼睜開眼，開口時聲音還帶著低啞的性感：「做什麼？」

「沒什麼。」桑如光明正大耍流氓一樣又摸了一把，坦然道，「好摸。」

周停棹半睜著眼聽她這樣講，沒有作出任何辯駁，只突然牛頭不對馬嘴地說了句：「嗓子都叫啞了。」

桑如一下臉上一紅，不痛不癢掐了他一記，「誰害的？」

周停棹不見愧怍地笑笑，靠近著將她攬進懷裡，「我的錯。」

算他認錯快，桑如往他胸膛上靠，忽覺下身覆上一隻大掌……果然沒安好心！

桑如推他，咬牙道：「手，幹嘛呢？」

「好摸。」

同樣的話被還回來，桑如頓覺心頭窒悶。周停棹怕不是因為沒了身分的阻撓，就開始肆無忌憚。

桑如拽他的手，「真的不要了，疼。」

這才覺他的動作一頓，然後繼續緩緩揉捏，周停棹在她髮頂落下一吻，哄道：「揉一揉就不疼了。」

滿口鬼話。

但這鬼話也有說對的一天，寬大的手掌在穴上輕攏慢揉，果真恪守著規矩沒有往裡去，按著按著疼意便也不見，舒服的體感蔓延全身。

周停棹察覺她往自己懷裡越鑽越近，整張臉都埋在他的胸口，露出來的耳尖卻紅紅，胸膛跟著笑意震顫幾下，他低頭道：「舒服了？」

她聲音悶悶的：「沒有。」

嘴上總是硬的，周停棹怎麼可能當真，他並著指頭在她穴口輕輕拍了兩下說：「想要也不行，再進去妳這裡真要壞了。」

剛說完胸口便一麻，懷裡這人一被激怒就顯出利爪，張口咬了他的乳頭，沒怎麼用力，還用牙齒廝磨起來。

一陣濡濕的觸感，又癢又麻，周停棹悶哼道：「這是嫌我沒照顧到這裡了？」

後背重新回到床單上，周停棹忽然將她壓回身下，低頭就張口含住她的乳頭。

硬硬的肉粒在口中接受舌尖的撩撥，另一邊也被周停棹握在手心揉弄，他的頭髮垂下來一些，刺得人胸口發癢，桑如抱著他的腦袋不自覺挺起胸，好似主動將乳頭餵進他嘴裡。

飽滿的乳肉從唇邊、指縫溢出，周停棹索性一下含住更多，用著力氣將它嗦進口中。

桑如輕呼：「別吸了……嗯啊……」

然而他充耳不聞，絲毫沒有停下的跡象，一大股吸力像是要吞噬她整個人。

神思迷離的間隙，胸口忽然一鬆，還當他要停下，誰知另一邊乳頭也得了同樣待遇。

豔情周而復始，被突兀響起的電話音打破。聲音來自周停棹的那側，兩人鬧了這麼久，而今連睡的位置也換了過來。

「停一下。」桑如推他，氣喘吁吁道，「我的電話。」

周停棹正忙著，含糊道：「再說。」

「快接！」

電話歇了一輪，又響一輪，周停棹側身回去把手機拿來，桑如立刻抓緊機會躲進被子裡把自己裹緊。

周停棹忍不住發笑：「手也藏裡面，怎麼接電話？」

「誰打的？」桑如戒備道。

周停棹看了一眼，說：「曆晨霏。」

現在要是出去，指不定還要被他怎麼弄，桑如謹慎得很：「接，開擴音。」

周停棹無奈勾唇，如她說的做了。

剛一接起就聽見曆晨霏一聲怒吼：「妳人呢！」

桑如被這中氣十足的質問砸懵了，磕絆道：「怎麼了？」

「說好今天試婚紗的，我人都在婚紗店裡了，楊帆也在，妳躲哪去了！」

他們要結婚了？之前沒聽說啊……

桑如問出了心裡的困惑，電話對面頓時沉默下來。

幾秒後，那道中氣十足的聲音再次響起——

「是妳！妳要結婚！趕緊帶上妳老公給我滾到婚紗店來！」

桑如倏忽睜大眼睛，瞥見周停棹拿手機的手也一抖，他們對視一眼，桑如小心翼翼道：「再問一個問題，我……老公，是誰啊？」

電話那頭再次沉默，半晌她說：「妳傻了吧？妳老公還能是誰？」

頂著周停棹要吃人一樣的眼神，桑如咽了下口水：「誰啊……」

緊接著整個房間都迴響著曆晨霏崩潰的聲音：「周停棹啊！」

電話那頭發出最後通牒，隨後電話掛斷，一切熱鬧的動靜戛然而止，只剩淺淡的呼吸聲微微交錯。

如果說穿越回十年前這件事已經足夠匪夷所思，那麼比之更令人難以置信的消息，只能是一覺醒來回到現世世界，就突然發現自己和前炮友現男友一夕之間竟成了未婚夫妻。

連續劇也莫過於此了吧？

中間又都發生了什麼？

桑如呆望著周停棹，卻見另一個主人公也同樣在盯著自己。

原本聽見她要結婚時，桑如自己就已經驚愕得無法思考，第一反應看向他，周停棹的神情凝重得好像要把她吃了。

而今得知所謂的「老公」就是他自己，他緊蹙的眉頭鬆開，頓時也成了同她一樣訝然的表情，隨後神色越發複雜起來，像是困惑，又像是……高興？

桑如動動嘴唇，正欲開口說什麼，腦中一陣刺痛感突然襲來，她抬手扶著腦袋，眼前忽然一片暈眩，朦朧間看見周停棹也同樣不適地扶額。

更猛烈的痛意來襲，桑如下意識咬住唇，沒能抑制住輕微的呼痛聲從口中溢出。

倏忽眼前一暗，是周停棹靠近過來。

他似乎也極度不舒服，眉間皺出極深的溝壑，卻還抬手來按揉她的腦袋，啞聲問：「是不是也開始頭疼了？」

「嗯……」

桑如聲音細弱地答了一聲，而後再說不出話，因為有什麼正一陣接一陣地浮現腦海。

她看見無數零碎的畫面，它們各自散亂著，暫時還無法聯結，像是記憶卡正在讀取，卻跑出了一串排列錯亂的資訊。

細密的痛感在腦中蔓延，桑如下意識想要停止這些資訊的入侵，卻發現好像根本無法止住。它們像是天生應當與自己一體，疼痛於起初進入時尤甚，一旦進入潛意識中便好似與之融合，漸漸安分下來。

桑如無措地單向接收著這些資訊，等到發覺疼痛感慢慢消失，額頭上已經沁出了汗液。大腦似乎自主處理起輸入的資訊，桑如逐步冷靜下來，卻渾身都開始發麻。

這些入侵進腦海的，那些碎片式的畫面自顧拼湊，合成出的片段都是她原本從未經歷過的記憶。

一時間還無法全然接收所有，但大腦向她傳遞過來的一個最重要的資訊就是——她跟周停棹至今，戀愛十年。

這過於令人難以消化，桑如一時啞然，心臟在胸腔裡劇烈跳動著，她抬眼望向那個在全新記憶裡侵占了大部分的人，卻見他也在同樣凝視著自己，眼底像是潛藏了一場風暴。

周停棹的胸膛也在劇烈起伏著，想來應該與自己一樣，桑如終於開口問道：「你也……有那些記憶了？」

「嗯。」他聲音沉沉，聽不出情緒。

桑如一時不知道說什麼好，舔了舔乾澀的嘴唇，「我們回去了一趟，就產生了蝴蝶效應嗎？」

周停棹眼神像是黏在了她身上，寸步不離：「目前看來是。」

這也太快了，桑如做好了跟他戀愛的準備，卻沒有人提前知會她要連結婚的準備一起做好！

桑如沉默著，默默翻閱起腦海裡那些新的畫面。

「妳不高興？」她回想著那些片段，忽而聽見周停棹這樣說。

「沒有。」桑如頓住幾秒，「只是你不覺得太快了嗎？」

周停棹微挑起眉，與他往常戲謔似的不同，這回似乎帶著點微妙的不開心。

桑如補充道：「我是說，我們一睡醒就要結婚，可嚴格來說，我們才戀愛了一天。」

周停棹凝著她看了半晌，忽而道：「嚴格來說，我們是在十年前相愛的。」

桑如……

要這麼說也沒什麼不對，他們的戀愛關係確實是在十年前，還是由她自己定下的。

桑如察覺自己被他繞了進去，便又聽周停棹說：「我們高三開始戀愛，第一次擁抱、接吻，大學也在同一所學校，第一次做愛……」

「停！」聽到這裡桑如立刻打斷他，嘟囔道，「誰要你複述了！」

周停棹忽然把她抱進懷裡，輕聲說：「我們穿越時間才換來這麼一個機會，妳別說不想嫁給我。」

「我……」

「我們可以談一生的戀愛，但我想娶妳，沒有什麼時間比『現在』更適合了。」

赤裸裸的告白，桑如臉上一熱，半晌推了推他，說：「那還不快起來，他們還在等我去試婚紗。」

婚紗店有點眼熟，周停棹想起來，往常開車上班時總會經過，只是沒想過有一天當真能帶著她來到這裡。

她進了裡間去試婚紗，店員也拿了西裝過來讓他換上。

時間的齒輪旋轉，一切奇妙顯出美好的虛幻。

原以為從心動伊始的少年時期與她相戀，就已經是命運垂青，誰料蝴蝶震顫翅膀只一點細微的幅度，他們的命運軌跡便從此重合。

大約猛烈的狂喜總伴隨陣痛，當那些本不屬於他的記憶通通湧來，由內蔓延開來的痛感比先前回到過去接收記憶時更甚數倍。

但總是愉悅的。

愛要他終成為享受疼痛的怪人。

周停棹換上一身黑白西裝，跟曆晨霏和楊帆一同在外頭等桑如出來。

無意間的時光回溯撮合兩對情人，曆晨霏等著等著，自己也忍不住挑起婚紗來，楊帆在旁邊亦步亦趨地跟，隨時接受愛人的詢問。

他們的談話聲不斷，屋外也喧囂，周停棹卻覺時光像是靜止了。

青蔥的高中年代結束在半天之前，他們這幾個人就好像上一秒還在埋頭奮筆疾書，下一秒就走到了論及婚嫁的一步。

桑如覺得快了些，他又何嘗不明白。只是情難自抑，想與她擁有更親密的關係早就成了深入骨髓的願望，哪有把機會拱手相拒的道理。

他的靈魂原本親歷的一切，是漫長的追隨，孤獨的守望，潰爛的渴求。而當時間線被改變，最初湧入腦海的記憶就好像是另一個自己的人生，與他本身無關。

然而時間流逝，新的記憶似乎更深地刻進了腦海中，第三人稱的視角慢慢偏移，漸漸成為自己眼前的一切。

中間的另一個十年放緩速度，就好像他的靈魂擁有了分支，那道延伸出去的枝蔓上，他在最初的愛慕裡就得到她的回首，結出正果。

試衣間的門簾緩緩打開，他的公主披上白紗從夢中走出。

他聽見旁人的吹捧，誇她漂亮，誇她美豔，那些聲音在耳邊盤結交錯，成為空空洞洞的雜音。

所有的場景都在退卻，他只能看見她，聽見她。

桑如嘴角彎起來總是好看，她歪歪腦袋望過來，透過時間的罅隙俯瞰他的靈魂。

「好看嗎？」她提起裙襬問。

「好看。」周停棹答。

眉頭俏生生皺一下，她的表情也可愛極了，桑如說：「那你怎麼不過來？」

意識上繳以供驅策，讓人甘做她的僕從。

周停棹走過去，左手背在身後，以紳士的禮節向她伸出右手掌心，小公主配合極了，抬起下巴倨傲似地將手搭在他手上。

周停棹牽著她走到鏡子面前，映出的畫面裡長裙曳地，領口齊肩，禮服與她的美嚴絲合縫。

桑如與他這麼站著，忽而開口道：「你也很好看。」

「謝謝。」

店員在一旁捂嘴笑，似是沒見過這麼講禮貌的情侶，她發揮著職業素養極力誇讚，強調著這件婚紗是如何如何的手工精製，桑如沒聽得進去，只聽到一句「跟您先生真的很配」。

桑如看向她的「先生」，周停棹從鏡子裡回望，視線纏結，要為先前那句「天造地設」作出映證。

婚紗的白太過純淨，桑如稍俯下身看裙襬上的點綴，隱隱紅痕便從胸口透出來。

周停棹握緊她的手，「站好。」

桑如不知所以然道：「怎麼了？」

周停棹凝著她，過了幾秒靠近過去，將她的領口整理好，說：「是我的錯。」

桑如順著他的動作垂眸，這才發覺有什麼不妥，不輕不重地打開他的手，小公主惱紅了臉，嗔道：「屬狗的。」

禮服就這樣定下，周總二話不說付了錢。

桑如看著他道：「不是要我包養你嗎？」

周停棹沉默片刻，開口道：「薪水上繳，還是妳的，一樣。」

桑如笑起來：「你以前怎麼好像沒有這麼會說好話，總是在氣我。」

關係一開始就定位錯亂，非得在愛意之上添加不在意似的偽裝，因此做出了一些違心舉動，讓接收這些的人理解也產生偏差。

周停棹牽起她的手說：「以後不會了。」

曆晨霏和楊帆另有安排，與他們在店門口分別，臨走前曆晨霏以很是老母親的口吻再次好好囑託了一番。

桑如坐回周停棹的車上，一時竟不知道該把目的地定在哪裡。

周停棹似乎也是，安全帶繫上後動作一滯，直到桑如問出聲：「我們要去哪？」

他們各自思忖，忽而同時開口：「學校？」

學校自然指的是高中，一切重來的起始點。

門衛得知他們新婚在即，便心軟讓他們進去重遊故地。

正值週末，平日裡熱鬧的校園空寂下來，兩人一路邊走邊看，許多地方幾乎都已翻新過，隱約還能認出原本的樣貌。

迎面走來兩個學生模樣的面孔，見著他們便投來好奇的視線，望見兩人牽在一起的手時，更是雙雙不自然地轉過臉去。

桑如看得開心，對他說：「你看學校年年在這裡，人卻年年都不同。」

沒等周停棹說什麼，桑如又道：「不對，或許也沒什麼不同。」

「嗯？」周停棹側頭看她，牽著她繞過一道路障。

「高中的時候無非聽不完的課堂，寫不完的作業，」桑如說著頓住，瞥他一眼才道，「追不上的人。」

周停棹良久沒說話，半晌道：「現在追上了。」

談話間行至熟悉的大樓，原本的鐵門已經不在，教學大樓以更年輕的姿態出現在他們面前。

想起那夜的混亂，桑如不由地笑出聲：「那時候要是知道你是你……」

周停棹明白她說的是什麼時候，說：「怎麼？」

「你爬上樓的時候，我一定笑得更大聲。」

周停棹默然，而後也同樣忍俊不禁了。

他們爬上三樓，日頭溫和，柔柔地把人籠住，目力所及是靜謐的校園，是澎湃的生機。

太過安靜而美好，兩人誰也沒說話，直到周停棹想到什麼，忽而開口說：「我們現在，擁有了兩個十年。」

桑如轉頭看他，他回望過來，繼續道：「是我賺了。」

「這就滿足了嗎？」桑如笑著仰頭吻他，輕輕柔柔的，好似那只振動翅膀的蝶。

她說：「我們還會有許多個十年。」

「是承諾嗎？」周停棹問。

桑如眨眨眼，「是約定。」

周停棹笑起來，「好。」
約定待來日兌現，眼下一切兜兜轉轉，回到該齊頭並進的正軌。
兩人站在青春裡，想起那時香火繚繞，有人對他們說：
機緣純熟，好事將近。

——《熟人作案》完

番外一　十年另起

週一這天，周停棹破天荒地遲到了。

念在初犯，英語老師口頭說了他幾句，便放他回了座位。早自習聲朗朗，周停棹這才覺得回歸到了現實。

他好像做了一個很長的夢，夢裡他走到了很久之後，學業順利，事業同樣一路高升，只是卻不見她的蹤影。

後來是遇見她的，不過已經過了漫長的年歲。他們重新認識，他要的明明是她的心，卻以肉欲之歡產生牽連，越發沉悶的性格和同樣驕傲的姿態，教他與她開啟一場你來我往的拉鋸。

而後夢境陡然一轉，他回到了現在。

周停棹醒來，那些場景過於真實，就好像冥冥之中有什麼聲音在說：要抓住，要抓住。

身旁的座位空著，桑如也遲到了。

沒記錯的話，就在前夜，她成了他的女朋友。

女朋友姍姍來遲，周停棹不知怎麼，就好像第一次以這個身分跟她見面，帶著幾分自己也說不出的緊張，佯裝鎮定問：「今天怎麼遲到了？」

桑如分來個餘光，淡淡說：「沒事。」

周停棹微頓，「嗯」了一聲。

一連幾天，桑如的態度都格外冷淡，要麼對他視而不見，要麼以極其簡凝的短句同他你問我答，如果不是兩根紅繩還在手上圈著，前座的同學總時不時向他們投來曖昧的視線，周停棹真要以為她那句「以女朋友的身分」，不過是他的臆想。

老鄭在班上宣布了運動會即將開始的消息，作為班長的周停棹報了好幾個項目。楊帆負責這次報名事項，於是曆晨霏忽悠著桑如也報了一個男女四百公尺混合接力。

兩人在接力賽的練習場地上遇見，桑如第一棒，周停棹第二棒。

天氣預報說，今日微風，是個晴天。

周停棹站在一百公尺外的地方，背對著自己的身影看起來挺拔清雋，風鑽進他的衣襬，衣角輕輕揚起來，透著從未發覺過的他的少年氣。

天氣確實很好，桑如被陽光晃了眼，再次發覺自己頭腦有些不清醒。

一覺醒來被自己前些日子做出的大膽舉動驚到，桑如不知道自己是抽了什麼瘋，放著好好的學習不搞，去搞男同學，還是之前最看不順眼的那個，甚至還成了男女朋友。

簡直匪夷所思。

她拍拍自己的臉，好讓自己清醒一些。

老師一聲令下，桑如飛快跑起來，呼呼的風聲從耳邊過，她與周停棹之間的距離一點點開始縮小。

就要到交接棒區，周停棹回過頭來，側臉輪廓棱角凌厲，他向後伸出手，作出預備動作，隨後也跑起來。

桑如跟在後頭追，雖說周停棹應該控制了速度，但她依舊覺得追得吃力，握著接力棒的手心似乎微微滲出了汗。

只差一點點……

一聲響亮的口哨聲響，體育老師讓他們停下，對在旁邊觀摩的第三、四棒說：「看好了，這就是錯誤示範。」

「周停棹，你跑那麼快幹嘛？後面是炸彈在追你嗎？」

周停棹坦然看著老師：「不是。」

「還有妳桑如，距離沒夠就想把接力棒送出去，真是炸彈啊？」

「……不是。」

「行了，你們四個兩兩站好，先練接力棒怎麼遞、怎麼接。」

兩人一前一後地站著，按照體育老師的吩咐做好擺臂、跑步姿勢，來回練了一會兒。

桑如跑得有點麻木，機械式遞出去的一刻，手背忽然感受到一股熱度，她下意識抽回手，清亮的一聲，接力棒一個不穩掉在地上。

桑如站在原地，看它滾到前頭那人的腳邊。

體育老師會遲到，但從不缺席，他走過來開始毒舌：「這棍子是有多燙手，你們一個也接不住。」

哪裡是棍子燙手，是他的手太燙了。

桑如看了眼地上那根不慎摔落的接力棒，它安靜待在那兒，直到很快被人撿起。

那只手骨節分明，手背指骨上的青筋脈絡清晰。桑如視線順著上移，看見周停棹微垂著眸看手上的接力棒，開口道：「對不起老師，是我沒抓穩。」

桑如忽然有些愧疚，明明是她先鬆開的……

日頭逐漸大起來，老師去旁邊的辦公室喝口水，讓他們自己各自找個涼快的地方休息一會兒再繼續練。

器材室的拐角處有一片樹蔭，足夠他們跑一小段。

桑如靠牆站著吹風，單獨相處越發莫名緊張。

周停棹靜默站了一會兒，忽然不知去了哪裡，再回來時手上拿了兩瓶水。他一言不發，遞了一瓶給她。

桑如接過，說了句「謝謝」。

這是她名義上的男朋友，現在的關係卻好像降至冰點，連普通同學也不如，甚至作為搭檔上課到現在，說的話加在一起總共還不超五句。

就這樣誰也沒說話地待了一會兒，桑如聽見周停棹說：「練嗎？」

「練。」

重複的動作簡單而枯燥，桑如手酸腿也酸，越是往後越覺得好像追不上他，又像起初第一次那樣。

剛開始她還以為是自己累了跑不動，可來回幾次都是如此，桑如發現的確是周停棹默不作聲提了速，使壞一樣不讓她趕上。

她停下：「你慢一點。」

周停棹回頭深深看她一眼：「怎麼了？」

桑如不知怎麼有點心虛：「你跑太快了，來不及把它給你。」

周停棹沒什麼表情，半晌道：「知道了。」

經過交涉，他的速度是降下來了，但要讓她順利把接力棒傳過去，還是總差那麼一點點。

桑如停下，屈身撐著膝頭喘息，抬頭望見周停棹神色自若，一股火氣從心起，桑如語氣肯定道：「你故意的。」

周停棹只看著她，卻不說話。

桑如當他默認，原本還存著的愧疚感頓消，板著聲音說：「無聊。」

說完轉頭就走，卻聽見他忽而開口：「桑如。」

她站住，沒回頭。

「怎麼追也追不上的感覺怎麼樣？」周停棹說。

聲音不帶一點起伏，好像只是一場心血來潮的尋常報復。

桑如不可思議地回頭，看見他的眼裡深沉又帶著凌厲。

這樣的周停棹是竟然有些讓人害怕的，桑如說：「不怎麼樣。」

他緊繃的唇線忽而一鬆，周停棹微微一笑，說：「再試試吧，最後一次。」

被他的「最後一次」蠱惑，桑如重新回到了出發點，按照之前練習的步驟開始。

擺臂、奔跑、衝刺、減速……

桑如伸出手，接力棒的延長線上，周停棹的手正等待與她匯合。

他手心的紋路也好清晰，桑如訝於自己竟還有時間分心去看這些，等回過神來，接力棒的另一頭已經被他握住。

桑如沒能來得及鬆手，一股極大的力道從那頭傳來，她一個踉蹌，就這麼被拽進了他懷裡。

鼻尖撞到他胸膛上，酸疼得人眼淚都快流出來，桑如頭暈眼花地往後退，腰卻被環緊。

她有些惱地說了句：「你幹嘛？」

那雙手不知哪裡來的力氣，把她圈得死緊，而後聽見周停棹咬牙道：「我是不是很好欺負？」

桑如推他，「誰欺負你了？」

「妳。」

剛剛使壞讓人一直追在後面跑的是誰？

桑如氣笑：「我怎麼欺負你了？」

周停棹的語氣方才還是冷冰冰，現在就好像被拋棄在街頭的狗狗：「妳不理我，四天。」

氣焰一下被澆滅，桑如說不出話，畢竟確實是她心裡覺得奇怪，便有意躲開。

「怎麼不說話？」

「說什麼？」

周停棹被她噎了回去，良久才一字一句強調：「妳是我的女朋友。」見桑如還是一句話也不說，周停棹氣得頭腦發昏，卻又不捨得對她做什麼，咬著牙道：「妳後悔了？」

平時看起來總是高冷的人，眼下威脅人竟都聽起來有些可憐。

桑如囁嚅道：「沒有……」

懷抱倏然鬆開，周停棹垂頭看她：「那妳為什麼不理我？」

桑如不自在地移開目光：「我……還沒習慣。」

從上方投下的目光過於灼人，桑如只覺自己被釘牢在他的視線範圍內，一寸也挪不開。

那道氣息猝不及防地靠近，緊接著桑如才發覺嘴唇碰上了什麼軟軟的觸感。桑如頓時下意識地推開了他，周停棹順從地退開一些。

接吻原來是這樣的感覺……

記憶裡她的大膽突破了她所能想到的最大限度，與周停棹的親吻更是不只一次，但那些感覺都好像朦朦朧朧，而今這一次，卻比任何一次都真切。

潛意識裡莫名總有一個念頭，要抓住他，可眼下思緒揉成一團亂麻，桑如聽見周停棹不容分說道：「要習慣。」

她抬頭看見他認真的神情，說：「要是習慣不了呢？」

他蹙著眉，像是思考了一會兒，說：「那就每天都幫妳習慣一次。」

桑如無語。

她總是讓人束手無策，這回卻臉紅得要命，眼前的女孩兒無奈捂起臉，躲在掌心後緩緩點了點頭。

周停棹滿心只覺得，他的女朋友好可愛。

也不知道是她哄好了他，還是周停棹自己把自己哄好了，任哪個老師也想不到，高居年級榜前兩位的資優生居然就在他們眼皮子底下開始悄悄談起戀愛。

在此之前學習一直是桑如的第一位，雖然中途不知道怎麼回事被周停棹擠了些位置，但大考在即，學習面前，周停棹依舊屈居第二。

兩人約法三章。

第一學習優先，這一點誰都沒異議；第二，最多可以親親，不能做別的，說這個時桑如臉有點紅，周停棹臉也有點紅，也都應了；第三，天高路遠，他們要考進同一所大學。

兩年後。

大二的課程很滿，到了週末也不讓人好過，桑如把要完成的作業寫完，外頭天已經暗了。電腦還沒關，這時候跳出曆晨霏的訊息。還有半個月不到就是桑如的生日，她問她打算怎麼過，畢竟到了十八歲，重要的成年關頭。

桑如實在沒什麼想法，便回：「簡單一點，隨便過吧。」

「要我去找妳嗎？」

桑如剛看到這條訊息，字還沒打兩個，緊接著就有接連幾條訊息跳出來：「等等，會不會影響妳跟那個誰的兩人世界啊？」

「算了算了，你們兩個自己過吧，我再另外找個時間過去。」

桑如無語：「我天天對著他，不是兩人世界才難，妳來沒差啦。」

「妳知道我說的是哪種兩人世界嗎？」

「……」

「不是吧，你們還沒那個？」曆晨霏回。

「呃……」

曆晨霏下了結論：「ＯＫ，那我更不用去了，祝你們性福。」

桑如也不是沒想過跟他坦誠相見這件事，不過也就僅限於想想。她住不慣集體宿舍，從大一開始周停棹就陪她住在學校附近的社區裡，一人一間臥室，幾乎沒什麼僭越，偶有邊緣行為時，周停棹也往往能及時剎住。

桑如對性事沒什麼偏好，卻因他的頻頻退避，反倒對這事兒上了心。周停棹給過她理由，她還小，未成年的時候不要做這些。而今成年就在眼前，曆晨霏提起這茬，桑如順著聯想起些什麼，臉上頓時燒得慌，卻不免有所期待起來。

對面這時發了條連結過來，曆晨霏說：「參考資料，給妳好好學習！」

桑如不知所以然地點開，尺度爆表的彈出式廣告最先出來，她瞬間明白了所謂的參考資料究竟是些什麼。

有一場經濟學論壇交流大會在隔壁市召開，周停棹昨天就跟他的老師去了，現下整間屋子裡就她一個人。

潘朵拉的魔盒在誘人打開，桑如猶豫一下還是點了進去，選了個封面不那麼大尺度的開始播放。

一開始還算正常，正常到桑如簡直懷疑是不是看錯了影片。男女演員是情侶，男生到女生家裡做客，甚至一起下廚做了菜，鏡頭還在他們吃飯時停留了許久，然而什麼也沒發生。

桑如再次懷疑是不是連結有誤，索性往後拉了點進度條。網速很一般，載入符號卡在原地轉圈，半晌也沒翻出來點什麼。

原本的期待值大打折扣，桑如靠在椅子上開始百無聊賴地玩手機。遊戲玩了好幾輪，這時一個視訊通話突然打了進來。

桑如接起，看見螢幕裡的人西裝革履，精英氣質簡直要通過螢幕傳過來。她承認眼睛有點饞了，清清嗓子問：「結束了？」

周停棹鬆鬆領帶，「嗯，剛回飯店。」

他的五官線條本就鮮明，大學兩年間更是長得越發凌厲起來，而今配上成熟的西裝，更顯成熟男人的沉穩持重。

「這身，很好看誒。」

成熟男人微微笑起來，「是嗎？回去穿給妳看。」

桑如毫不推辭，同他安靜對視了會兒，說：「想不想我？」

「嗯。」

「嗯是什麼？」

周停棹輕聲嘆了口氣，表情無奈而縱容：「就是才一天不見，我就已經想回到妳身邊了。」

昔日看了就討厭的人，現在一天不見就想得要命，桑如心知對曆晨霏說的話有假，跟他在一起的兩人世界，怎麼過都是開心。

她癟癟嘴，「今晚回不來嗎？」

「嗯，明天還要跟導師拜訪一位前輩。」

「好吧……」

周停棹見她絲毫不掩藏的一臉失落，頓覺自己像是做錯了什麼事，哄她的話還沒出口，忽然聽見對面傳來一些奇怪的聲響。

眼見著桑如的臉色陡然一變，顯出驚慌失措，鏡頭開始搖晃起來，她似乎手忙腳亂地在做什麼。

周停棹急急問：「怎麼了？」

桑如沒顧得上答話，手機啪地一下似是被放在了桌上，接著有什麼聲音更清晰地傳過來。是一陣激烈的喘息和做愛聲，夾雜著其他語言。

周停棹一愣，而後神色複雜地笑起來。

等到那聲音終於不見，手機重新被人拿起，桑如臉紅紅的，卻還鎮定地對他說：「沒事了。」

周停棹似笑非笑：「崽崽，看什麼呢？」

「……沒什麼。」

「我是不是打擾妳了？」

「沒有！」桑如聲音提高，反駁道，「我還沒看到什麼呢，家裡網路好卡。」

周停棹若有所思地「哦」了一聲，說：「等我回去換個快的。」

桑如哽住，惱得耳後根都在熱，「你是為了自己看這些東西吧。」

「我不看這些。」

桑如不可置信地睜大眼：「男生不都喜歡看嗎？」

周停棹坦誠：「看過一點，不喜歡。」

桑如沒來得及嗆他，又聽他道：「沒有妳好看。」

「……你拿我跟這個比！」

「不是。」周停棹說，「準確來說，是在性衝動方面，只有妳能讓我興奮。」

臉上的熱度是徹底褪不下了，桑如小聲嘟囔了句：「說什麼呢……」

周停棹將她的反應盡收眼底，又說：「比如剛剛知道妳在看什麼的時候，它就站起來了。」

桑如徹底呆住，忽然把頭偏到一旁去，周停棹聽見畫外音微微發著顫：「你別說這些。」

「好。」周停棹哄她，「不說了，回來讓我看看。」

桑如又冷靜了一下才回到畫面裡，看見螢幕小框裡的自己臉色無比紅潤，偏周停棹還是一臉神色自若的，頓覺不能就這麼被他壓制。

她瞥一眼電腦螢幕，舔舔嘴唇說：「看到插進去了。」

電腦畫面被暫停在性器插入穴裡的一瞬間，桑如收回視線，下身竟不覺有些發癢。

周停棹愣了一下：「嗯？」

桑如說：「原來它插到裡面去是這樣啊。」

周停棹聽她用好學的語氣說著這些，幾乎一下就硬了，啞聲道：「說什麼呢寶寶。」

畫面裡她湊近了些，顯出那麼點不自然的彆扭，神情卻又含著委屈，桑如問：「我們什麼時候做呀？」

她不常求歡，跟從前到處撩撥他的時候相比更顯清心寡欲，而今忽然這樣跟他說話，周停棹一時有些訝異和……興奮。

他咬了咬牙說：「現在。」

「現在？」桑如陡然睜大了眼，「你現在就能回來嗎？」

「不是。」周停棹笑起來，「影片還在嗎？」

「暫停了。」

「繼續放。」

桑如越發臉紅，「我不想看了！」

「就繼續十秒。」不在她面前，周停棹說話也大膽起來，「看看別人是怎麼做的。」

她猶豫了一會兒，旋即慢吞吞地點了一下按鍵，畫面重新開始播放。

猛烈的「啪啪」聲不絕於耳，桑如起初還看著周停棹，直到他要她看一眼那個影片，她才抬眼望去。聲音是從這裡發出來的，桑如直勾勾地盯著眼前的場景，漸漸口乾舌燥起來。

手機裡傳出他的聲音：「十秒到了。」

桑如反應過來，再次按了暫停。

「好看嗎？」

桑如咽了下口水，「一般。」

周停棹不知什麼時候把外套脫了，只剩裡頭的白襯衫和領帶，他說：「剛剛看到的，寶寶可以描述給我聽嗎？」

桑如心底小小掙扎一番，心知他要逗弄她，轉念一想，又覺得誰逗誰還不一定，於是開口道：「他的……陰莖一直在往女孩子的身體裡戳，小穴被撐開了……可是他的那個，沒有你的大。」

周停棹作繭自縛：「是嗎？」

桑如「嗯」了一聲，隨後似是把腿抬起了一些，低頭像是在看什麼。

「我的……看不清楚，好像還要小一點。」

被她的話點著，周停棹起了火，說：「嗯，妳那裡很小，要磨很久才會張開能把龜頭吃進去的小洞。」

桑如原本占了上風，而今他接招，頓時那股勁兒上來，她抬起腿放到椅子兩邊的扶手上，掀開了家居服的裙襬。

她拿著手機挪到下面，將內褲撩到一邊，鏡頭對著兩腿間的幽谷，聲音濕濕的：「真的嗎？我看不清，你幫我再看一看……」

周停棹呼吸一滯，看見那處粉嫩正一下一下收縮著，軟肉被內褲邊和她的手擠壓到一起，肉欲從螢幕上洶湧而出。

見他臉上忽而也有些薄紅，桑如故意把腿更張開些調整著位置，問道：「看見了嗎？」

「嗯。」周停棹說，「看起來很餓。」

鏡頭一轉，畫面從那處隱祕的嫩紅，變回惦記了一天的那人。

「不給你看了。」

周停棹起身走動，才覺緊繃的感覺下去一些，他倒了杯水，邊問她：「怎麼了？」

「累了。」桑如走動幾步，趴到了床上去，下巴抵在手臂上，無厘頭說了句，「我要成年了，周停棹。」

「嗯，九月十九，記得的。」

「我成年了。」她重複一遍。

周停棹一根筋沒轉過來：「想要什麼禮物？」

桑如悶悶看了他兩眼，忽而將手機找了個地方靠住。

周停棹沒等來她的答案，卻見她跪著直起身子，手在衣襬裡動作幾下，旋即黑色布料從眼前一閃而過。

「崽崽，要做什麼？」

桑如脫了內褲，像剛才那樣坐好，向鏡頭張開腿。

「我成年了，」她撥開那兩片嫩肉，露出裡頭幽深的祕口，又羞又惱地說，「那時候你就可以進來了。」

周停棹握著杯子的手一下死緊，原本都打消了那個念頭，隨著她這樣的動作言語卻又重新開始燃燒。

「怎麼進去？」周停棹啞著嗓子，「像寶寶剛剛看見的那樣，整根都插到裡面嗎？」

「嗯……」

她的應答似承認又似呻吟，嬌得要滴出水。

「你不在的時候，其實我悄悄摸過的。」

周停棹額上青筋直跳，「怎麼摸的？」

話音剛落，那根纖細漂亮的手指便沿著穴口上下摩擦起來，速度極慢，撩撥得人心癢難耐。她時不時屈起手指，悄悄刮撓自己，開口道：「像你摸我的時候那樣。」

半闔的眼睛睜開，桑如臉上滿是紅暈，眼神又嬌又傲，小公主抓住窺視的人：「別以為我不知道，我那次喝醉了酒，你幫我洗澡的時候，也這麼摸我了。」

周停棹頓時不自然地移開視線，耳朵升起一抹紅。

那次她跟朋友出去聚餐沒帶上他，周停棹去把人接回來時她已經醉得不省人事。怕她就這麼直接睡不舒服，於是去浴室準備幫她簡單清洗一番。

誰知這人原本還乖得很，進了浴池便換了個人，扒在他身上不鬆手還不算，把他整個人也都弄濕，還要上下其手，又哭唧唧地把他的手往自己身下送，非要他摸摸才舒服，弄得他硬得不行。

他受著酷刑，她卻舒服地哼哼，眼下翻出這事兒來說，簡直是小白眼狼。

周停棹說了這些，小公主還梗著脖子不承認。

他不跟她辯駁，只問：「我還怎麼做了？」

桑如皺著眉頭，索性將裙襬拉得更高，發現不能到那個高度，便徹底脫了個乾淨。

她握著一邊的乳肉，輕輕揉捏幾下：「還這樣了。」

「下面不要停。」

他的眼睛充斥著熱度，簡直要在她身上鑽出孔，桑如在他的注視下揉奶摸穴，整個人要被爽感淹沒。

聽見他問：「舒服嗎？」

她顧不上答，手指倒是越動越快，不時哼哼著發出喘息。

自己玩得開心，卻把他冷落了，桑如終於想起來他，畫著圈邊揉邊問：「聽見了嗎？好多水呀……」

周停棹早在她沉浸在自慰裡時就掏出性器，眼下握在手裡一上一下地聳動，眼睛專注地望著她：「濕透了，床單也要濕了。」

剛說完，便看見她的小屁股抬起來了一點，小穴頓時更清晰地送到他面前，只聽她嘟囔了句：「不要洗床單。」

「我洗。」周停棹咬著牙，「別再張開了。」

桑如反應了一會兒，大概也看見了他的手在動，「你在幹什麼？」

「摸自己。」

「……我也要看！」

周停棹理智已經在崩塌的邊緣，他轉換了視角，將鏡頭對準了硬梆梆的下身。

氣勢洶洶的大傢伙對著鏡頭向她打招呼，桑如看它被周停棹晃得一顫一顫，穴裡的空虛感越發濃重。

小姑娘好像看得入神，手卻越動越快，周停棹眼見著有淫水從穴口滴落，她還渾然未覺，視線恍若黏在了他手上這根上。

要硬炸了。

他加快速度擼動起來，她逐漸迷離的眼神，濕潤的穴口，還有下意識向前挺起的小屁股，一切都是他的興奮劑。

兩人就這樣默契地互相自慰起來，直到桑如張著嘴接連發出斷斷續續的呻吟，周停棹握得更緊：「這就要到了嗎寶寶？」

桑如發出長長的「嗯」聲，屁股高高抬起，穴口夾緊在腿間頓時什麼也看不見，隨後重重落回床上，急促地喘息起來。

周停棹被她刺激得頭腦發昏，又搓動一會兒後才精關一鬆，射了出來。

桑如被這一幕吸引，研究學問一樣盯著看，周停棹險些又被她看硬，便說：「怎麼把床單噴濕了。」

誰知她雖有些赧然，嘴上卻說：「那我就去睡你的房間，這裡等你回來洗。」

「要是我的床單也被你弄濕了呢？」

「不會的。」她不知想起了什麼，臉色越紅，聲音越小，「大不了用你的內褲堵起來……」

周停棹頓住，良久恨恨道：「從哪裡學來的話？」

桑如「哼」了一聲，什麼也沒說。

「別的不急。」周停棹說，「再過幾天，就可以先餵妳吃雞巴了。」

「閉嘴！」

最近有個男同學在追桑如，比以往任何一個都要來得熱烈，以及讓人頭疼。

往常聽說她有男朋友了，還是隔壁經濟系成績長相都第一的周停棹，追求者們就幾乎退避三舍，就算喜歡也是就地掩埋，這回的這個卻是來勢洶洶。

他不知從哪裡打聽來桑如的個人資訊，得知她的生日就在眼前，連著發了好多次邀約，說是準備好了生日驚喜，桑如無一例外地拒絕了。

這人消停了幾天，桑如本以為他放棄便鬆了口氣。誰知生日當天，周停棹因學校有事遲遲未回，她不過下樓扔個垃圾，居然就被那個男同學堵在樓下。

仍舊是鍥而不捨地邀請她共進晚餐，桑如欲躲，那人卻從起初的言語糾纏到開始上手想要拉她，桑如難免慌亂，忍不住開始掙扎。

披在居家服外頭的衣服被扯下一邊肩膀，兩人皆是一愣，他頓時像被刺激到了某個點，一臉痴相地伸手想抱她。

「你鬆手！」

桑如掙扎著，然而即便她力氣在女生裡不算小，仍舊敵不過他。裸露出來的手臂被他的手掌握住，桑如聽見他喘著粗氣，只覺得噁心。

「跟我在一起，我什麼都可以給妳……」

「放開！」

然而此時的社區竟沒有什麼人來往，桑如抓住時機狠狠踩了他一腳，趁他因痛鬆手的間隙立刻往樓上跑去。

身後卻始終沒有追逐的動靜，桑如漸漸慢下來，從三樓平臺的窗戶往下看，卻見剛剛那人跟別人扭打在一起，更準確來說是單方面挨揍。

而那個揮拳頭的，不是周停棹又是誰？

眼見著男人被打倒在地，反抗不及又是一拳過去，桑如隔著這麼遠都好似能感覺到周停棹凌厲的攻勢，與平日裡待人冷淡平和、待她縱容的模樣全然不同。

這還是她第一次看見周停棹打架。

他拽起那人的衣領湊近，似乎在說些什麼，男人即便處於下風，也依舊惡狠狠地瞪視回去，周停棹又照面給了他一拳。

桑如回過神來，怕他繼續下重手，匆忙轉身原路返回。

她低著頭看樓梯，走到一樓樓道口不防被人阻住去路。

抬眼，周停棹正站在她面前，手上拿著她不知什麼時候跑丟的拖鞋。

「你……」

他蹲下道：「腿，抬起來。」

「哦。」桑如乖順地抬起左腿，髒汙的襪子被輕緩褪下，她看了眼外面，那個男人已經不知去向，桑如低頭，瞧見他頭頂的髮旋竟有些可愛，「你把他打跑了？」

周停棹應了，將她右腳的鞋也套了上去。

本還驚魂未定，眼下看見他在自己面前，心好像就自然而然地落下。腳底可能踩著了什麼，隱隱有些疼，但桑如已經來不及對疼痛作出反應。

周停棹將她抱在懷裡，歉疚道：「是我回來晚了。」

桑如這才想起來這茬，明明妝都化好了，只等他回來便可以換上衣服出門，而今天都黑了，又遇上這樣的事，頓時委屈道：「你說會早點回來的，現在都七點多了，預定的餐廳時間都過去好久了。」

「對不起寶寶，導師臨時有事留人，走不開，」周停棹親親她的髮頂，「帶妳回去換個衣服，我們現在就出門。」

「這還差不多！」

被周停棹背著進了家門，桑如忽然覺得自己太好哄了些，拍拍他的手臂要他把自己放在沙發上。

周停棹如她所說的做，正欲起身時卻被一股力帶著往後一仰，不受控地向身後倒去，身體碰上了柔軟的軀體，他聽見了一聲嚶嚀。

嬌嬌軟軟的，好像受了天大的欺負，「你壓疼我了。」

周停棹立刻起來，這回沒受到什麼阻力，回頭只見她腿還保持著從他身上下來時微微張開的姿勢，雙手撐在身體兩側，眉頭微挑著皺起，明明化著格外美豔的妝，臉和表情卻清純得很。

「抱歉。」周停棹喉結一滾，「我去弄點水來，妳腳上沾了泥。」

說完便匆匆走了，桑如沒攔他，托著下巴看他落荒而逃。

這哪裡是剛剛打架打得得心應手的魔王啊。

追求她的人總是多，解決了一個，還會有下一個，不大有情敵能入他的眼，尤其是像今天那樣的。周停棹試著水溫，心道再有下一次該保留證據，把他送到警局去。

今天一天心緒都不定，下午下了課，導師就把他留下跟著學長學姐聽一場研討，中途看了無數次時間，也徵詢了導師的意見，依舊不能離開。

他待不住，滿腦子都是她。

像現在這樣。

她剛剛看起來依舊可愛，且性感。

黑色內褲的邊緣從衣襬下露出，那片布料他再熟悉不過的，還是他親手洗乾淨晾乾，她才拿來穿上。在這兩年裡逐漸變得再尋常不過的事，眼下又帶上不尋常的色彩。

她就要十八歲了。

水熱了，周停棹關上開關，想起應該先跟她說生日快樂的，要補上，就關上水準備先去外頭。

然而轉身的動作沒有順暢下去，身後有人抱住了他，一言不發地將臉也挨在了他背上。

周停棹握住環在腰間的手，「怎麼過來了？」

桑如想蹭蹭他，想起臉上還有粉底，立刻打消了這個念頭，她抬頭，手還抱著他：「想你了。」

「我們中午剛分開。」

「那又怎麼樣？哪怕前一秒剛分開，我也可以想妳。」

應當沒有誰能抵過她說這些話，周停棹轉身給了她一個熱烈的吻，無來由說了句：「生日快樂。」

既然人自己過來了，周停棹便把她抱進浴缸裡，她坐在邊上，他站在外頭，蹲下幫她洗了乾淨。

洗完她便自覺朝他張開手，周停棹意會，托著她的屁股便將人抱回了客廳沙發上。

「換完衣服，我們出門。」

桑如看看他說：「你剛剛打架身上也不乾淨了，去洗洗。」

周停棹低頭看了看自己的衣服，又看了看她，點頭說：「好。」

洗完澡，周停棹暫時換上了家居服，只見原本窩在沙發上的人不見人影，進她房間看了也不在，周停棹邊擦著頭髮邊叫「崽崽」，忽而聽見他的臥室裡傳來了應答。

擦頭髮的動作倏忽一頓，周停棹回了自己的臥室，看見找了一圈的人從他的被子裡冒出個頭來，頰上紅紅的。

周停棹把房間的空調打開：「出來吧，被子裡悶。」

桑如揪著被子，冷不丁說了句：「我們今天不出去了吧。」

「嗯？」

她掀開被子，露出件黑色蕾絲半透明的情趣內衣，「在家做愛，好不好？」

她有時說話語意曲折，倘若做錯了事，便能被她暗懟得體無完膚；而像現在這樣講話直白時，一記直球便讓人不知作何反應。

「不好嗎？」她追問。

半透的衣物勾人欲望，隱約透出的白色肌膚同黑色形成對比，誘惑著人把它扯開、撕裂。

有什麼哽在喉間，周停棹看著她半晌，才說：「好。」

桑如這才笑起來，忽然問：「你平時想那個的時候，是怎麼做的？」

周停棹開始發熱，「自己……摸。」

「怎麼摸的？」桑如歪歪腦袋，「像上次影片的時候那樣嗎？」

她該改名叫十萬個為什麼，否則哪裡來的那麼些問題，還淨往難以啟齒的地方問。

周停棹「嗯」了聲，見她往被子裡躲了躲，便將空調溫度調高兩度，然而遙控器猝不及防被人抽走，桑如起身跪坐在床邊，眼睛緊緊鎖住他的，似乎是要他專心只看她一個。

「可以做給我看嗎？」

沒有否定的選項。

周停棹說：「好。」

在她的凝視下做這樣的事，周停棹的興奮度一下升到最高。勃起的性器在手心來回搓動，他想不起來能讓自己更愉悅的技巧，只是最原始地這樣上下聳動。有她做觀眾，根本無需任何其他外力輔助。

「你平時這樣的時候，會想著我嗎？」

周停棹手指沾些前精，神魂跟著濕淋淋，「會。」

「怎麼想的?」蠱惑人心的妖精連續逼問,「是想著我的臉,還是胸,還是腿,還是……」她說到一處便手指撫過哪處,從胸乳和腿上一筆帶過,手跟著語速放緩來到腿間,桑如徹底從被子裡出來,張開腿對著他,「還是想著進去這裡?」

如果說渾身是在布料的遮蓋下若隱若現,那麼那裡幾乎一點遮蔽也沒有。粉嫩的小穴被兩條細帶平行勒著,這就是這處唯一的掩蓋。肉乎乎的小穴被擠出滿眼的肉欲,薄薄的一層陰毛覆蓋在上面,讓他無法集中精力回答她。

她伸手掠過腿間,隨後又合上,屈膝偏到一旁,重複問道:「有嗎?」

「都想過。」

從原先校內校外幾道門造出的距離,到現在一牆之隔,無數個夜裡,他都是通過對她的想像到達的頂點,愛欲之歡本源於愛,有什麼不好承認。

周停棹沒有停下手上的動作,直到看著她開始揉弄自己的胸乳,眼神也變得迷離,這根硬傢伙越發氣勢昂揚起來。

「要射了嗎?」桑如收回手,「不可以哦。」

小白兔還是小狐狸,說不清楚,周停棹只知道她再玩下去,他的忍耐就要到臨界點了。

桑如似乎沒有要收起玩心的想法,讓他坐到了床上來。

周停棹聽見她說:「我也是想著你自慰的。」

他抬眼看她,又聽她道:「不信?我做給你看。」

蔥白的指尖輕輕推他的胸口,周停棹便順從地仰躺下去,他不知道她要做什麼,懸而未決的初次做愛還不知要往哪個方向去,他卻不想阻攔她什麼。

腿上傳來點重量,她就這麼騎在了他的一邊腿上,周停棹只覺感受到一股濡濕,而後那道濕意擴大,隨著她抬臀磨蹭的動作緩緩漾開。

他不可思議地抬起上身，望見她垂落的迷離目光和磨人的蹭穴動作，性器頓時更硬起來抵在她的腿邊。

「嗯……嗯啊……」

細若蚊蠅的呻吟從她口中發出，周停棹甚至能感覺到她的花瓣被蹭得開開合合，淫液不知是熱是涼地淌到他身上。臀肉很軟，讓人忍不住想捏住，想掰開，甚至用力拍打那處，看它顫動著要人進去。

周停棹終於忍不住地想觸碰她，誰知桑如半睜著眼俯視他，「不許碰。」

桑如終於抬起屁股，原當酷刑就此結束，誰料她忽而手撐在兩側上移幾寸，一下坐到他腹肌上。

同樣的動作在這裡複又重演，周停棹忍不住咬牙道：「玩夠了嗎？」

「沒有……啊啊舒服……嗯……你的腹肌好硬……」

周停棹握著拳，任她像玩什麼玩具似的在自己身上取樂。

她蹭夠了這裡，又說：「我想要的時候，還會想這裡。」

緊接著手掌被人握著攤開，掌心就這樣覆上她濕熱的小穴。周停棹性器動了動，險些被她肆意的動作弄得射出來。

桑如轉過身背對著他，跪坐在他手上蹭來蹭去，周停棹手心濕漉漉，忽而屈指探到嫩肉。她不知道他的動作變化，差點就這麼直直坐到他的手指上。

周停棹匆匆避開那個小洞，如果就這樣進去，她一定會痛得哭出來。

手指是兩人之間熟稔的工具，周停棹向上攏著手掌，配合著她起伏的動作，按捏揉弄著穴肉，接著兩指尋到中間的那顆肉粒，就這麼快速按揉起來。

桑如受不了這裡的刺激，頓時仰著頭喘叫起來，背後忽然覆上火熱的身軀，周停棹只留著左手還在她身下，卻已經驟然換了姿勢，與她上下對調。

他咬著她的耳尖問：「在妳的想像裡，也會被我這麼弄嗎？」

反擊才有意思，桑如轉過臉看他：「嗯。」

「除了這幾個地方，還會想我哪裡？」

桑如知道他要什麼答案，卻不給，她親親他的臉頰，「這裡。」

「還有呢？」

她吻他的喉結，「這裡。」

周停棹做了個吞咽動作，「還有呢？」

她轉頭跟他接了個綿長的濕吻，「這兒。」

周停棹繼續弄著她的穴口，另一隻手緩緩揉捏她的奶子，「還有？」

困在懷裡的那人忽然向後抬臀，從脹大的肉棒上蹭過，聲音柔得滴水：「還有這裡。」

「這裡是哪裡？」

桑如睨了他一眼，感受著身後似有若無的頂弄，開口道：「是老公的雞巴。」

周停棹的動作驀然一頓，「妳叫我什麼？」

桑如偏過頭，「沒什麼。」

讓她玩鬧得夠久了，周停棹攬住她的腰，將人一下顛過來壓在身下，他在離她分毫的距離裡輕聲問：「後不後悔？」

「我什麼時候做過後悔的事了？」

周停棹笑起來，低頭吻住她。

她已經濕得徹底，周停棹不放心，仍是伸了手指下去，從洞口慢慢由一指到兩指地擴張，桑如張著嘴光是發出氣音，他便拿舌尖去勾弄她的，要她哪裡都失守。

漸漸到了可以勉強容納他的程度，周停棹低聲哄她：「要進去了，怕不怕？」

桑如搖搖頭，哪怕心間惴惴，依舊道：「不怕，快進來。」

周停棹心裡滿是憐愛，一點點鑿開緊致的甬道進入她的身體。

「痛！嗚嗚痛……」

周停棹只覺自己快被她絞斷，又是爽又是一樣的痛意，停下來等她適應，直到她皺在一起的小臉兒鬆開些，說了「繼續」才又開始緩緩挺進。

痛快是從痛裡得來的，他們熬過了彼此第一次深入的疼痛，終於在生疏的動作裡得到些微快感。

周停棹加快速度在她體內衝撞，碾過未知的敏感地帶，在桑如無法自控的喘息聲裡咬住她的乳頭，吮吸舔弄著彷彿一定要從裡頭吸出點什麼。

桑如得了趣，半闔著眼睛張嘴呻吟，隱隱能看見嫩紅的舌尖，簡直勾著人去吃。

所有為之做的準備工作在這一瞬間都無法抵用，周停棹毫無章法地深入她體內，最後連著好幾十下高速地操弄，終於將第一次的愛意射進她體內。

周停棹吻她，被桑如無力地拍開：「好累。」

然而身體被人緊緊抱在懷裡，他還沒從她體內出去，像得了什麼稀世珍寶一樣說：「妳是我的了。」

熱流從心頭過，桑如悄悄使壞夾他，「你也是我的了。」

溫存的時刻只存在片刻，蟄伏在體內的大傢伙再次不安分起來，周停棹啄吻她，「剛剛叫我什麼了？」

桑如偏過臉，「沒什麼。」

他頂一下，「叫我。」

「求我啊。」

周停棹還有這樣不要臉的時候，在她頸間蹭著：「求你了崽崽，想聽。」

真要這麼清醒著說，桑如實在不出口，含糊地說了句，周停棹卻不買帳，可桑如死活不再開口了。

周停棹放棄這條路，另闢蹊徑。

激烈的啪啪聲響個不停，剛開葷的人有著無限精力，周停棹轉往剛找到的她的敏感點上戳，終於如願再次聽見她叫起「老公老公」。

周停棹今夜不停地與她纏吻，除了性器相連，手指也要與她緊扣在一起，腕間的紅色編織繩像綿延的鮮血，從兩個澎湃的生命裡流出，又交匯在一處，悄然記錄著一切水乳交融的愛意發生。

精液再次在她體內迸射的時候，桑如幾乎要小死一回，她聽見周停棹再次輕聲說了句：

「生日快樂。」

——番外〈十年另起〉完

番外二　原軌

周停棹回來的消息沒跟幾個人說，他悄無聲息回到了這座城市，又悄無聲息地在市中心最繁盛的地帶辦了入職。

公司上下只聽說總裁從別的地方挖來一個高級總監，除此以外對這位空降主管別無所知，因而周停棹在公司出現時，引起了好一陣動靜。

八卦群裡迅速傳起一句話——救命！新來的總監是個頂級帥哥！

周停棹無心這些，只因他來時遇見了一個人。

十一點，對於正常上班時間來說晚了些，停車場少有他人，因此有些風吹草動就格外明顯。斜對面的車位上停下輛車，有個女人打著電話從車上下來。不知道對面說了什麼，周停棹聽見她音量驟然提高一些：「今晚就要？他怎麼不乾脆半夜再說？」

周停棹鎖了車，默不作聲走在後頭，對於陌生人的言語，左耳進右耳出。

耳邊又傳來她的聲音，她似是有些不耐煩說：「知道了，馬上到，走路時速十公里了。」說完便把電話掛了。

周停棹無聲哂笑，嘴上說著十公里，然而踩著高跟鞋一步一步走得那樣穩當，依舊是她原來的步調。

從她身邊擦肩而過時，周停棹聞見一股香氣，他對香水沒什麼研究，說不上來是什麼味道，卻覺得聞起來也還不錯。

電梯就要合上，高跟鞋的動靜這才加快了些速度，周停棹抬手摁了開門鍵，聽見她進來時說了句謝謝。

她戴著墨鏡，周停棹從面前的電梯鏡裡隱隱看見她的半張臉，露出的精緻線條輪廓和飽滿紅唇全然勾勒出這座都市里事業女性的模樣。

他沒有評判陌生人的習慣，卻因從她身上察覺到的些微熟悉感，不小心給了過多注意。

桑如的眼睛藏在墨鏡後頭，悄悄打量了眼這個男人，深覺他熟悉得像極了某個人。但他是戴眼鏡的，悶悶的不愛說話，跟眼前這個帥哥有所出入。

電話再次響起來，打斷了桑如某些不知怎麼冒出的想法，她接起說了句「到了」，隨後掛斷。

電梯直達十六樓，桑如邊摘墨鏡邊走出去。

側臉從眼前一掃而過，就是這樣剎那的一瞬，周停棹頓時滯住。

回過神來，他匆匆攔住要闔上的電梯門，出了電梯卻發現空無一人，只剩門口的玻璃門輕輕晃著，而後停住。

好似只是一不小心，他撈了一捧水中月。

周停棹按原路去辦了入職，祕書帶著他去了他的辦公室。

「十六樓是哪家公司？」

祕書不明所以道：「AOFEI，一家廣告公司。」

周停棹沉默半晌：「知道了。」

薛璐不知從哪裡得知了他回來的消息，問他是否要一起吃頓飯。

回絕的話就在嘴邊，想起某個人，周停棹改口道：「辦一場同學會吧，叫上所有人。」

合作伙伴臨時來訪，教人脫不開身，等他們已經吃過一輪，周停棹才終於趕到。

昏昏暗暗的燈火，映出的每個面孔都是模糊，只除了拿著麥克風的她。

桑如在唱歌，他沒聽過她唱歌，也好聽。她好像做什麼都那樣認真投入，以至於他的出現將她的演唱打破，顯得格外不合時宜。

周停棹端著酒杯為來遲自罰，眾人圍著他起鬨，她也看過來了，眼神裡帶些探究，他手指微顫一下，沒人看見。

桑如很沉默，相比於大多數人的左右逢源，她在那裡只跟身旁的朋友說話，安靜而漂亮。

周停棹就是這左右逢源裡的一位，他顧著身旁來寒暄的甚至已經叫不上名字的老同學，餘光卻都拿來留意她的動靜。

推杯換盞間突然聽見她的驚呼，他同其他人一樣終於光明正大看過去。

她說：「我們在同一棟辦公大樓上班。」

周停棹愣了幾秒。

原來她知道，原來她記得。

費了好一番力氣才促成的正式重見，雖然不希望就這樣草草結束，但總歸有個分散的節點。曲終人散，周停棹站在路邊接連送走了人，到最後只剩她和曆晨霏。

桑如似乎沒喝酒，還算清醒，周停棹被灌得多，酒量又不算多好，被街頭的冷風吹得頭腦暈乎。他就這麼站著，目送她上了計程車，而後離自己越來越遠。

夜裡十點多而已，怎麼就這麼冷了。

周停棹半暈半醒，一時間呆站原地，視線就好像黏連在那輛把她帶走的車上了。

然而那車忽然轉了頭，周停棹蹙眉揉了揉太陽穴，卻見自己果真沒有看錯。車在他面前停下，車窗降下，露出心心念念那人明豔的臉，她說：「走嗎？」

周停棹喝多了酒，步子有些不穩，看起來卻還清醒：「去哪？」

「送你一程。」桑如說，「班長不是喝多了嗎？」

周停棹從她眼裡看見一片坦然，又怕再猶豫她便徹底離開了，於是悶聲開了車門坐進後座，側頭對她說了句：「謝謝。」

「你住在哪裡？」

周停棹報了個住址，看見桑如頓時噤聲，欲言又止的樣子，問：「有什麼問題嗎？」

桑如搖搖頭：「沒事，我們順路，先送晨霏回去吧。」

能多待一會兒，周停棹求之不得：「好。」

曆晨霏坐在副駕駛上昏昏欲睡，到了她家要下車的時候，才發現後頭多出了個人。醉意一下子驚散大半，她在兩人之間來回看看，看戲似的：「回家注意安全。」

「知道了，妳自己好好走。」

「沒事，就剩兩步了。」

桑如無語看著她，直到曆晨霏的背影消失在視野裡才轉回頭，驀然發現旁邊有一道逼人的視線，她看過去，望見周停棹深沉的眸光。

心倏地漏跳兩下，桑如讓師傅繼續開車，狀似無意道：「你看什麼？」

周停棹眨幾下眼，動作遲緩，顯出些無害的樣，與身上西裝革履的打扮背道而馳，他沒有對不知什麼時候開始的凝望作出解釋，桑如沒有等到答案，反而等到了肩上一沉。

桑如沒有與異性多麼親近的經歷，下意識要讓，他的腦袋就好像完全不受力一樣，跟著滑近一寸。

他似是睡了，剛剛那樣應當是在發呆。

上。

桑如沒再讓，甚至找了個應該會讓他能靠得更舒服的姿勢，心道，就看在他是個帥哥的份

車停了，人還沒醒，桑如拍拍周停棹的臉，本還靠在她肩上的人驀地坐直身子。他額前有碎髮垂下，透著成熟男人的性感和，可愛。

桑如覺得自己有點不對勁，並把這點不對勁歸為見色起意。

「到了。」桑如提醒他。

大概睡了一覺，周停棹該是清醒了點，開口道：「抱歉，謝謝。」

沒說清是對什麼的抱歉，對什麼的謝謝，桑如也並不在意，隨意道：「沒事。」

司機這時候說：「還要去下一個地方嗎？」

「不用，我們都在這裡下，謝謝司機，多少錢？」

「兩百五十元。」

「好。」

然而桑如還沒打開拿出信用卡，就聽「滴」地一聲，隨後「支付兩千五百元——」

桑如轉頭看看旁邊的人，只見他手機還拿在手裡，人還有點呆。

司機樂了，「怎麼多了個零啊？」

桑如立刻道：「能退嗎？」

「可以。」師傅把導航的手機拿下來，準備把錢退回去。

「不用了。」

桑如一頓。

師傅也愣了，「啊？」

醉鬼，哦，還是財大氣粗的醉鬼重複一遍：「不用了。」

桑如立刻捂住他的嘴，朝司機笑說：「他喝多了，腦子不清醒，您把多的退回那個帳號吧。」

周停棹還有點懵，說實話，雖說靠她肩上這個行為有那麼一點故意的成分在，但後來他確實有點斷片，也不記得自己在車費後面直接加了一位數，但卻記得她的手是什麼氣味。

和她的香水有些相近的，有些甜，有些清冽，帶著體溫的她的手心，就這麼捂在他嘴上。周停棹不適應地動了動腦袋，嘴唇從她掌心擦過。

好近。

桑如卻突然收回手，見多餘的錢已經退回，便匆忙下了車。

周停棹也跟著下去，今天神經難得遲鈍，這才發覺他們的目的地一致。

街邊的暖光無差別照過來，將兩人都映得柔和了一圈。

周停棹遲緩道：「妳也住這裡？」

桑如搖搖頭，指了下馬路對面說：「我住你對面。」

自那日分別，周停棹連續幾天都沒再見到她，直到一天中午被裴峰帶進了一家港式餐廳。

正是用餐時間，這家店滿滿都是人，周停棹卻能一眼就認出她。桑如坐在窗邊，跟同行人談笑間望過來一眼，就此頓住，而後朝他微微頷首笑了笑。

周停棹回以致意，跟裴峰在另一處坐下。

由此，周總吃了好些天的港式菜，卻都沒有再遇見想見的人，倒是平白長了裴峰的美食推薦自信。

這天加了幾個小時的班，周停棹到停車場時已經很晚，聽見在靠近自己停車位的地方似乎有什麼爭執聲。

「您不等車主來不好吧。」

另一道男聲聽起來凶神惡煞：「關妳什麼事！」

女人沉默一下，嘖了一聲說：「好像確實是不關我的事，那這個影片，我就等車主來了給他看囉。」

「妳！」

桑如無所謂地聳聳肩，將拍下的影片從他面前有意無意地晃過。

那男人索性從車上下來，「我擦到的是這輛車，又不是妳的！多管閒事！」說著要來搶她的手機，桑如手背在身後讓開，退著退著撞上了什麼人。那人攬住她的肩膀將她擋在身後，讓人只能看見他寬闊的後背。

周停棹俯視著眼前矮了一截的男人說：「先生，好好說話。」

「怎麼又是一個愛管閒事的？沒你的事，滾開！」

周停棹笑一下，指了指旁邊的車，開口道：「這輛車，我的。」

男人臉上明顯慌了一下，強裝鎮定地說：「你說是你的就是你的？」

周停棹拿出車鑰匙按了一下，車果然應聲解鎖。

桑如從他身後探出腦袋來，哂笑道：「這下影片也省了。」

男人理虧，又見惹上的好像是惹不起的人，強拗了一陣還是叫了保險公司來理賠。

桑如沒道理再留，於是說：「那我就先走了，影片晚點傳給你，可以算一個證據。」

周停棹轉身，半晌笑了笑，說：「妳有我的聯繫方式嗎？」

桑如本想說之前的群組還在，轉念一想打開手機，將QR CODE遞到他面前，「現在有了。」

周停棹沉沉看她一眼，什麼也沒說，抬手一掃，她的資料介面跳出來。

這個介面他熟悉得很，自共同群建立後，她的頭像他點開過許多次，這是第一次發出了建立關聯的請求。

桑如到馬路上的時候，收到他的第一條來信——

「謝謝，改天請妳吃飯。」

想看的音樂劇團在這裡有演出，桑如獨自來看，散場時卻在門口遇見了熟人。

周停棹在擁擠的人群裡依舊高得顯眼，只是不同於往常的西裝加身，而是穿了寬鬆的白T和黑褲。

從沒聽說過他也有看音樂劇的愛好，桑如本想當沒看見，結果再瞥過去，就正好對上他的視線。

「很巧。」周停棹走過來說。

「嗯。」桑如面上看起來自然，跟他邊走邊說，「原來你也喜歡。」

周停棹的聲音很輕：「喜歡。」

跟著人流出去，只聽見旁邊有人在交流觀後感，圍繞著主角們的樣貌和大膽的情節鋪排、舞臺動作。

兩人一時無言，直到桑如聽著聽著，忽然問：「你選春之覺醒的理由是什麼？」

周停棹沉默良久，停下來說：「新生。」

桑如難得對他露出真心實意的笑來，「別人看見墮落混亂，你看見新生？」

「妳不是嗎？」

桑如挑了挑眉，什麼也沒說。

「那麼我們打個賭。」周停棹說，「如果妳也是，那請客的承諾不如就讓我現在兌現。」

桑如動了動嘴唇，被他的話打斷：「畢竟欠債的感覺不太好。」

桑如自己說要吃的夜市燒烤，到了攤位卻發現，比起自己的緊身裙裝束，周停棹的休閒搭配倒看起來更適合這裡。

請吃飯從一副客套的說辭兌成現實，桑如還沒習慣跟他這麼單獨面對面坐著，眼睛黏在菜單上，很偶爾才抬眼看他。

兩人各自點了菜，老闆收回菜單問：「兩位要什麼飲料？生啤酒是我們賣得最好的。」

桑如意有所指地看了周停棹一眼，「不喝酒，我要一瓶椰子汁。」

周停棹答道：「一樣。」

等老闆走了，周停棹才說：「我還要開車，放心，不喝。」

桑如「哦」了一聲，不知怎麼就想起他上次喝醉了靠在自己肩上、睡得很安靜的樣子。

周停棹似乎也想起了同樣的事，視線一對上，莫名都偏過頭笑起來。

燒烤攤的生意到了晚上才熱鬧起來，桑如背後那桌新來了客人，熱鬧得不像話。桑如光聽他們時不時來一句「感謝抖內」和「謝謝訂閱」，居然覺得還挺下飯。

結果樂著樂著，這瓜吃到了她跟周停棹這桌來。

只聽直播主說：「光吃有什麼意思，隔壁桌有個帥哥，姐妹們，看我去要個聯絡方式。」

看來她行得端坐得正，絲毫沒有控制音量的意思，桑如一字不落地聽到了，很顯然周停棹也聽到了。

桑如看著他隱隱蹙起眉頭，面色難看，頓覺更好笑了，打定主意不管，看他怎麼應對。

直播女拿著自拍桿過來，鏡頭直直對著周停棹：「帥哥，有女朋友嗎？」

周停棹看看桑如，直播女也看過來，「不好意思妳……」

桑如瞇眼笑了笑，然後果斷地搖頭。

周停棹的臉色一時間變得更加難看。

「那帥哥，能加個好友嗎？」

周停棹抽了張紙，有條不紊地擦著手指上沾到的油，「不能。」

在場所有人：……

她的伙伴是兩個大哥，在身後燒烤桌上念直播間的粉絲留言，其中一個念道：「好酷？酷個幾把！」

另一個朝他們這桌喊：「兄弟，給個面子！」

直播女大概沒被這麼直接拒絕過，委屈巴巴地看著他說：「別這麼凶嘛，我的好友也不是誰想加就能加的。」

周停棹抬手將她的手機輕輕推開，「我的也是。」

對方一個語塞，一臉狐疑地朝桑如道：「妳朋友不是 gay 吧？」

桑如沒忍住笑出了聲：「我也不知道。」

說完就感覺到周停棹一個眼刀殺過來，聲音跟剛剛的脾氣一樣，硬得像塊石頭，字從牙縫裡出來：「不是。」

「那你還不加我？我要胸有胸，要屁股有屁股，還有錢，看你這打扮，大學生吧？不交朋友那我包養你也行啊！」

桑如真繃不住了，伏在桌上笑得肚子痛。

周停棹咬牙回道：「謝謝，不需要。」

桑如抽空作證：「他……應該滿有錢的。」

「富二代啊？」直播女眼前一亮，「那更好了，那我們在一起就是錢上加錢！」

桑如笑著離開座位，湊到後面那桌大哥旁邊去看螢幕上滾動的字條，沒管身後那人快要著起來的視線。

「上了上了！」

「這男人有什麼好的，除了有張臉，裝模作樣！」

「羊肉串要涼掉了……」

那大哥還把螢幕轉過來一點給桑如看：「挺有意思吧。」

桑如笑著答道：「確實。」

她甚至現在也想對著周停棹喊，加她！快加她！

但是她不敢。

螢幕上是周停棹放大的五官，真的滿挺帥，只不過被過度的美顏弄得有點不像他，還是真人更好看。桑如看著桌子對面的那人，心道他應該少不了女孩子追……

螢幕遽然一抖，對上了他的衣服，那邊周停棹終於忍無可忍，站起來鐵青著臉說：「您打擾到我了，請離開。」

「別生氣嘛小帥哥，你又沒女朋友，幹嘛拒絕我。」

沒有是沒有，但不代表沒有想要的人，偏偏那個人還湊在別的男人旁邊，專心致志看他的熱鬧，周停棹要氣炸了。

「有。」

直播女懵了，「有女朋友？」

「嗯。」

「那你不早說？」她頓時翻了個白眼，轉身就走，「我還是很有原則的，女朋友都有了幹嘛還要讓我去加！」

桑如聽見她的聲音越來越近，整個人卻還停留在周停棹剛剛那句「有女朋友」，說不上來一股什麼感覺衝上心頭。

「小姐，不然妳要不要加一下我？」

桑如回過神道：「啊？」

「我看妳挺漂亮，有男朋友嗎？」

……這就是看戲的報應嗎？

「沒有，但是……」

「那不就行了，來來來！」

「不用了不用了。」桑如起身欲走。

那大哥也跟著站起來，抓住她的手腕說：「別走啊，再聊一下！」

聲音聽著粗獷，讓人有些害怕，桑如再次拒絕的話還沒來得及說出口，周停棹就捏住男人的手腕沉聲說：「鬆開。」

桑如只覺手腕上的力道鬆動，隨即又緊回來，頓時吃痛地皺起眉頭。

寸頭大哥也不好過，但嘴上還輕蔑道：「你讓我放我就放？你誰？」

「美女，留下微信再走。」

桑如往回努力抽回手，卻聽周停棹用她從未見過的語氣，一字一頓道：「留你去死。」

接著一拳揮了出去。

兩人竟就這麼打起來，剩下另一個大哥和直播女，以及桑如目瞪口呆地傻站在原地。

桑如反應過來：「別打了！」

起初另兩個人還跟著勸兩聲，結果直播女說著說著就把手機對準了打架的兩人，就這麼現場直播起來，還剩一個大哥繼續喝著啤酒，看看螢幕上網友都說了什麼。

沒辦法，從剛剛要聯絡方式到現在打起來，直播間人氣已經翻了好幾倍。旁邊一群人走的走，還有一些膽子大的或者離得遠的也在看熱鬧，桑如是真無語了，這回怎麼也笑不出來。

「再打我報警了！」

誰也不聽她的，老闆也出來勸架，那兩個人還是打得起勁。直到警察聞聲趕來，才把兩人強行分開。

桑如離開到周停棹身邊去，眼見他好好的一件白T變成這一塊那一塊的髒汙，額角還留了傷，又是氣又是覺得心裡過意不去。

「沒事吧？」她拉著他的衣服上上下下地查看有沒有傷，滿懷歉意道，「對不起。」

低著頭的樣子看起來格外可憐，明明說對不起的是她……

周停棹抬起的手離她的髮頂只有一寸，手心也沾了灰，髒得不像話，這大概是他有生之年最狼狽的一天。

手到底還是沒落下，周停棹垂頭看著她低聲道：「沒事。」

分針滴滴答答，時間走到十一點二十分。

周停棹看了眼手錶，又回頭看了看藥局裡的那人，他們竟一起待了三個多小時。

門叮咚一聲打開，桑如走了出來，把藥遞給他說：「不是叫你在車上等我嗎？」

「出來透透氣。」

「哦。」桑如轉告醫師的叮囑，「優碘可以現在用，消淤青的這支藥膏，要把傷口清乾淨再塗，一天兩次。」

周停棹順著她的話看袋子裡的藥，「嗯，謝謝。」

道謝時眼睛看向她，瞳孔裡好似蘊藏著深沉的漩渦，桑如已經接受這個帥哥是死對頭的事實，卻沒想過能被他的眼神看得莫名心慌。

她斂眸移開視線，說：「那我先回去了。」

「等等。」

「嗯？」

周停棹面不改色道：「疼。」

「啊？」

「可能需要現在就上藥，」周停棹說，「能麻煩妳嗎？」

嚴格意義上來說，她也算造成他傷勢的罪魁禍首，桑如不好拒絕，於是便說：「好。」

她從袋子裡拿出碘酒和棉花棒，掃了眼四周說：「在這裡弄？」

「嗯。」

到了這個時間，社區樓下的這條路便只有零星的人來，倒是路過的車輛不少。

桑如把碘酒蓋子塞進周停棹手裡，將棉花棒伸進去蘸了些，抬手卻頓住，示意他：「你頭低下來一點。」

周停棹如她所說地微微俯身靠近，那張臉倏然在眼前放大，眉眼深邃，連額角的傷都是錦上添花的好看。

桑如斂著心神，抑住往後退或者往前一些的念頭，看似雲淡風輕地給他上藥。

「嘶……」

「弄痛你了？」

「沒有。」

「我輕一點。」

桑如減了手下力氣，越發小心翼翼地動作，盯著那處傷口，察覺他的視線似乎一直在自己臉上。

皮膚碰到的是涼涼的觸感，晚風一拂，便帶著傷口一起又疼又麻。

「你一直盯著我幹嘛？」桑如忽然問。

周停棹沉默良久，說了句：「好久不見。」

桑如看他一眼，複又低眉處理他的傷，笑說：「我們不是已經寒暄過了？」

周停棹沒說話，桑如便也不再說。

他就算再怎麼變，不愛說話的毛病好像一如往常。

處理好傷口，桑如提醒他：「好了。」

周停棹鼻間發出沉沉一聲「嗯」，人卻沒動作。

空氣驀然安靜下來，周遭事物在沉寂，視線成為兩人之間唯一的牽連，引出曖昧的心跳曲線。

桑如開口，音量也不覺低下來：「不站回去嗎？」

他的睫毛很長，垂下時掩去眼裡的許多不知名的意味，那道存在感極強的目光終於隱沒。

周停棹正要後退，那個他不敢突破的距離驟然被壓縮，大著膽子看了許久的人忽然這麼靠過來，在他沒反應過來的分秒間，唇瓣忽而濕熱了一瞬。

一觸即離，他訝然頓住，眼睛陡然睜大。

卻見元凶輕鬆得恍若什麼都沒發生，說：「晚安。」

周停棹接連失眠了好幾天，一閉上眼就是她蜻蜓點水似的吻，和遽然抽身的那句晚安。訊息清單裡她的頭像從未亮起過，桑如沒對這樣親暱的舉動作出任何解釋。

午休時間，周停棹去茶水間時聽見有女同事在聊天，其中一個說：「怎麼辦啊，他好幾天沒聯絡我了。」

另一個驚訝道：「他上次不是還親妳了嗎？」

「對啊，可是我們又沒有確定關係……」

周停棹心裡咯噔一下，站在外面聽她們繼續說話。

「他是吊著妳吧？渣男！」

女主人公嘆口氣，懊惱道：「誰讓我先喜歡上他呢。」

「那又怎樣，妳不是還沒表白嗎，那他怎麼對妳，妳就怎麼對他，別做他召之即來的人，要做他抓不住的女人，懂嗎？」

「哎，再說吧。」

她們邊說邊往外走，發現周停棹站在門口，嚇了一跳忙道，「周總……」

周停棹回神，點了下頭，而後跟她們擦肩而過進了茶水間。

她們說的，好像有點道理……

到了下班時間，周停棹又特意留了幾個小時才走。

電梯下到十六樓，她竟真的走了進來，兩人皆是一愣。

電梯裡沒有別人，他們一前一後站著，誰也沒開口。直到到了某一層，一堆人塞了進來。人擠著人往後退，桑如一個不防被擠得向後倒去，肩臂被一雙大掌攔住，熱度透過衣服傳來。

「沒事吧？」

桑如沒回頭，「沒事。」

那雙手鬆開，又變回規矩的站姿。

只是他們貼得很近，而後面又有零星的人上來，一退再退，桑如只覺自己都快貼在了周停棹身上。

二人各懷心事，直到電梯忽然一抖，緊接著全部陷入昏暗，滿滿一電梯的人都慌亂起來，七嘴八舌地躁動著。

人一慌就容易有多餘動作，桑如被擠得腳下一崴，往後倒在周停棹身上，立刻被他扶住。他應該是低下了頭，問話的聲音就在耳邊：「怎麼樣？」

桑如搖搖頭，「沒事。」

「大家冷靜，離樓梯按鈕近的先按緊急按鈕。」手機沒有訊號無法聯絡外界，周停棹提高聲音對眾人說，「還要麻煩把每個樓層都按一遍。」

「好。」另一邊有人應。

手機照明這時已被三三兩兩打開，顯得沒那麼黑暗駭人。

「應該會有人很快就來搶修，大家安心等一會兒。」

有些人就是有天生的領導力和讓人安心的能力，桑如直觀察覺到他身上成熟男人的特質，那點驚慌漸漸散去。

相熟的人開始對話打氣，他們在這個角落裡緊緊貼著，周停棹說：「不要怕。」

「我不怕」三個字已經到嘴邊，又被咽回去。

臀後貼著的硬物不容忽視，早在沒出事之前就隱隱抵住她。

最近辦公室裡總聽她們聊戀愛細節，攀比似的說得一個比一個甜，桑如卻下意識想到了那晚的那個人。

欲望水漲船高，想戀愛，想做愛，這些想法隨著周停棹的出現越發倡狂。

桑如側轉過頭，放下平日的倨傲，撒嬌一樣低聲道：「不行，我怕。」

周停棹瞬間愣住，沉聲說：「很快就沒事了，害怕的話就抓住我的衣服。」

桑如乖乖「哦」了一聲，伸手向後摸捉幾下，衣服沒抓著，倒是握住了他的手。

「介意嗎？」

周停棹指尖微顫，「隨妳。」

纖若無骨的手主動牽住他的，偏她手指還不安分，時不時動一下，連同心好像也被她撓出了癢。

她應該是有些緊張，總是動來動去，於是一次又一次蹭過他的襠部，本就被臀肉蹭出的火更是無法澆熄。

桑如不動聲色地作惡，聽見他在身後悶哼一聲，偷笑後裝作不知道發生了什麼，說：「你怎麼了？不舒服嗎？」

「……沒事。」

相安無事了片刻，忽然滅頂的失重感來襲，電梯開始急速下墜，桑如下意識緊緊抓住他的手，下一秒手上腰上俱是一緊，周停棹同她換了位置，將她護在牆角。

「貼牆站好。」周停棹在一片驚懼聲裡將另一隻手墊在她腦後，說，「別怕，不會有事。」

好在下墜了幾層就停住，搶修的人員還沒來，桑如提起的心才又漸漸放下。

這才發覺他們現在的姿勢有多曖昧。

她戳戳周停棹的胸口，「你壓到我了。」

「抱歉。」周停棹欲往後退一些，卻忽然被後面的人再度擠過來，更進一步貼在她身上。

桑如發出聲氣音，氣息就在他脖頸間，可愛而性感，像是……喘息。

這不是該想那些事的時候，周停棹卻幾乎被她的聲音立刻弄得更硬。

「周停棹……」

她很少這麼叫他的名字，遑論這樣嬌軟的語調，周停棹微低頭：「嗯？」

桑如埋進他頸間，用只有他能聽見的音量說：「你是不是硬了？」

「……」

「是不是啊？」

周停棹長長舒出口氣，放棄抵抗似的，「嗯……」

她低低笑起來，濕熱氣不要命地往他脖頸間的皮膚上灑，隨後一個接一個的吻竟就這麼落在上面。

周停棹掌下用力握緊她的腰，「做什麼？」

「如果能出去，我們做愛吧。」

這是他們第一次踏進這間飯店，並不知道這會是日後常來光顧的場所。

桑如趕周停棹先去洗澡，結果蓮蓬頭剛打開，她就推門闖進來，不知道什麼時候把自己也脫了個乾淨，進了浴缸就把他摁在牆上親。

她的每一寸肌膚都長得恰到好處，掌心滑膩，引人握得緊一點，再緊一點。

與上回教人魂牽夢縈許久的吻截然不同，她就像一團火，朝他撲來，帶著所有的熾熱，要讓他跟著一起燃燒。

唇齒熱烈地糾纏，她的手悄悄下去握住他的性器，邊摸邊分神說：「好大……」

周停棹再難忍住，含住她的嘴唇以免她再說出什麼要人命的話來。

浴缸裡的水半滿，桑如示意他坐下，隨後徑直坐在他身上，說：「一起泡澡。」

周停棹扶住她，低啞道：「別亂動。」

「剛剛你就是這麼抵著我的。」桑如蹭蹭臀下的性器，「隔著褲子也很明顯。」

周停棹沒說話，桑如摟著他的脖子湊近到他耳邊，「剛剛在電梯裡就想對你說了，那時候悄悄插進去也不會被人發現吧……」

額上青筋暴起，周停棹咬牙說：「別說。」

「怎麼不說？」桑如問，「你受不了嗎？」

他眼裡起了火，半晌吐出個字：「嗯。」

桑如笑倒在他胸膛上，而後止住笑道：「不洗了，該吃飯了。」

周停棹沒反應過來，「餓了？我去叫餐。」

桑如把他摁下來：「不是這個餓了。」

周停棹沒說話。

他已經瘋了。

三兩下將人擦乾，周停棹公主抱著她去了床上。

「想從哪裡先開始？」桑如手撐在身後，歪歪頭問他。

她的身體也該是美好的代名詞，周停棹傾身上去，手撐在她身側，視線垂落在她嘴唇上：「這裡，可不可以？」

他好喜歡接吻，桑如不知道別人是否如此，不過周停棹確實太愛這一項環節了。她點頭，唇瓣便立刻被他含住。

周停棹親她親得規矩，桑如牽著他的手覆在乳上，「摸摸這裡。」

力道由輕及重，柔軟的乳肉在掌心變換形狀，親吻換到這裡來，乳頭被他含進嘴裡，桑如不由地挺起胸給他吃。

他的舌面從乳頭上舔過，戰慄的快感密密漫開，他帶來陌生的快意，讓人如墜深淵。

理論知識第一次付諸實踐，桑如恨不能一下子使完，她喘著說：「嗯……你吃慢點……」

周停棹幾乎把她全身親了個遍，桑如拉著他的手放到小穴，「怎麼不敢摸這裡？」

他頓時僵住，完全不敢拿出力氣來弄她，倒是她施加來的壓力愈來愈大，手指隨之陷入她的泥濘裡。

「還不進來嗎？」

來時順路買了盒保險套，桑如拆了個給他戴上，旋即領著他一點點戳進去。

甫一進入就感覺到那股絞著他的力量，周停棹悶哼一聲，卻還只顧著問她：「疼不疼？」

桑如整張臉都皺在一起：「疼……」

「太緊了……要不要我出來？」

「不要。」桑如攥緊他的手臂，「只是很久沒進去過了，你慢一點。」

一盆涼水兜頭澆下，周停棹沉默不言。

明白她討人喜歡，這些年不可能沒什麼戀情過往，這些親密事也輪不到他第一個跟她做，然而她這樣直白說出來，卻讓他忍不住吃起莫須有的醋來。

妳在他，或是他們那裡也是這樣可愛？他們也看過妳這些樣子了？

周停棹問不出這些話，他們之間的關係根本沒到那樣的地步。然而他怎麼知道，桑如口中的很久沒進去，不過是自我聊慰的按摩棒而已。

桑如沒察覺到他的不對勁，只是等她慢慢適應之後，周停棹進來的攻勢愈猛，一下下搗到深處去，桑如抽搐著喘：「你輕點……嗯……肉棒太粗了……」

他粗喘著說：「這樣不好嗎？」

她不答，周停棹就繼續深頂進去，「不喜歡它嗎？」

「嗚嗚慢點，喜歡……喜歡……」

誰知周停棹就好像突然被刺激到了，握著她的腰狠命操弄著送到深處，勃發的青筋脈絡碾著她體內最柔嫩的地方，把人的理智逐漸擊碎。

桑如被他翻來覆去地進入，生平第一次跟人做愛，就陡生出要被操死在這裡的錯覺。

聽說男人的第一次都很快，周停棹這樣持久，桑如暗自將他歸為萬花叢中過的類型。

於是臨了周停棹替她洗了澡，弄回乾淨清爽的樣，要名分的話頭還沒提起，卻見她已經把衣服又穿了回去。

臨走前親了他一下，說：「今天很愉快，下次再約。」

不會是約會的約，周停棹明白過來，她是要把他當作約炮對象而已。

周停棹逃也似地離開了飯店，回家喝了半夜的酒，可到最後還是覺得，只要靠近她就好了，無論以怎樣的方式，無論以什麼身分。

桑如也沒能睡著，情欲退去，跟他相對總覺得尷尬，只好裝出灑脫的樣子趕緊離開。成人世界裡燈紅酒綠，混亂的關係裡，炮友是最常見的。

對他產生了想要，並且不是一次就饜足的念頭，但他們遠沒有到談愛的程度，頭腦發熱由肉體關係展開關聯，只好此時此刻，他們只談愛欲。

彼時誰也不知道對方的想法，更不知道，這段走上岔路的關係，會迎來新的轉機。

——番外〈原軌〉完

番外三　除夕小劇場

周停棹打電話來時，桑如才剛吃起年夜飯。

她走到窗邊接起電話，對方的聲音與遠處的煙火綻開聲同時響起。

「除夕快樂。」

唇角不自覺就上揚起來，桑如同樣回了一句：「除夕快樂。」

周停棹那頭也是一片喧鬧，他似乎換了個地方，稍微安靜下來，聲音便更清晰地透過電話傳來。

「吃飯了嗎？」

提起這桑如就又生氣又委屈：「才剛吃。」

周停棹看了眼手錶，已經八點多了，他問：「怎麼這麼晚才吃？」

「飯店訂的菜好看歸好看，但是我看其他朋友發的家常菜照片好像更好吃的樣子，就想自己下廚做一道。」

周停棹耐心地聽：「然後呢？」

「我就想試試蠔油香菇青江菜，看影片作法滿簡單的。」說到這，桑如嘆了口氣，「再然後一不小心油熱過頭，鍋子就起火了……」

周停棹皺眉，「妳有沒有受傷？」

「沒有。」桑如說著說著自己也覺得離譜，笑出聲說，「只是年夜飯變成了救火現場。」

遠處的煙火在夜空裡綻成漂亮的形狀，周停棹的輕笑從電話另一端傳來，經電流過後越顯低沉性感，桑如捏著電話心想，該把心臟也劃進禁燃地帶。

隔著電話交換呼吸，片刻安靜後，她聽見周停棹說：「沒事就好，以後再進廚房，要叫我一起。」

「叫你幹嘛？」桑如故意道。

周停棹一頓，而後言語間帶著笑意：「我在旁邊，好幫妳救火。」

「你！」桑如被他噎住，又好氣又好笑。

「好了。」周停棹見好就收，斂起對她的打趣，「以後還是我下廚給妳吃吧，小公主。」

桑如輕哼一聲，唇角眉梢與夜空中的亮色一齊流光溢彩。

她推開窗，窗沿下的小花圃裡已經有零星的花朵冒出來，她將所見分享給了電話那頭的人。

周停棹依舊安靜聽她講，沒出聲，桑如試探地叫他：「周停棹？」

「嗯。」

「怎麼不說話？」

他頓住，而後教她聽見一聲輕微的嘆息，周停棹說：「快帶我回家吧，崽崽。」

又是接連的花火在天空炸開，桑如說：「這麼急著嫁給我啊，一點都不矜持。」

周停棹笑道：「嗯，想嫁給妳。」

好半晌，桑如盯著一朵微微搖顫的小花，小聲喃喃：「周停棹，我想你了。」

年夜飯可以叫飯店送來，但碗盤還是得自己洗。桑如跟爸媽折騰了大半晌，深覺做家務真不是人幹的事。

收拾好一切，順便切了盤水果，桑如跟爸媽坐在客廳看起電視。

她趴在另一邊的沙發上看手機，緊接著就被拜年的訊息淹沒。

置頂的那人卻沒一條問候。

怎麼，打了電話就可以不發訊息？

桑如側頭接了老爸的水果投餵，用力闔上牙關，清甜的汁水頓時湧入口腔。她盯著周停棹的頭像看了一會兒，順手改了他的暱稱。

修改後點擊完成的一瞬，一條新訊息跳進眼底。

「糟糠：看見了，妳的小花園，花開得很漂亮。」

桑如隨手回了個問號過去，作為對他遲來資訊的陰陽怪氣。

接著咀嚼的動作一頓，她突然想到一個可能——

飛快起身穿上拖鞋，動作匆忙間不小心把果核也一起吞了下去。

爸媽在後頭問：「妳要去哪裡啊！小心一點不要跌倒啦！」

「沒事，我馬上就回來！」

打開門，桑如腳步倏忽停住，幾公尺外的另一道木門口，影影綽綽的光影裡，一個挺拔的身影正站在那裡。

第一個新年願望就這樣實現，桑如邁開步伐，匆匆向她的願望跑去。

周停棹敞懷接住跑來的人，任她鑽進他的外套裡取暖。

「你怎麼來了？」

周停棹吻她的髮頂，「不是有人說想我了？」

腰上登時挨了不痛不癢的一記，懷裡傳出悶悶的聲音：「我看是有人迫不及待來嫁人。」

周停棹低聲笑起來，手下一個用力，突然就這樣把人抱起。

桑如下意識腿緊緊勾住他，手轉而去摟他的脖子，輕呼：「幹嘛！」

「去車上說。」

車根本沒發動，燈沒開，安靜地隱沒在這片夜色裡。

桑如被放進副駕駛座，等到周停棹坐進駕駛座，她故意說：「怎麼燈也不開，是不是怕被我爸媽發現？」

誰料他竟坦然地回：「嗯。」

「那你是來跟我偷情的嗎？」

周停棹將她的手握進掌心裡，順著她的話又「嗯」了一聲，又問：「冷不冷？」

「不冷。」桑如癟癟嘴，「你怎麼跟我爸一樣。」

周停棹動作一滯，接著語氣變得更平：「不一樣。」

桑如樂了，「哪裡不一樣？」

周停棹不理她了，視線落在兩人交疊的手上，自顧給她取暖。

桑如抽出手來，換作手心對著他，眨眨眼道：「紅包。」

周停棹抬眼瞧她，桑如眉梢一挑，卻見他真的從置物格裡拿出個紅包來，放在了她手上。

沉甸甸的，很有分量。

桑如美滋滋收下，嘴上卻說，「把我當小孩啊？」

「妳不是嗎？」

「不是。」

「只有小孩才會燒廚房。」

「……你再提！」

周停棹拍拍她的腦袋，「新年快樂，好好長大。」

「不用長了。」桑如禁不起激，腦子一個短路，紅包也不要了扔到一邊，將周停棹的手抓過來放在自己胸上，「我、很、大！」

周停棹愣了幾秒，隨後沒忍住笑，手挪到她的後背將人扣向自己，另一隻手則還留在她胸前。

周停棹低頭，鼻尖蹭蹭她的，手心輕輕地握一下，低聲說：「嗯，沒說謊。」

細密的酥麻感頓時漫開，似有若無的觸摸是情欲閥門打開的開關。

桑如聲音低下來，「鬆手。」

氣氛忽而氤氳起曖昧，周停棹沉聲說：「不。」

桑如仰臉與他相望，溺進周停棹幽深的眼神裡，開口卻說了句毫不相關的話：「你熱嗎？」

聞言，他低低地笑，鼻息灑在她唇上，就這樣倏而吻下來。

他是個內熱外冷的人，以幾乎要將人拆吃入腹的架勢來深吻，桑如險些喘不過氣。可她並不願退讓，用了全力去與他進行一場勢均力敵的親吻。

感受到懷中人熱情的回應，周停棹重重吮吻她的唇舌，微喘著道：「想不想我，嗯？」

桑如索性跨坐到他身上，將自己整個黏在他身上，說：「不想。」

接著她只覺胸口一鬆，周停棹沿著衣服下襬解開了她的內衣扣，胸口的軟肉被他整個握在手裡。

「想嗎？」

桑如小小地喘出聲，答：「不想。」

了然她的「說不」遊戲，周停棹一下子將她的衣襬往上掀起，張口銜住她的乳頭。

那顆敏感的肉粒被舌尖挑逗，嘖嘖的水聲伴隨濡濕的觸感在這個角落裡響起，周停棹的手還在她腰間，有一下沒一下地輕輕揉捏，把人磋磨得要化在他的懷抱裡。

桑如手指隱沒在他髮間，咬著唇以免呻吟洩露，乳肉忽而被一大股力氣吮吸，她終於忍不住顫抖起來，臉頰蹭著他的頭髮嬌吟出聲。

周停棹抬起頭，臉被她的胸口悶出點紅暈，他再一次問：「想不想？」聲音要化成水，隨著曖昧不明的夜色淌進他耳畔：「想了……」

「再說一遍。」

桑如胡亂去吻他，黏黏糊糊道：「我想你啦。」

只是一個肯定的答案，周停棹瞬間丟棄方才的克制。

他抬手褪下她下體的遮蔽時沉聲問：「要不要？」

桑如搭在他肩上的手用力握緊，「要的。」

話音方落，便聽到拉鍊響動聲。從他解開性器的束縛到抵上穴口的時間很短，卻因為等待將每一秒都拉長。

桑如惴惴等他的到來，真感覺穴口觸及到了粗熱的硬物時卻有些退卻，她不動聲色抬臀離開一些，卻被周停棹按回來。

他握著莖身在陰唇間來回刮蹭，吮咬著她的耳垂，低聲道：「是妳要的，別跑。」

桑如只覺小穴因他的言語而開始收縮，大約有花液被磨蹭著滴落下來，她試圖絞緊，卻忽然被一根硬物破開。

周停棹被夾得倒吸口氣，捏她臀肉的力氣加大，「咬輕一點。」

「我沒有……」

話是這麼說，周停棹卻感到她越發用力箍緊自己，於是抬臀往她的敏感點戳弄，搗得她連連喘息。

周停棹撩開她散開的頭髮，將她的腦袋壓下來些。他貼近她唇畔廝磨著，以情人間的呢喃語氣道：「寶寶，舒不舒服？」

敏感點被接連觸及，桑如的嗓音都有些發抖，順著他的話含糊不清地應聲。

周停棹加快送進她體內的頻率，眼見她眼尾泛紅，眼淚蓄在眼眶裡要墜不墜，心軟，嘴上卻還要逼一逼她：「叫我什麼？」

桑如心知他要什麼回答，卻不就這麼屈從，忍耐著下身的狂潮，她顫著聲叫了句：「糟糠……」

周停棹過了半晌才明白過來，越發狠厲撻伐，氣極反笑道：「再叫一遍？」

桑如乖了，摟著他的脖頸獻上熱吻，討好完抬臀蹭他，軟軟地叫：「老公，老公……」

煙火在遠處此起彼伏，綿延許久仍未斷絕。他們如同幽居在這片暗色裡許久的情人，忘情地在彼此身上烙下印記。

桑如顫抖著高潮的一瞬，周停棹順著她的背脊一下下撫摸，蜻蜓點水的吻落在她髮間，他將攢了一路而來的溫熱祝福送進她耳邊。

「崽崽，新年快樂。」

——番外〈除夕小劇場〉完

番外四　喝酒

「我受不了了，楊帆簡直快變成我爸了！妳能理解才早上六點，他就準時把我叫起來晨跑嗎？不行，七年之癢雖遲但到！」

桑如聽著曆晨霏一番抱怨，笑著喝了口酒，「不能。」

曆晨霏立刻遇到知音的反應，過來跟她碰了個杯：「是吧！」

桑如嗯了聲，又點頭，「我只有晨炮。」

「……」

曆晨霏愣了一下，頓時怒不可遏地朝她豎了個中指：「做個人行嗎?!」

桑如聳聳肩，忽然一道鬧鐘聲響起，她掏出手機一看，九點。

曆晨霏現在對這個聲音有點敏感，立刻把耳朵摀起，「快關掉！我不想聽到這個！跟他結婚半年來，我幾乎就沒有自然醒過。」

桑如頗有些憐愛地看了她一眼，關了鬧鐘的同時拖長了尾音道。

「oh —— Poor Lady ——」

「……閉嘴！」

曆晨霏看了眼時間，問：「妳定晚上九點的鬧鐘幹嘛？」

桑如編輯著資訊，頭也不抬地回答：「他今天加班，需要定時慰問一下。」

曆晨霏顯然有點驚訝，「你們都結婚一年了，還這麼甜蜜？」

「那倒不是，」桑如說著把消息發了出去，「愛情保鮮小妙招，今天就露一手給妳看。」

訊息提示音響起，螢幕跟著亮了一下。

周停棹拿起來一看——

「老婆：嗚嗚，你什麼時候回來呀？」

周停棹心情很好地揚起嘴角，回信安撫。

「z：還要一會兒，妳先睡，乖。」

AOFEI的人應該也不知道，雷厲風行的Sarah私底下其實是隻黏人的小貓。

小貓很快便回覆了。

「老婆：你不在我睡不著……好吧，你早點回來哦。」

配了個委屈的表情，周停棹很快心軟了一片，回了個「好」過去。

如果不是裴峰再度失戀，無心工作要去借酒消愁，周停棹也不會幫他把他那份報告也做了，平白耽誤了回去跟老婆抱在一起睡覺的珍貴時間。

不過好在沒剩多少了，再半個小時就差不多能結束。

周停棹又有了動力，接著投身於工作中。

桑如把手機扔給曆晨霏，後者不知所以地接過一看，頓時「咦」了出來，像拿到燙手山芋似地又丟了回來，嫌棄道：「嗚嗚？我以為妳只有故意噁心我的時候才會說。」

「這是重點嗎？」桑如面不改色，沒有一點要害羞的意思。

曆晨霏回想了一下，恍然大悟道：「愛情保鮮小妙招？」

桑如挑了挑眉表示肯定。

「原來周停棹喜歡這種啊。」曆晨霏難以置信。

「錯了。」桑如糾正道，「是我怎麼樣，他就喜歡怎樣的。」

曆晨霏偏過頭鬼叫了一聲，無語地看著她：「夠了夠了！」

「等等，所以妳來跟我喝酒，但是跟他說妳準備睡覺了？」

桑如笑了，「妳終於抓到重點了，這一招叫『嘴甜心硬』。」

換班的ＤＪ上臺，酒吧裡少頃的安靜過後，響起了新一輪躁動的音樂。

說實話，這種環境對桑如來說有點恍如隔世。

婚後她跟周停棹有過約定，如果想要來酒吧，就得一起來，不能單獨行動。

但她最近實在是被幾個客戶弄得有點心力交瘁，周停棹這幾天又總是在加班，所以她只好把曆晨霏叫出來喝一杯——

有女性朋友一起，嚴格來說也不算單獨……吧？

周停棹已經連續三天在十二點以後回來，看起來他的工作加起班來的瘋狂狀態，跟她也差不多。今天不出意外應該也會是這樣。

桑如決定十點前回去，並買件禮物給他，作為這個無傷大雅的小謊的補償。

周停棹當然不知道這些。

在得到桑如的資訊得知她在等待後，工作的疲憊值大大減半，他用了所需時間的一半便把餘下的事全都處理完畢。

原本他今天可以更早就結束的——連續三天晚歸，這對他、她、以及他們的性生活來說，都造成了一定的傷害。

在周停棹準備離開辦公室時，他接到了一通電話，來自裴峰。

不知道他又有什麼事，周停棹直覺不妙，最後還是接了，一接起來就聽到對面嘈雜的喧鬧聲，說話的聲音則來自一個陌生人。

「您好，請問是周先生嗎？」

「我是。」

「是這樣的，這位電話的主人喝醉了，我們有點擔心，所以就從他的連絡人裡打了電話，您能來接一下他嗎？」

「……不能。」

對面沉默了，顯然沒料到這種情況。

最後，周停棹深吸口氣，吐出兩個字：「地址。」

對面報了酒吧的名字。

二十分鐘後，周停棹到達目的地。

這家酒吧他從前來過，商務場合很難避免一些酒局，有時也會來喝幾杯放鬆。

當然，只是喝酒。

不過由於頻頻收到的搭訕實在擾人，他也不算常來。

婚後跟桑如偶爾同往，但更多是在家裡共同探索紅酒玩法。

久未光顧，剛一進門，喧鬧聲就鋪天蓋地將人淹沒，周停棹不適地皺了眉，按照先前侍應生的話找到裴峰的位子。

裴峰身邊沒人，就他一個醉乎乎地趴倒在桌上，跟周圍的熱鬧格格不入，也並不見那個聯繫他的侍應生陪著，周停棹無語地站了一會兒，才有人過來問他是不是那位周先生。

周停棹點了頭，聽著那個年輕的侍應生吞吞吐吐地表明這桌還沒有結帳，周停棹毫不遲疑地付了款，正收起手機的間隙，目光忽然碰上一個熟悉的側臉。

影影綽綽的光線裡，其實看不太清人，只不過他對那張臉的熟悉度實在太高，或者說是太敏感。

許是就是為了讓他看清似的，這時ＤＪ切了首歌，燈光也就跟著變換，一道白色光柱很快掠過他的視線停留處。

謊言無所遁形。

周停棹嘴角最後一絲弧度也不剩了，冷冷地繃成一條直線。

侍應生感謝他幫忙解決了這個醉酒客人的難題，主動熱情問要不要幫忙把人送出去，周停棹一言不發，抬了抬手示意不必，騰出另一隻手撥了個視訊電話出去，響了幾聲，沒人接，不過很快就有訊息傳來。

「老婆：怎麼突然撥視訊電話？我剛剛看電影看到爆哭，現在眼睛腫了，不好看～」

她現在很常用一些撒嬌的波浪號和小表情，比如這條之後又緊跟著一個哭哭的顏文字。

很容易讓人心軟，除了沒半句實話。

周停棹注視著不遠處那女人放下手機，繼續跟旁邊的同伴碰了一杯，剛喝了一口，就有一個男人靠近過去，兩人似乎在說些什麼。

她應該是在笑，並與那人也碰了杯。

一股說不上來是什麼的感覺在胸膛橫衝直撞，周停棹緊了緊牙，打開對話方塊，回覆上一秒還在對自己撒嬌的人。

「是嗎？」

第三次有人來搭訕，桑如依舊禮貌拒絕，不過這人倒是挺執著，不肯立刻離開。

曆晨霏見狀，看熱鬧不嫌事大地說：「她有老公了。」

男人略微錯愕，桑如笑著碰了下他的杯子，「不好意思。」

手機是這時響起的提示音，桑如一時拿不准周停棹說這話時是什麼語氣，想了想回了句：

「嗚嗚，是呀。」

她發完，手臂忽然被曆晨霏搡了下，桑如不明所以道：「怎麼了？」

話音剛落，回答她的是另一道聲音。

熟得不能再熟——

「是嗎？」

桑如整個人頓住了。

那麼吵的音樂，偏生在他說這句話時停頓出一秒的空白，連帶也將她的思考能力全部清零。桑如木木轉頭，正對上周停棹幽深的眼神。

她還沒說話，準確來說是大腦當機，還沒想好要說什麼，倒是旁邊來搭訕的男人先反應過來，「你是？」

曆晨霏朝桑如努努嘴：「喏，她老公。」

周停棹神情不變，平靜看向他：「你好，找我妻子有什麼事嗎？」

「……」

男人瞳孔瞬間放大，連說了幾句「沒事打擾了」，一溜煙消失在這塊無聲的戰場。

桑如這會兒恨不得有遁地術，她低頭瞧著杯面上零星的泡沫一個接一個消失，盤算著要怎麼解決被現場抓包這件事。

等了好半天，桑如已經被狠狠心理凌遲過後，才聽見周停棹終於開口。

「在家等我，剛看了電影，哭了。」周停棹簡單複述著幾個關鍵字，桑如怎麼可能聽不出來這是她剛剛發給他的內容，臉上一熱，掩飾性地垂下頭看另一邊。

下一秒，臉忽地被單手托著抬起來。

周停棹俯身靠近，拇指輕輕蹭著她的眼尾，低聲說：「哭得眼睛都腫了？我看看。」

桑如被噎住，果斷道：「……我錯了。」

周停棹眼神將她的臉掃過一遍，又盯回那雙無辜的眼睛。

無辜得像是他才是做錯事的人。

心臟冷不丁被捏了一下，周停棹猛地低頭封住她的嘴唇，桑如猝不及防地後退，又被他捏著下頷吻回來。

下頷收緊的力度彷彿讓桑如整個人都被捆縛起來，毫無招架的餘地。

周圍有人吹起了口哨，桑如回過些心神，餘光瞥見看好戲路人的視線，抬手推了推面前男人的胸膛，接著聯手也被他攥在了手裡。

桑如頓了一下，旋即反握住他，微微張口，探出舌尖碰了碰他的唇，於是敏感地察覺到周停棹有一瞬的停頓，隨之而來的是一個更熱烈的吻。

周停棹沒有被人圍觀的癖好，最後在她唇上輕咬了一下，退開。

「走嗎？」

「嗯？嗯。」桑如被迫帶入又被迫抽離，聲音低低的。

車窗外的風景快速後退，似乎所有瑣事都被拋諸身後。

桑如坐在副駕，看了眼周停棹的側臉，一時拿不準他在想什麼。不過他這個表情，通常很大機率是在生氣。

她試圖說點什麼來緩和一下氣氛：「我們就這麼把裴峰扔他家裡合適嗎？」

「有管家看著，沒事。」

雖然周停棹回得挺冷，但好歹開口了，以桑如這一年的經驗來看，應該沒多久就能哄好。

男人嘛，除了那玩意兒，就嘴最硬。

周停棹就這麼把她帶走了，雖然曆晨霏說楊帆會來接她，桑如還是覺得這樣有點不厚道，發了消息去慰問，得到她已經在回家路上的回信，這才放心了幾分。

晚上路上車少，周停棹開得比平時快一些，到了一個分岔路口，桑如眼見著他往另一個方向拐了過去。

「這是去哪，回家不是這條路啊。」

「帶妳去個地方。」

「哪裡？」

周停棹偏頭看了她一眼，「幫妳醒酒。」

「……」

在桑如腦補了N個不那麼美好的場景之後，車最後在一處山頂停下。

山路難行，上來時晃晃悠悠，加上有些路段並沒有路燈，於是連路邊的山林也變得格外可怖，周停棹瞥見她都快哭了的表情，心下想笑，方才的氣已自動散了幾分。

一下車，剛剛還怕得一直問他來這兒幹嘛的人，站在原地愣了一會兒，忽而轉過臉來，雀躍地問：「我們來看星星嗎？」

周停棹目光柔和，點了點頭。

近來天氣晴朗，這裡的視野很好，可以看到滿天繁星，很適合露營、放鬆。這是他們規劃了好一段時間的打算，卻因為工作不停往後推遲。

桑如都做好了回家然後好好哄人的準備，突然被帶來看星星，頓時有些說不出話來。

周停棹也並未說什麼，山風裹挾著絲絲涼意，將身上的酒氣幾乎驅散。桑如沒有喝醉，她也沒有醉的打算，真的只是單純地喝了兩杯。

星星錯落排布著，隱約還有流雲的痕跡，天高雲闊，心情也隨之開朗。

好半天也沒等來周停棹的興師問罪，桑如反倒無法全心全意來賞景了。

「我不是故意騙你的，你在加班嘛……你看，我也不是一個人去的，那些人要我的聯絡方式我也沒給……」

「我知道。」周停棹說，桑如聽得一愣，他轉過臉來，「妳大可以直接告訴我，我也不會不讓妳去。在妳心裡，我就這麼獨裁？」

桑如搖了搖頭，看到周停棹還算滿意的神色。

「但你會吃醋，然後秋後算帳。」桑如斬釘截鐵地說。

「……」

桑如眼見著他的耳尖微紅，卻望向她坦然承認：「是。」

桑如唇角一彎，輕輕「哼」了聲，尾音輕快地上揚起來。

「那我現在可以秋後算帳了嗎？」

「嗯？」

桑如尚未及時給予反應，疑惑的音節便被吞沒在他的齒間。

酒吧那個未饜足的吻得以延續。

既是算帳，周停棹便真的懲罰似地用力吻她，桑如只覺自己唇瓣上緊貼著他的，輾轉間雙唇黏連，每每稍分開一些，她以為終於可以自由呼吸的時候，他卻又立刻覆上，將她的口腔一起掠奪。

空氣在鼻息交換間變得稀薄，明明只是座小山，恍惚間竟讓人覺得置身高原。

桑如被親得頭昏腦脹，舌根發麻，直到感覺口水從嘴角流出，再這樣下去整個人都要變得奇怪起來，她動作愈發大地開始推拒，拒絕的聲音全變成了鼻音，懵懵的，惹得周停棹更不想放人。

他騰出單手挾制住她，又是好一會兒，才重重吮了下她的舌尖，帶回最後一口酒氣，接著只退後一些，鼻尖抵著鼻尖，手掌還貼著她的臉頰，耳邊淨是她急促的喘息。

周停棹克制下某些邪惡的念頭，啞著聲音道：「還要看星星嗎？」

桑如瞪他一眼，可那雙含水的眼睛除了讓他更硬外沒什麼殺傷力，周停棹笑著又親她一下，胸膛得來個她不輕不重的巴掌。

桑如嘴還酸著，腹誹著他這邀請著實沒什麼誠意。

「只要你別鬧我。」

「好。」周停棹倒也沒得寸進尺，很好說話似地建議，「那我們回車上看，山裡晚上蚊蟲多。」

桑如露出個不解的神情，周停棹耐心解釋：「開天窗看。」

回到車裡，周停棹按開了按鈕，調整座位，桑如先一步站起來伸出半個身子出去，再次呼吸到新鮮的空氣。

空氣裡混合著草木清香，耳邊是四下起伏的蟲鳴，抬頭便是遼闊的夜幕和點綴其間的繁星，不知是不是因為在車上，她只覺得自己離天又更近了一點，好像一伸手就可以碰到星星。

周停棹不知怎地遲遲沒出來，桑如催促道：「周停棹，快出來看，好漂亮！」

他似乎應了一聲，不過悶悶的，聽不大清晰，桑如也就不管他了。

這時腿上忽然傳來一股熱度，隨即力度收緊，是周停棹握住了她的腿。桑如當他是要借力鑽出來，她又怕癢，邊躲邊說：「別扶我，好癢啊。」

周停棹充耳未聞，忽然另一隻手也握了上來，腿就這麼被他給固定住，桑如身子一僵。

她的心頭升起一種不好的預感。

事實證明這男人的記仇程度，果然不能光靠一個長吻就能擺平，他的秋後算帳原來還沒算清楚。

包臀裙的裙襬被強勢翻了上去，臀縫忽而被什麼開始上上下下地蹭。桑如後背僵直著，意識到那是他的鼻子。

周停棹甚至沒有用手，只是仰頭拿鼻尖似有若無地去撩惹她，所及之處無不泛開一股深入骨髓的癢意。桑如難以抑制地掙扎起來，分出隻手探到身後，試圖推開他的腦袋。

誰料周停棹順勢與她十指相扣，爾後牢牢攥住，任她怎樣也無法掙脫。

「別動。」

她這次聽清了，但不聽，又動幾下，周停棹索性一仰頭，往她臀瓣上不輕不重地咬了一口。

「……」

桑如在床事上倘若是主動出擊，那她做什麼都不羞恥，但假如是像現在這樣，有如砧板上的魚肉任人宰割，那她幾乎羞憤得全身都在發熱。

如果知道周停棹要作惡，她一定不會選擇這條裙子，更不會穿這條丁字褲！

見她反抗的動靜小了，周停棹獎勵似的，在方才啃咬過的地方落下一吻，面前的身子敏感地抖了一抖。

桑如有時也想不出，周停棹究竟哪來那麼多方法折磨她，素日商場上的殺伐決斷都沒有了，一定要將她吊得不上不下，將她的驕矜粉碎成怎樣也止不住的眼淚、淫水，才肯最後給予她所需的東西，來換取他的饜足。

像是現在，桑如全身的感官都提升到了一級戒備狀態，他的所有觸碰都被放大。於是她敏銳地察覺到，周停棹的鼻子正在緩慢而堅定地破開臀縫，深入到更裡面的部位。

桑如不由地抖了起來，她完全可以感受到他描摹的軌跡，那條線路從後穴附近開始，重重的碾磨過後，慢慢下滑，直到在另一處穴口停下。

桑如已經顫得不成樣，下面的熱氣潮氣幾乎是一瞬間湧入了鼻底。

周停棹仍是這樣去頂弄她，只不過換了似有若無的力道，形同隔靴搔癢，直到桑如忍不住控訴：「周停棹，別太過分……」

他果斷回：「妳喜歡。」

「……」

桑如氣悶，又無法辯駁——她確實喜歡。

「好濕。」周停棹蹭出一片水跡後下了論斷，他退開，摸了摸鼻尖，「都沾到我身上了。」

桑如並沒有得到反駁的機會，因為下一秒，就有手指挑開了那層脆弱的布料。

周停棹整根手指嵌入那兩片軟肉間，從指節根部開始，前後磨著直到指尖，途經陰蒂時又壞心加重了力道，退回後再減輕。如是重複了幾遍，他屈起手指用關節抵著穴口轉起圈。

「怎麼在吸我，嗯？」周停棹掰開她的臀瓣，故意問，「只是手指也要嗎？」

「……你到底操不操？」

桑如喘著氣，急促的呼吸無端消融了言語中的怒意，僅剩的幾分也似乎成了調情的邀約。

周停棹笑，徑直插進一根手指，不見責備地說：「怎麼這麼沒耐心。」

說完並不論桑如如何退卻，一手攬住她的腰固定，手指在她體內開始抽動。為穩定身形，桑如兩手都已扶住了天窗邊緣，更無法對他的惡劣行徑做出反抗。

她太緊張，穴肉絞得緊，箍得手指進出都有很大阻滯，遑論稍後要換另一樣進去。

周停棹蹙著眉，猛地抽出手來拍了她的臀尖，「放鬆。」

桑如聲音都濕了，卻很難如他所說地徹底放鬆下來，只擔憂地說：「會有人……」

「不會，有也不怕。」周停棹親了親方才打過的地方，「有人來就讓他們看著妳被我操。」

桑如聽不得這種話。

聽了就得濕。

周停棹摸到滿手的水，不知是該氣還是該笑，桑如只聽見他涼涼笑了聲，隨後她連最基本的哼哼也發不出來了。

一截軟舌取而代之，柔軟而靈活，重重舔過整個小穴，甚至牽扯到幾根陰毛，桑如終於「啊」出聲，失聲過後便是忘情的呻吟，這無疑成為最好的催情藥。

周停棹照顧了一遍外頭，似乎總算領會到她想被插入的意思，舌尖一勾，從已經張開的穴口插了進去。

她不知是存了多久的淫液，甫一進入就淋了他一股水，周停棹頓了一下，而後越發狂亂地攪弄吸吮起來，車內空間頓時盈滿了潮濕的氣息。

桑如被他又舔又吸得腿軟，正站不住地要徹底伏在車頂上時，身下的力道忽然撤散，腰間一緊，隨後被帶入一個滾燙的懷抱。

周停棹驟然站起身，掌住她的腦袋轉過來，給出了一個滾燙而無法拒絕的吻。

桑如聞到自己的味道，淡淡的，帶著隱約的腥臊的甜，周停棹某些時候不得不說有些變態，他喜歡舔她，偶爾還會向她形容她的味道。桑如讓他閉嘴，他就告訴她，不用害羞，我很喜歡，並且為表公平，周停棹也會告訴她——妳也可以形容我的味道。

這種時候還能想起這些零星的片段，桑如都有些佩服自己，轉念一想，還是多虧眼前這個罪魁禍首，讓她也不自覺地開始想像起，今天的又是什麼味道。

周停棹發現了她的走神，狠狠親了一口鬆開，在她耳邊低聲問：「分心？在想什麼？」

桑如哪可能說實話，選擇性地回答：「站不動了……」

「腿痠？」

桑如剛想說是，又聽他接著問：「還是小逼痠了？」

「……」

桑如閉了嘴，與此同時下腹一麻，有些什麼要流出來。

能被輕易挑逗是她不爭氣，桑如心內嘆了口氣，耳垂忽而被輕輕咬了一下。她時而放浪形骸，時而羞怯退縮，周停棹被吃得死死的，見了哪樣的桑如都覺心癢。他拿牙尖磨了磨她的耳垂，下身也貼近，讓她清晰感受到自己的欲念。

「硬了，要嗎？」

桑如偏過頭。

周停棹將她的臉繼續轉回來，鼻子蹭她的臉頰，沉聲誘哄似的：「要不要？」

桑如象徵性地糾結了幾秒，看向他的眼睛，神情朦朧地點了點頭，同時發出聲小聲的「嗯」。

細若蚊蠅，聽到的人好心情地笑起來，單手解了自己的扣子拉鍊，掏出某樣硬挺了許久的傢伙，膝蓋一頂，插進了她腿間。

炙熱的，滾燙的，桑如的意識也被帶著又燎原一片。他偏偏像是起了玩心似的，只在外頭來回磨蹭，蹭夠了，才又拉開內褲將自己嵌進去，抵著陰蒂一前一後地挺動起來。

周停棹幾近喟嘆地說：「好多水。我們幾天沒做了，嗯？老婆……」

桑如顫了顫，挺著胸羊入虎口送進了他的手掌，被他隔著衣服捏起奶子。

上下同時失守，意志已經脆弱得不堪一擊，桑如順著他的話思考：「四天，嗯……五天，輕一點……」

「是要哪裡輕？」周停棹挺腰重重從穴口刮過，如願聽見懷裡人破碎的呻吟，他一點點吻著那截雪白的脖頸，暴烈的磋磨裡平添幾分珍重呵護的意思。

桑如不搭理他，而體內的空虛感卻開始無限放大，變成一個徹頭徹尾的無底洞，等著被填滿。

而這一切只有他能滿足。

「五天沒做就浪成這樣，我出差的時候妳要怎麼辦？」周停棹遲來一步批閱她的答卷，「屁股怎麼在往後蹭啊，騷了？」

那只是意識的應和，人總是本能地朝著能帶給自己快樂的地方靠近，不過桑如此時沒有多餘的注意力來與他辯駁。

聲音也冷靜了一點：「你要出差？」

「嗯。」

「什麼時候？」

「過兩天。」

「去多久？」

「一周左右。」

「……」

周停棹發覺她的沉默，柔下語氣說：「怎麼了？」

桑如轉回頭，微微癟著嘴一言不發，周停棹徹底心軟。

「捨不得我？」

桑如略帶幽怨的眼神盯了他半晌，忽而靠近過來親了親他，爾後認真且委屈地：「嗯。」不是對話方塊裡的顏文字、表情包，她面對面的撒嬌是周停棹毫無抵禦之力的武器。他立刻回吻過去，是這夜最溫柔的一次，下身的摩擦也轉而變得小幅度卻更磨人起來。

「走之前要不要餵飽？」周停棹哄人的語氣道。

桑如只猶豫了兩秒，下一刻果斷地塌腰抬臀，一下一下地去磨腿間那根。內褲是最大的阻礙，使得動作沒法徹底放開，桑如索性自己解開兩側的繫帶，朝他搖了搖屁股。

「要操。」

周停棹罕見地吐出個髒字，命令道：「把逼掰開。」

桑如便兩手背到身後，順從地捏著陰唇分開，露出中間的小洞來。如果能看清，那麼就能看見這處早就殷紅一片，透著熟透的誘人肉欲。

周停棹不再折磨她，更是放過自己，扶著性器一下從穴口插了進去，於是被夾得倒吸一口氣。

桑如「啊」出聲，短促的音節很快消失，換作綿軟的長長的喘息。

「好緊，不想老公走是不是？」周停棹動了幾下，「說話。」

「不、不想……」

「希望我一直插在裡面是不是，崽崽，嗯？」

桑如到現在也會被他各種各樣的愛稱弄得動搖，得知他即將出差之後，一些走流程似的矜持正悄悄自行瓦解，直到袒露最赤裸原始的欲望。

她撒嬌地說：「想要你一直插在裡面。」

周停棹作繭自縛，用力去戳裡頭的軟肉，「要插到哪裡，到子宮好不好，把子宮口也操開，到騷逼的最裡面磨，好不好？」

桑如只剩一聲聲的「嗯」來回答他。

腿間那種被鑿開的充盈感襲捲了全身，桑如不由自主地踮起腳，卻被他的手臂一攔，將她徹底釘在了硬熱的性器上，恥毛蹭到嫩肉，分不清是疼還是爽。

兩人如今都半截身子露在外頭，遠處是城市錯落的燈火，抬頭是璀璨的星空，遠方而來的風此時卻帶上了交合的味道，包圍這兩個沉浸在性事裡的夫妻。

桑如保持著被他抱在懷裡後入的姿勢插了好一會兒，忽然聽見他又開口：「酒好喝嗎？」

「嗯？」

「我出差之後妳還要去嗎？」

又開始了。

他是怎麼又想起來的？

桑如心道幼稚，嘴上說：「不去了。」

周停棹哼笑了聲，胸膛的震顫傳遞到她身上，耳朵也因他的氣息而發熱。

他有時執著得過分，但對桑如來說還算受用。

他的心情現在應該不錯，抱著她說：「崽崽，看星星。」

桑如順著他的話抬頭，剛看了一會兒，下面被他深深頂入，桑如嗚咽了聲，聽他說：「怎麼辦老婆，星星也在看著妳被我幹。」

桑如臉更紅了，嗯嗯啊啊地讓他閉嘴，周停棹卻不肯。桑如索性低頭，又被他控制力道掐著下頷抬起。

「是帶妳來看風景的，不是來做愛的，怎麼只想著被操了，嗯？」

「我沒……」說到一半又開始喘，隨著周停棹的攻勢一陣大過一陣，眼淚也冒了出來，盛在眼眶裡要墜不墜。

周停棹發現她眼裡的淚光，伸手去撫摸她的眼尾，輕笑著說：「這次眼睛會不會哭腫了？」

記仇。

真記仇！

桑如瞪他一眼，得來一記深頂。不是理論的好時機，只好乖乖安靜。

他操弄著，發出輕微的嘆息：「扶好。」

桑如照做，車震不是第一次，這樣的車震卻實實在在是第一回，這人也不知道還有多少法子等著她。

周停棹才像是喝了酒的那個，騷話不停地往外吐。

桑如的羞恥心時而被壓下去，時而又冒出頭，只能慶幸這座山頭大半夜只有他們兩個人。

這樣激烈進出了半晌，桑如只覺腿間已經濡濕一片，有水液順著腿滑了下去，不知把車裡弄成了什麼樣子。

她思緒紛亂，不過很快沒有餘力去想更多事情，唯獨只能感受他。

喘息混亂地糾纏到一起，身體緊緊貼合，分開，再碰撞到一起。

直到周停棹握住她的胯骨徹底埋入她的身體裡，世界才突然一下子安靜下來。

桑如洩了力氣扶住天窗邊，周停棹從身後將她完全抱住，「老婆……」

饜足後渾身都開始慵懶，桑如懶洋洋地應了聲：「嗯？」

「好愛妳。」周停棹說。

桑如頓了一下，懷揣的糖果突如其來被戳破了口袋，撒了一地，弄得到處都泛著甜甜的味道。

她壓下嘴角：「我知道。」

周停棹咬她：「說錯了。」

桑如嫌棄地推他，碰到那雙深沉的眼睛，動作一滯。

「我也很愛你。」

周停棹這才滿意地放鬆了神情，與她交換了一個起初還算單純的吻。

桑如感知到某處的變化，戒備道：「你先出去。」

那人卻恍若未聞，濕滑的穴道完完全全地包容住他，周停棹自顧掀起另一場性事——五天沒做，一次哪夠。

桑如複又被拉入一場無邊風月，身心不由自控，全然受了愛欲的屈從。

朦朧間，忽聽周停棹在她耳邊說著話。

「崽崽，看。」他聲音低啞，卻能聽出開懷，「那顆星星是不是特別亮。」

視線抵達之處，星光閃爍，光輝萬里。

桑如忽然想起他曾書寫的那封信，內有關於宇宙的論調。

十六歲的宇宙，二十六歲的宇宙，二十七歲的星空，時移世易，人心或許時時更迭，她此刻卻覺得，有些情感能延續很久、很久。

桑如朝夜空看了好一會兒，又轉頭望向周停棹，彎著眉眼給出她的回饋。

「嗯，好亮的星星。」

——番外〈喝酒〉完

BH020

熟人作案

作　　者　在言外
封面設計　MOBY
封面繪者　吉　茶
責任編輯　林書宜

發　　行　深空出版
出 版 者　星巡文化有限公司
地　　址　臺北市中正區重慶南路一段 57號 7樓之 5
法律顧問　泓準法律事務所 孫瀅晴律師
電　　話　(02)7709-6893
傳　　真　(02)7736-2136
電子信箱　service@starwatcher.com.tw
官網網址　www.starwatcher.com.tw
初版日期　2024年 11月

總 經 銷　聯合發行股份有限公司
地　　址　新北市新店區寶橋路 235巷 6弄 6號 2樓
電　　話　(02)2917-8022

國家圖書館出版品預行編目(CIP)資料

熟人作案 / 在言外 著 . -- 初版 . -- 臺北市 :
星巡文化有限公司出版 : 深空出版發行 , 2024.11
冊 ;　公分
ISBN 978-626-74124-0-4(第 1 冊 : 平裝). --
857.7　　113013876